"六国饭店"系列之贰

鱼藻轩记

孙 屹 著

团结出版社

© 团结出版社，2023 年

图书在版编目（ＣＩＰ）数据

鱼藻轩记 / 孙屹著. 一北京： 团结出版社，
2024. 10
ISBN 978-7-5234-0196-5

Ⅰ . ①鱼… Ⅱ . ①孙… Ⅲ . ①长篇历史小说 - 中国 -
当代 Ⅳ . ① I247.5

中国国家版本馆 CIP 数据核字 (2023) 第 095431 号

责任编辑： 方　莉
封面设计： 阳洪燕

出　　版： 团结出版社
　　　　　　（ 北京市东城区东皇城根南街 84 号　邮编： 100006 ）
电　　话： （ 010) 65228880　65244790 (出版社)
　　　　　　（ 010) 65238766　85113874　65133603 (发行部)
　　　　　　（ 010) 65133603 (邮购)
网　　址： http://www.tjpress.com
电子邮箱： zb65244790@vip.163.com
经　　销： 全国新华书店
印　　装： 三河市东方印刷有限公司

开　　本： 145mm×210mm　32 开
印　　张： 12.125　　　　　　　　字　　数： 216 千字
版　　次： 2024 年 10 月　第 1 版　　印　　次： 2024 年 10 月　第 1 次印刷

书　　号： 978-7-5234-0196-5
定　　价： 49.00 元
　　　　　　（ 版权所属，盗版必究 ）

自序

颐和园有鱼藻轩。鱼藻轩因为国学大家王国维于 1927 年 6 月 2 日在此溺水自杀而著名。因为这一不幸而且众说纷纭的事件，鱼藻轩问题，也成为中国近代文化历史上的一座界碑。这座碑之前，是文化肉体"垂死病中惊坐起"的痛苦，而鱼藻轩之后，是文化精神"万类霜天竞自由"的放飞。因此，我理解，陈寅恪对王国维之死的解释要刻碑铭记为——"惟此独立之精神，自由之思想，历千万祀，与天壤而同久，共三光而永光。"这当然也是陈先生借题抒发自己心中的块垒，但其诠释，自然还是比王国维的老师罗振玉解释为"殉了大清"要高明得多。

1927 年，无疑也是中国历史的一座界碑。大革命失败了，旧民主主义革命浴血奋战取得的胜利果实被官僚买办资本集团窃夺，中国命运似乎正堕入无尽的黑暗和虚无。1927 年正上演民国上半场最凶恶贪婪无耻黑暗的戏码。因此，鱼藻轩王国维之死，他个人的痛苦、绝望，从大环境的肃杀中也是完全可以理解的。如果不把王国维之死作为当年敏感知识分子痛苦的孤案，那么，正如上面引用的碑文一样，本书初衷也是想借王国维先生格外敏锐的慧眼，透视一个文明末世的大悲凉。

1927 年，是六国饭店最繁荣的时期，因为这里就是军阀、旧政客、买办资本家、冒险家们的乐园。当旧中国正在痛苦中死去，宛如鲸落，却滋养了无数虫豸的狂欢。而本书描写的正是在局外冷眼观看这场狂欢的一位老者。作为昨日世界的代言者，他内心的绝望和挣扎，终于会灭了他的三重生命防线。

鱼藻轩其名出自诗经典故："鱼在在藻，有颁其首。"解释是："鱼以依蒲藻为得其性。"鱼在藻中，感觉安全和快乐就是鱼之天性。而中国读书人自古以来也有三处"鱼藻"可以"自由"安身。其一，曰天下使命；其二，曰家国责任；其三，曰旨趣审美。而王国维所处的 1927 年，在他看来无疑天塌了，礼崩乐坏，秩序瓦解，而他是不堪补天，也无力补天的"弃石"；晚年的王国维已经跟不上小朝廷积极复辟的步伐，家庭又横遭不幸，特别是与罗振玉的龃龉让他被"卡"住了，无法与自己和解，而对于和解的追求和失望，成为他怀疑自己生命价值的阴影，而这样的阴影一旦形成，就挥之不去了。而当这一切外界的支撑崩塌后，文人一般善于退回自己的内心世界，用最后的审美形成自我保护。

而王先生早年在学术和文学创作上的成就已然透支了，且我臆测他大约罹患抑郁症，并大约有别病患折磨着他的肉体。因此他遗言所说的"五十之年，只欠一死。经此事变，义无再辱"，是对自己说的，他选择在"鱼藻轩"投入"自由"的解脱，正是一种尊严的放弃。正如他喜爱的托尔斯泰，同样在垂老的茫然和病痛中毅然走进了深夜的暴风雪。

当然，1927年的乱世之中也要有希望。本书中，我并不想把希望交给那些混世魔王们。而是把希望给了唐石霞和卢筱嘉这一对声名狼藉的野鸳鸯。我想说，作为普通人在乱世，活着就好。在乱世中放下伦理、道义、尊严，去追求生命中微不足道的美好，是普通人为人的权利。这当然不值得歌颂，但我愿意把他们当作老明巴依（小说中的咖啡馆老板）制作的炭烧咖啡里面的美酒和方糖。

最后，致敬百年前为追求自由而奋斗的先辈；也致敬百年前在大动荡中，为了各个民族自由事业奋斗的英灵；还致敬生命的美好，愿我们永远有热爱生活的小确幸。

孙屹　2023.04.12　于大兴蠡海堂

王国维

第一组：颐和四老

人物小传

王国维

1877 年 12 月 3 日—1927 年 6 月 2 日。字静安，号观堂。20 世纪初承前启后的国学大师，曾与梁启超、陈寅恪、赵元任并称为清华国学研究院开山的"四大导师"。他曾经担任"南书房行走"，是溥仪的帝师，并因此卷入小朝廷的种种政治旋涡。以至于他在颐和园的自沉，也成为中国文化史上一段公案，有人说他殉国，有人说他殉文化，有人说他殉时代……本书将王先生再次置于 1927 年大历史的旋涡中心——六国饭店，尝试描绘出王先生在自沉一个月之前的处境和心情。

郑孝胥

第一组：颐和四老

郑孝胥

1860 年 5 月 2 日—1938 年 3 月 28 日。字苏戡，号海藏。晚清解元，末代小朝廷的谋主，伪满洲国政治集团的核心成员。担任伪满洲国的国务总理。他同样是一位国学耆宿、书法大家，自以为才华横溢，因此伪满洲国的建国宣言乃至国歌都是出自他的手笔。他对当时局势的判断和践行基于所谓的"三共"论："大清亡于共和，共和亡于共产，共产亡于共管"，他想在所谓"国际共管"的混乱中，实现法西斯主义的清廷复辟。最后，他却在日本帝国主义的利用下，不但难以施展政治理想，而且遗臭万年。

庄士敦

第一组：颐和四老

You've had enough fun,
it's time to leave

庄士敦

1874 年 10 月 13 日—1938 年 3 月 6 日。英国东方学学者，外交家。溥仪的英文老师，也是溥仪重要的幕僚，参与了小朝廷流亡期间很多重要活动。他带给溥仪打网球、摄影、骑自行车、打电话等摩登的生活习惯，也努力把溥仪培养成一个亲西方的政治人物，并担任了英国与小朝廷之间的联络人。他在小朝廷完全投靠日本前就离开了中国。在人生最后的岁月他践行了自己的许诺，买下一座小岛，在岛上每天升起大清的黄龙旗，等待他的学生复辟失败后，流亡到这座岛上。他或许不是溥仪身边最正直和最忠诚的人，但一定是最温情的老师。

荣源

第一组：颐和四老

荣源

1884 年—1951 年，正白旗，达斡尔族，姓郭布罗，末代皇后婉容的父亲，在溥仪的小朝廷担任总管内务府大臣，封"承恩公"。后来随溥仪在伪满洲国继续担任内务府顾问官和伪满洲航空株式会社社长等肥缺。是小朝廷最核心的外戚，他一直紧随溥仪的鞍前马后，一直到苏俄的集中营和国内的战犯管理所。

唐石霞

第二组：缘定避尘珠

唐石霞

1904 年—1993 年，满族他他拉氏，光绪皇帝后宫珍妃和瑾妃姐妹的亲侄女，也因此从小在宫禁出入，是溥仪青梅竹马的"伙伴"。但因为长相和性格更像姑姑珍妃因此未能入选溥仪的后妃，而是被瑾妃赐婚给溥杰。她是溥仪小朝廷前期重要的"公关、外交干部"，并受命结交张学良等重要军政名流。晚年张学良对她评价很低（大约是他遭到感情上的欺骗）。而唐石霞还有一个传闻是她私吞了醇王府的巨额财宝（特别是国宝避尘珠），并公然和声名狼藉的小军阀卢筱嘉在北京六国饭店同居。唐石霞离开小朝廷的阴影后，似乎对各种传言不屑一顾——她后面的人生很平静而充实，成为一代才女画家。

卢筱嘉

第二组：缘定避尘珠

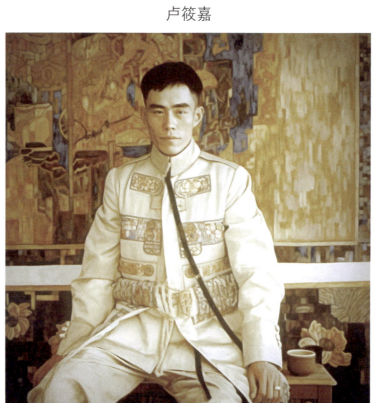

卢筱嘉

1897 年？—1960 年，北洋皖系军阀卢永祥的儿子，与孙科、张学良、段宏业并称"民国四公子"，曾经是在上海、浙江呼风唤雨的显赫人物，并曾经与张学良和孙科组织反对直系军阀的南北铁三角，共同成为北洋第二代中耀眼的政治新星。他最为出名的"事迹"是在上海因为争夺一名演员，而公然绑架、殴打了上海青帮大亨黄金荣，并逼迫杜月笙下跪认错、出让码头利益方才作罢。但随着皖系势力彻底失败，卢筱嘉的政治前途也因之黯然。他对大命运并未过多抵抗，很快就转而从商，平静而低调地度过了他的后半生。

第三组：六国饭店

　　金翠喜老板、金亚仙姑姑、咖啡书吧老板明巴依、吉卜赛姑娘莎拉马特和弃婴门童赵亮是咱们六国饭店的老气氛组了。她们继续为六国饭店的生意兴隆努力着，也不时想在各种惊天大事件中得到些许好处。1927年春天的六国饭店欣欣向荣，像是开在溃疡上的荼蘼花。

金翠喜

第三组：六国饭店

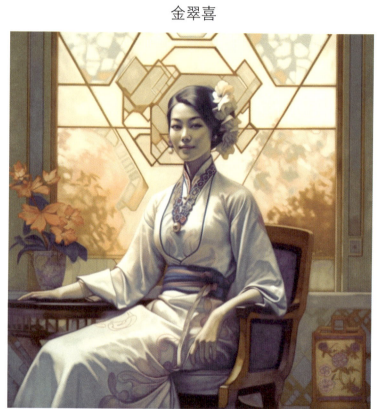

　　金翠喜人物原型是与北洋军头段芝贵颇有默契的一代名伶杨翠喜——在本书作者心目中，只有这样八面玲珑的"人才"，才能胜任在民国初年沆瀣一气的大乱世中，佩掌"六国饭店"的大印。

金亚仙

第三组：六国饭店

金亚仙姑姑

是纯虚构人物，人物设定是袁世凯在朝鲜纳朝鲜贵族女子为妾的贴身侍女，也是才华横溢的袁家公子——袁寒云的保育嬷嬷。袁家败散后，她只身逃入六国饭店，得到金翠喜的庇护。金亚仙于是襄理六国饭店，成为金翠喜最重要的管理助手。

明巴依

莎拉马特

第三组：六国饭店

赵亮

　　咖啡书吧老板明巴依、女招待莎拉马特、门童赵亮也是纯虚构人物。明巴依和莎拉马特都是经历了西伯利亚"冰与火死亡行军"的俄国人，他们是跟着叛军从中亚一路逃亡到中国的白俄难民幸存者——因此他们命运与野心家谢米诺夫有千丝万缕的联系。而门童赵亮则是在中国大饥荒中幸存下来的噍类，他被六国饭店老板女儿在路灯下捡了回来，因而成为六国饭店精细伶俐的"童工"。

张宗昌

第四组：将军们

谢米诺夫

孙殿英

川岛芳子

这是一个龙蛰鹿肥、群魔乱舞的乱世。

各路军阀并起，混战不休。

张宗昌是当时北方最具实力的军阀，他将在六国饭店的舞台上，自编自导自演一出荒诞大戏；

孙殿英将在本故事中和皇家的财宝擦肩而过，也许就因此成为他日后盗掘皇陵的动因；

谢米诺夫是白俄匪帮中的传奇人物之一，他作为雇佣军为张宗昌作战，刚刚遭到北伐军的重创。为了恢复实力，他正谋求在溥仪身上获得新的筹码；

川岛芳子刚刚回到阔别多年的祖国，她就像新娘潘多拉一样，即将打开魔盒，释放出无穷的灾难和恐怖。

川岛浪速

第五组：奇怪的一家人

蒙古小王爷

川岛芳子

金宪东

这是奇怪的一家人。

日本间谍川岛浪速几乎将一生心血都献给了他结义兄弟肃亲王善耆的复国事业。川岛浪速也因此将善耆托付给自己的孩子们先后投入这场"奋斗"。

这个事业中，十四格格金碧辉变成了川岛芳子，她自愿嫁给蒙古小王爷以继承上一代的遗志——为"满蒙独立事业"而战斗。

而只有她弟弟金宪东看穿了这事业的邪恶本质，最终毅然出走，选择了正确的爱国救亡道路。

张天然

第六组：四大坏

袁文会

小德张

祝老巫婆

1927 年天津的底层社会沉渣泛起。

山东人张天然以一贯道道首身份招摇撞骗，号称信徒百万，是当时华北一股不可小觑的黑暗力量；

赋闲天津的大太监小德张每天早上都去小朝廷请安，表示不忘本，但他聚集的财富已经远远超过很多晚清落魄的皇家贵族，而他在京津两地黑白两道的影响力也不容低估；

旧天津是混混的江湖，这些混混中的魁首，就是穷凶极恶的袁文会，他后来以投靠日寇来谋求飞黄腾达；

而张宗昌的母亲祝老巫婆出身低贱，曾以跳大神为生，因此更善于使用地下世界的暗能量来协助儿子称霸。

罗振玉

第七组：学士父女

罗振玉

1866 年 8 月 8 日—1940 年 5 月 14 日，字叔言，号松翁。他是近代开宗立派的大学者，不但是王国维在学术道路上的引路人，也是王国维的挚友和亲家。而他与王国维的龃龉被认为是王国维自杀的重要原因。罗在王死后，利用自己在日本的影响力和关系，全身心投入伪满洲国的复辟事业中，并担任多种伪职。这使他成为近代极具争议的历史人物。

罗纯孝

第七组：学士父女

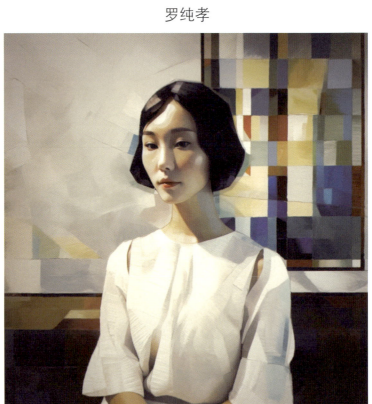

罗纯孝

是大学者罗振玉的爱女，也是王国维长子王潜明的爱妻。她16岁就奉命与王潜明结婚，婚后两人有过一段快乐的生活，育有两个可爱的女儿。1926年上海大瘟疫夺走了两个女儿的生命，王潜明也因此病倒，抑郁而终，年仅24岁的罗纯孝成为遗孀——她成为原本幸福的小家庭唯一的幸存者。接着，罗纯孝与婆婆因为治丧问题大吵了一架。她又不愿听从王国维的指示——领养二房的孩子作为王潜明的子嗣，以保证长房不绝后，并从此在王家守节。

罗纯孝不辞而别，回到爱她的父亲罗振玉身边寻求庇护。这一行为或被认为是王、罗两家交恶的严重衅端。

来自草原的萨满

蒙古摔跤手

第八组：那时人物

白俄新娘

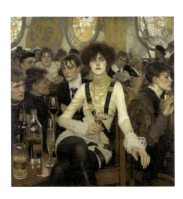

六国记者

第八组：那时人物

白俄难民

日本间谍

风已起于青萍，鱼欲归于藻间。

动荡的北洋末世，呈现出五光十色的霓虹。世界秩序的大崩坏，中国南北的大对撞，让这个光怪陆离的舞台上，有满蒙的萨满和博克，有西伯利亚的神父和难民，有雇佣兵、间谍、小偷、骗子手……以及闻风而来的各国记者。

他们都把各民族的命运、各方的筹码、各人的野心，全部压在中国 1927 年的大赌桌上——想要痛痛快快，大闹一场。

目 录

（本故事偶尔真实）

引子

（一）鱼藻轩

宣统十六年，民国十三年，公元 1924 年，4 月 28 日，晴，近午时分，风暖宜人。

颐和园花到荼蘼。

老大翅膀的蝴蝶借着风力，"嗖"地一下子就跳过粉白堆叠的荼蘼架子，逾越过长廊的顶子去了。长廊那一边，却是一片烂漫开放的牡丹、芍药……而逆着风飘过来的，却是远处几个少年相互嬉闹呼唤的声音。园子里有了少年的声音，立刻变得生机勃勃起来。早上刚扫拭过的长廊还算洁净，但难掩旧物皴裂朽坏的颓势，斑驳的油漆已经经不起深度清洁了。蜘蛛沿着蠹虫开拓出来的道路前行，在现出了原木色的南洋木头构件龟裂的缝隙里鬼祟地藏着。长廊屋檐底下，初来的燕子们旁若无人地出入繁忙——它们也许是江南寻常人家的燕子，撞进了帝王家的屋檐，却也安下家来了。

因为要起得早，在颐和园长廊鱼藻轩亭内歇脚儿的三个老人都有些倦了，其中两位都揣着手靠坐在廊柱边，坐姿都不太板正。另一位缁衣老人左手捻着佛珠，右手用独角鲸的拐杖支棱着地，兀然而立，三角眼乜着长廊上彩绘的故事画——那是诸葛亮和刘关张赵四兄弟闲坐聊天的场景——他们聊的大约是"非惟天时，抑亦人谋"的兴复大业吧……

居中而坐的半老的老头儿长着一副满人标准的大长脸，衣着看似低调，用料却十分细致华贵。他手里盘着扳指，腰上挂着鼻烟壶，却从怀里慢悠悠地摸出一个白金的烟卷盒子，"叮"的一声打开，手腕一转，递向站着的老者，脸上堆着笑搭讪道："郑师傅①，尝尝这个烟，时下流行的'哈德门'烟……"

---

① 郑孝胥（1860—1938）：号海藏，近代著名的大清复辟分子，是溥仪小朝廷的核心成员，也是伪满洲国的开国元勋。

郑孝胥拧过头，客气地摇摇手推辞，嘴角似笑非笑地道："我知道，'哈德门'，青岛货，这想必是康有为特地孝敬荣公①您的吧？"

"哎……都说郑师傅消息灵通……天下什么事儿也瞒不住您的慧眼。"承恩公荣源收回手，转脸儿把烟递给另一位老人——这老人愣了一下，他瓜皮帽子下面还戴着一副宽大笨重的近视镜子——这厚重的镜片愣是将这老人的大眼珠子逼出一股倔强的劲头来，而这老人身形却是有些拘谨、伛偻的——态度总像是欠了钱的佃户。他一身黑色布衣大褂虽然还算整齐，针脚也绝无破绽，但和长袍下露出的一双自家百纳布鞋一样，明明透出村野的穷酸气来。显然，他在三人中地位最低，却是三人中唯一还留着辫子的人。荣源见他拘谨，客气地取出一根烟卷递过去道："王师傅，来一颗吧……这如今都时兴抽烟卷了……方便得很……"

---

① 荣源（1884—1951）：末代皇后婉容的父亲，封承恩公，领总管内务府大臣，是溥仪小朝廷中真正的自己人。伪满洲国建立后，曾历任宫内府顾问官、满洲航空株式会社社长、满洲自动车制造株式会社兼任监事、满洲石油株式会社副理事长等肥缺职位。

王国维①再不敢推辞，赔着小心双手接过一颗，荣源自己也叼了一颗，然后熟练地掏出洋火儿，"啪"地划着了，先给王国维点上，然后随手丢进水里。荣源反身坐回长凳上，跷起二郎腿，给自己又划着了一根，拗着手腕给自己也点着了，悠然长长舒了一口烟气，又把火柴棍甩进湖水里了……荣源的眼睛顺势瞄到上头画着的诸葛亮，于是嘴里哼起："我正在城楼……观山景……"

王国维仔细地抽烟，大眼睛盯着那半截儿炭化的火柴棍儿打着旋子、冒着余烟辄进湖水里，耳边脑补出"呲"的一声幻灭，水里却立刻有几条肥硕的青花锦鲤从绿水中探出头来，一下下地啜着木棍儿，想来是误以为有人投食儿呢……看入迷的王国维嘴角露出笑意来了。

这鱼的活泼倒是勾起了荣源的兴致，他起身伸长脖子四下张望——还果然让他瞅着了，于是伸着脖子朝那边儿喊："庄师傅②！庄师傅！……对……这边儿……弄点儿鱼食儿来

---

① 王国维（1877—1927）：字静安，号观堂。中国近代集大成的国学大师，也是思想史上里程碑式的人物。他担任过溥仪小朝廷的"南书房行走"的职位，同时又是清华国学院的五大讲师之一。而他1927年在颐和园鱼藻轩的自杀，成为至今为人不断争论的一段公案。
② 庄士敦（1874—1938）：溥仪的英文老师，著有《紫禁城的黄昏》一书，书中展现出他对溥仪真挚的情感和他对小朝廷的影响力。他曾短暂地充任颐和园的大总管，对内务府有"兴利除弊"的谏言和改良。

玩玩儿……"

那边儿远远地有个洪亮的声音应答了一声儿。过不久，手上烟还没掐灭，就看见一位身材挺拔魁梧，身穿光鲜猎装的英国绅士，带着几个灰不喇唧的苏拉，拎着几套渔具颠着小碎步赶来了。荣源一看这架势咧嘴笑了，连忙说："不用那些……我又不是老佛爷，不爱钓鱼，我就想找点儿吃食喂喂鱼玩儿……"

"……喂鱼？不钓鱼吗？"庄士敦略一思忖，挥手让苏拉们退下，自己从亲随手里接过一个食盒子，在亭子里打开，却是几个牛肉三明治和啤酒，庄士敦笑道："也近午时了，我估摸着上头玩疯了，一时半会儿也不肯回，您三位要不将就着在这儿用点儿点心吧？"

"哎！还得是庄师傅心细周到……今儿起得早，我可还真饿了……"荣源直接上手，抓过一块三明治，自己上去就咬了一口，然后扯下半片面包丢在湖里，看一群锦鲤抢食儿吃。

郑孝胥则捻过一杯啤酒，一边儿小口抿着，一边儿用手里的独角鲸拐杖戳着廊柱子上的蠹虫洞眼儿，点头笑道："庄师傅可真是用心了，这颐和园比上次来的时候可规整多了，上头把这园子交给庄师傅打理，虽说不上井井有条，至少是敕法有度了……"

荣源听见话里有刺，冷笑一下，并不搭茬儿。看王国维也接过啤酒，比画着敬了一杯，忽然想起来问道："王师傅，我听说庄师傅介绍您去了北大教书？那不是和胡适之他们整天混在一起了？"

"不是北大，是清华学堂。"王国维老老实实地答话。

"是清华国学院，王师傅本来还不愿意去的，是上面下了旨意，王师傅才奉旨去的……"庄士敦和郑孝胥对眼一闪，默契地微笑。

荣源翻着眼睛白了庄士敦一眼，冷笑道："啊！那还真是便宜了那帮学生了呗……"

"那可不是嘛！"庄士敦笑道，"王师傅大受欢迎，现在他是位列清华国学院四大底柱①之一，因此上如今的清华学生都自称是：南海圣人再传弟子，大清天子同学少年……"

"切……真能扯淡……"荣源不屑地一笑，却也真的感到高兴，朝王国维晃晃啤酒杯，甩过去一个真诚的微笑。

"嗯，这也是一段佳话……"庄士敦用熟练的中文书面语

---

① 清华四大师是：梁启超、王国维、赵元任、陈寅恪；梁启超是康有为的学生，所以说是南海圣人的再传弟子，王国维在南书房任职，算是帝师，因此也就是大清天子同学了。

说，"此事风评甚好，和北大的胡适之入宫面圣一样，报上舆论都是赞扬皇上开明的话。"

"嗯……北大，我也是京师大学堂毕业的，说起来，那也是我的母校。说起来，我也当过新党，可你们知道如今的新党在干什么吗？北京大学在闹新文化，齐鲁大学在反上帝，上海在闹罢课……更别说广东了……反了毬的！反正现在学生都要造反，要我说，什么国学？学校直接合办巡捕房才是正理。对了……我听说你们清华大学新开设了一门逻辑学？我就觉得很好嘛……逻辑逻辑，巡逻侦缉，如有不轨，就地缉拿！……这可以说是肃王爷①喜欢的功课了。"

众人哄堂大笑，只有王国维实心解释说："公爷，那可不是那个巡逻侦缉的缉，这个逻辑……是……这样写的……"用手指蘸着啤酒，弯腰就要书写……

众人更笑，荣源指着王国维鼻子笑岔了气，又指指庄士敦说："庄师傅，您瞅瞅我们王先生学贯中西的，就是学不会你们鬼子的幽默。"

王国维推一推眼镜，这才发觉荣源并不是真糊涂，也不

---

① 善耆（1866—1922）：肃亲王，晚清重臣，中国现代警察制度的奠基人之一。也是清帝退位后，积极的复辟分子、宗社党的骨干、满蒙分裂运动活动家。金碧辉的生父，日本间谍川岛浪速的结义兄弟。

禁哑然笑起来。这时，远处半山腰顺着风也传来几个青年爽朗的笑声，于是这群帝师们的心情也更加放松下来。

荣源灌了一口啤酒，叹口长气说："也亏得您庄师傅，皇上如今心情好多了，上头高兴，我们便也少了多少是非……只是，您也太能带着皇上玩新花样了……这才装了电话，这皇上又要买汽车？先别说老太妃那边儿能不能说通了，就说我们内务府现如今哪来的那么多银子买那个洋玩意儿？"

庄士敦笑道："这可别怪我，据我所知，是醇王府上先装了电话，皇上才要装的；这汽车也是一样啊，醇王爷先置办下了，皇上自然也跟着要买的……"庄士敦一边儿说着，一边儿也拿出洋烟卷发给大家。看大家抽上烟，气氛也和缓了些，庄士敦才岔开话题道，"说起来，昨儿个晚上，东交民巷23号那边倒是转过来一个电报……可是笑了我一个晚上。"

荣源眼珠一转，问道："那是美国来的电报？"

庄士敦说："正是，不过不是美国人发来的，是一个自称俄国皇室成员发来的。他在电报里自称目前是沙皇的合法继承人，他目前正在发起一个全球逊帝俱乐部……诚邀咱们皇上加入呢。"

此言一出，荣源有些恼怒，王国维却很是好奇，而郑孝胥却用拐杖戳了戳地，挑着眉毛，睁大三角眼疑惑地问："这电报是美国使馆转给您的？"

"那倒不是，是发给《密勒氏评论报》的记者鲍威尔先生的，他特地转给我了。"庄士敦漫不经心地喝着啤酒回答道。郑孝胥眼光一下子又暗了回去，转头又默默地观赏起长廊上的故事画，不但对众人谈话漠不关心，而且还有意无意地越走越远了。

大家却也不在乎郑翁的离席，荣源皱着眉头说："庄师傅，这样的电报，我看就不要拿给上头看了。"

"得——您嘱咐晚了，我今儿早上出发前就给皇上看过了……他不但没生气，反而很高兴呢。"庄士敦话说一半儿，卖关子似的停下来，拿起最后的啤酒给荣源和王国维满上，向二人敬酒道，"干……"

王国维顾不上喝酒，便好奇地问："那皇上怎么说？"

"皇上说好得很！好得很——自欧战以来，多少皇冠落地……最惨的就是俄国沙皇一家……如今终于有人出来成立一个俱乐部，那倒是一件美事。"

"皇上真的这么说的？"王国维大为惊讶。

"是啊，皇上还说，不但要成立俱乐部，还可以组织活动，会费可以大家都交一点儿，出一个画报，每年都搞个聚会——

就像奥运会，评比一下每年的最佳君主，发个奖。"

"真是……荒唐……"荣源摇头叹息。

庄士敦笑道："皇后还说，'咱们大家都丢了皇位，不免心中愤懑，又都百无聊赖，不如干脆组织一个交响乐团，不但陶冶性情，还能演出赚钱，考虑到大家原来都是皇帝，不如指挥这个位置大家轮流做，也可以轮流回味一下权力的味道……现如今百花盛开，牡丹又是花中之王，不如这个乐团，就叫牡丹音乐团吧……'"

庄士敦模仿得惟妙惟肖，王国维听得乐不可支，荣源却佯做大怒道："这死丫头真敢浑说！"

庄士敦接着说："还没完呢……皇上最后补充说，'干脆我们拿演出赚的银子去海上买一座岛，岛上修一座宫殿，每个君主一个院子，大家都住在里面，一起玩儿，一起唱歌，一起讲各个国家的故事，每天升各个国家的旗帜，蓄养各个国家的动物、植物，就像万牲园，就像奥运会，就像世界博览会……然后每天用共和的方法选举一个人出来做国王，算是人类文明中君主制败给共和制的纪念馆，倒霉君主的世博园。'"

这下荣源连吐槽的心情都没了，有些动了真怒，把半杯啤酒狠狠墩在长凳上，刚要由衷赞美这一创意的王国维吓得把笑容给硬生生憋了回去。庄士敦却打个哈哈道："荣爵爷……您看……您也没学会我们洋鬼子的幽默呐！"

这下三人都忍不住一笑了之。这时，已经走出十几米的郑孝胥忽然转回身来，用拐杖遥指着远处玉泉山塔朗声吟诵道："忽闻海上有仙山，山在虚无缥缈间……嗯……"

> 昆明万寿佳山水，中间宫殿排云起。
> 拂水回廊千步深，冠山杰阁三层峙。
> 磴道盘行凌紫烟，上方宝殿放祈年。
> 更栽火树千花发，不数名珠彻夜悬。
> 是时朝野多丰豫，年年三月迎銮驭。
> ……

"静安老弟，你这首《颐和园词》写了也有十年了吧？"

"十二年了，郑师傅，已经十二年了。"王国维缓缓放下酒杯，把手揣回袖筒里，摇头叹气。

"咦……十二年，又一纪小轮回啦……正是'不须更上新亭望，大不如前洒泪时'……哎！"郑孝胥大声吆喝道，"庄师傅，王师傅，荣公，我们几个也歇得够了吧？不如再抖擞抖擞精神，到前面去迎驾可好？我看皇上、皇后和他们几个年轻人已经上了佛香阁了，要往回走了，我们去迎一迎吧？"

众人纷纷答应了，点头起身，将食盒撂在原处——自有后面跟着的苏拉们去收拾。荣源见王国维主动站在一侧，连庄士敦也请他先走，心中得意起来，起身指着前面笑道："还得是郑师傅身体好，我们也别落下啊……走……请……"说罢，迈开方步走在当先，觉得四下春意盎然，暖风醉人，不由得开口念起了道白，"门外青山绿水……黄花白草任风吹①……哈哈……走……请……"忽然咧嘴一笑，走过来牵着王国维的手，手指着他笑着继续念白说，"昔年周游列国，习就满腹才学……"王国维摆手表示不敢当，荣源仍是戏精似的抖了下不存在的袍袖，念白道，"如今看破时世，隐居山林安乐……"二人相视大笑。

这时却听前面郑孝胥清了清嗓子，竟然唱了起来：

俺伍员好一似丧家犬，满腹的含冤向谁言？
我好比哀哀长空雁；我好比龙游在浅沙滩；
我好比鱼儿吞了钩线；我好比波浪中失舵的舟船……

庄士敦也来了精神，瞅准了空子，大声叫了一声："好！"
这边喊了声好，远处立刻传回几个青年男女清脆的回应：

---

① 京剧《文昭关》选段，下同。

"好！好！好！庄师傅！王师傅！这边儿！这边儿！"

"亨利①！I Love You！"

"伊丽莎白！I Love You！海伦！I Love You！"

听到皇上惊世骇俗的爱的宣言，几个老人全都哑然失声。荣源悄悄拽了拽庄士敦的衣角，把他拉到一边儿笑着说："庄师傅……北府②汽车买的是美国的别克牌的，您看那车怎么样？为啥又有人劝我要买法国牌子的呢？"

庄士敦正色道："别听他们的，赢了几个自己办的拉力赛就吹牛，马达谁好我不知道，但是我们这个皇室专用的汽车，只有我们英国产的才是最正宗的皇家气度。"

荣源见他很上路，不由眼珠一转，默契地笑了起来，道："庄师傅果然耿直……这一点上，很像赫德③先生啊。"

"我是吗？"庄士敦故作惊讶地周旋着，掏出香烟又给两人点上火儿。

"太是了啊……"荣源笑道，"记得赫先生有句名言嘛……'和英国没生意关系的时候，我是中国心，但如果和英国有生

---

① 亨利是溥仪的英文名。伊丽莎白是婉容，海伦是唐石霞。
② 北府是醇亲王府，当时也就是溥仪生父醇亲王载沣的府邸。
③ 赫德（1835—1911）：英国人，执掌大清国海关总税务司半个世纪，死后受封大清太子太保。

意，那便是我固英国人也！'"

"哈哈哈……您说得对！不过我不是吹牛，我们英国的劳斯莱斯幻影，是最气派的……不会有错。荣大人，您看这烟卷儿……这啤酒……这衣服……我给您说，以后，这些产品，只要是中产之家，都可以用到的，再分不出贵族来了。时代不同了，人不再分四六九等，只分两等……开得起幻影的，和开不起幻影的。靠衣服、烟卷儿，分不出来了，只有靠汽车……别克，我也能开，但劳斯莱斯，只有你们皇室成员能开。"

荣源似有所悟，频频点头，抬头凑近庄士敦耳朵说："您很聪明，我看您未来成就不会在赫德之下的……我看好您呐……"

庄士敦爽朗大笑："谢谢荣爵爷吉言，不过赫德先生封的是太子太保，我也很想当啊，可这，太子太保……那是不是要先有太子爷才行呢？因此，我的希望还是在您……不……在您女儿身上，我祝您的女儿早生贵子！"

这话说得荣源眉开眼笑，拍着庄士敦的后背笑道："对！说得好！说得好！你说的是什么车？劳……劳什么什子？"

"不是劳什子……是劳斯莱斯。"

"成……我有数了。"荣源拍了拍肚子。

"成……我也有数了。"庄士敦眨了眨眼睛。

两人哈哈大笑起来。

王国维看到郑孝胥忽然停住了，走过去搭讪，郑孝胥看见王国维，指着梁柱上的彩绘问道："王师傅，您看看，这画的是什么？"

"渔夫嘛，郑师父，您看有个鱼篓儿。"

"哦，有道理，还得是王师傅嘛！哈哈……请……"两人一前一后沿着长廊继续前行。

郑孝胥高声吟诵道："沧浪之水清兮，可以濯我缨；沧浪之水浊兮，可以濯我足。"

远处佛香阁上传来充满青春朝气的呼喊声："万岁！万岁！万万岁！万万万岁！"……

（二）津浦线

宣统十九年，民国十六年，公元 1927 年，4 月 30 日，午后时分，细雨绵密，春寒料峭。

津浦线 济南路段

时停时走的钢铁列车裹挟着十万败军在春雨泥泞中向北溃退。

车窗外，原本长势喜人的青绿麦田被溃军的卡车碾轧出一条条黢黑的泥水路，远处不时被炸毁的笨重装备腾起一团黑烟。浓烟被风一卷，像蝗虫群一样飘向远处的窟堡荒村。溃兵们大多丢光了旗帜、武器、装备，甚至军服标志……他们光着脑袋，裹着棉袄，袖着双手，散了绑腿，凌乱地茫然而立。他们全都迅速恢复了田坎上闲汉的状态，一齐对着缓慢驶过的列车发呆。

在成百上千双空洞双眼的注目礼下，缓缓前行的火车车厢内因此压抑静谧。车内虽然充斥着劣质烟草的弥漫熏呛，但比起窗外的世界，车厢里反倒像是天堂了。王国维靠窗坐着，一身暗色长袍显得有些颓废，而更颓废的则是他蓬乱的发辫和满嘴的血泡，显然他在旅程中吃了不少苦头。

忽然一个坐在窗边儿的青春靓丽、衣着整洁的女学生兴奋起来："看……飞机！"她指着灰蒙蒙的半空中叫了起来。

和她正对面，也靠窗坐的正在制作剪报的王国维从报纸中抽回目光，用近视眼扭着眉毛眯着眼向外寻找。可他还没找到飞机的影子，就被与他同座、靠过道儿的日本小伙子狠狠挤了一下，那小伙子不由分说，掏出他的柯达－伊斯特曼相机贴上车窗去——似乎是敏锐地抓到了新闻，不顾自己身体已经重重压在王国维身上了。小伙子拼命想把车窗打开，然后给飞机拍照。那女学生似乎也是个胆大的青年，竟然帮着小伙子一起拽开了车窗。

新鲜的冷风陡然灌进车厢，同时窗外的战争氛围也随着烧橡胶的味道灌了进来，让这节二等车厢中的很多旅客不安起来。与王国维同一个卡座中的第四个人——是一个富商模样的中年人，他忍不住直接劝慰道："我说……别开窗……外面全是丘八……可别惹事儿……"

那小伙子不听，像逮住大鱼的孩子，把半个身子都探了出去，胡乱按了两张后，扭头对兴奋的女学生宣布："看！是张宗昌打败了……看到没？前边都是白俄的骑兵……"

正说着，那飞机在半空盘旋一圈，竟然加速俯冲，向火车这边儿飞来了。这可把那商人吓坏了，惨叫一声道："完了，要扔炸弹！"这话一出，吓得一节车厢的旅客倒有半数蹲下了，随即车厢里升腾起一阵"我的上帝菩萨老天爷啊……"之类混杂不堪的祈求。

而驻扎在前面地头上，守着一辆破卡车和篝火堆的白俄溃兵们正在准备杀马吃肉——领头的布利亚特族^①准尉抬手一枪打在被五色军旗裹了脑袋的战马头上——那马立刻倒在地上抽搐着。那白俄准尉抬头看看飞机，又扭头看到缓慢经过的列车，似乎瞟见了这节车厢有一扇打开的车窗——车窗里竟然还有个女学生。他挑衅似的双手一撑，让呢子大氅敞开，露出毛扎扎的健壮胸脯来，他装腔作势地把手枪狠狠插在胯上，反手抽出恰西克马刀，挑衅似的对着火车唱起什么歌来。

那女学生受了冒犯，气得缩回脑袋，想要把车窗放下来，那日本小伙子却丝毫不怕，一边儿冲那白俄战士竖起大拇指致意，一边儿努力稳住相机给他照相，丝毫不理会女学生关窗的

---

① 蒙古族的一个分支，广泛生活在从贝加尔到呼伦贝尔的草原上，武勇善战，是白俄骑兵的主要力量之一。

请求和王国维虫子般细微的抱怨："你……你把我的报纸都压坏了……我的报纸……"

这时，飞机正盘旋俯冲过溃兵的营地，投下无数传单……五颜六色的彩色纸片儿在半空炸开飞扬，大部分麻木的溃兵们在这诡异的"春雨"中无动于衷——因为他们都是文盲，拿到了也读不懂。

而这些传单却让本就兴奋的日本小伙子彻底疯了，他像案板上的鲤鱼一样扭搭挣扎着向车窗外伸手，希望抓到一张传单。好心的女孩儿怕他甩出车去，赶忙请商人抓住他的腿，那商人却恨不得一脚把他踹下去……只有王国维努力护住眼镜，徒劳地不断将那小伙子脚下的报纸收拢保护起来。

忽然风向一转，十数张传单被风卷进车厢里，一张粉色的传单直贴在日本小伙子脸上把他带进车内来。小伙子如获至宝似的捂着脸上的传单退回座位，立刻展开传单读了起来，车厢内其他人也都顺手捡起来看。车窗也终于被女学生用大气力关上了，车厢内恢复了些秩序感。

传单正面只有八个大字，小伙子用熟练的中文读道："南口大捷击破潼关"，他翻过传单读后面小字，道，"讨赤军连战连捷，于南口击破刘汝明、佟麟阁部，镇嵩军越过潼关，大军围困西安，冯玉祥老巢危在旦夕……阎锡山加入安国军，出任副总司令一职……①"

"切！扯卵蛋……"那中年商人不屑一顾地骂道，"这真是上坟烧报纸糊弄鬼啊！这指定是张宗昌糊弄大头兵呢……南口大战都是去年的事儿了……他们怎么不说刚丢了南京、上海？"

那日本小伙子拿出一个大笔记本，认真地将传单夹好，然后拿出钢笔认真记录："上坟烧报纸——糊弄鬼……"他抬头，看见女学生忍着笑正帮着王国维把刚刚他踩蹦过的一大堆报纸弄平整。他赶忙起身鞠躬道歉："对不起，对不起……失礼了。"

王国维微微颔首，算是接受了道歉，也拿出一个大本子，继续做剪报。小伙子看着剪报本很是喜欢，凑过脑袋看了几眼，看到有纯日文的报纸剪报，眼睛一亮道："先生您懂日文？"

对面女学生闻言诧异地看一眼王国维，不可置信地盯着老人的辫子若有所思起来。那小伙子自来熟地拍拍自己的本

---

① 刘汝明和佟麟阁都是冯玉祥的部将，镇嵩军是直系军阀。1927年是北伐战争的尾声，北上的国民革命军势如破竹，已经击破江淮的直鲁联军，意图继续北上。冯玉祥在遭受了去年的南口大战失败后，正在共产党的帮助下重新蓄积力量，将于5月初五誓师，夹击直鲁联军。阎锡山也即将加入国民革命军的阵营。但由于蒋介石为首的国民党背叛革命，悍然清党，使光荣的北伐战争变成了新一轮的军阀混战。

子，笑道："我也做剪报的，不光是剪报，还是旅游日志，是手账。"

"嗯，当然……你是东亚同文书院^①的学生嘛……"王国维瞟了他一眼，淡然地敷衍过去。

"啊？您怎么知道的？"那小伙子被说破身份，自豪地笑起来，再次躬身行礼道，"在下青井勇，是东亚同文书馆第十六班的学生，请先生多多指教。"

王国维见他自报家门，只好颔首："我在你们附近的哈同花园^②住过一阵子，所以知道你们。你是走哪条线路的？"

"哦……原来如此，我是藤田老师^③的学生，现在京津日日新闻社^④的实习生，正准备去甘肃、青海考察。"

王国维脸上阴晴不定，最后露出一丝苦笑，只是点点头，不再作答。青井勇被尬住了，还好对面女学生正对他投来好奇、羡慕的目光。那女学生一看目光对上了，赶忙自我介绍

① 1901年创立于上海的日本学校，致力于中国各个领域的深入研究。抗战后被认定为间谍组织，予以取缔。
② 王国维在1916年从日本回国后，曾在犹太人哈同资助的"广仓学窘"《学术丛编》任编辑主任，这一时期，王国维考古学几近大成，其《观林堂集》就是在这一时期完成的。
③ 藤田丰八，西域历史学家，东亚学院和东文学社的创办者，著有《支那文学大纲》等专著。
④ 京津日日新闻社社长是里见甫，此人为间谍、文物贩子、鸦片商人——号称满洲的鸦片皇帝。

道："您好，我叫谢冰莹①，是北平女师大的学生。"

青井勇点头微笑，指了指女学生胸前校徽："对，女师大的，幸会。"

女学生谢冰莹骄傲地点点头，大方地请求道："您的笔记本……哦，手账，可以给我看看吗？"

"当然……可以的……请指正……"青井勇微笑着把笔记本递了过去，这本子刚用了不久，后面基本是空的，但前面已经密密麻麻写满了旅行日记，大部分直接使用中文写的，而且其中夹杂着各种手绘——交通图、地形分析、人物素描、物产漫画、风景画……甚至还贴满了地方上的传单、戏票和邮票……种种细致入微，丰富多彩。看得谢小姐连声赞叹，青井勇被夸赞得脸色微红，有些得意。旁边的商人也瞟了几眼，感叹道："哎呀，真是人才啊。你们大学生，真是了不起。"

青井勇连忙表示感谢，对商人微笑道："您刚才说张宗昌是糊弄大头兵？您怎么知道的？"

商人笑道："我自然知道，我就是去南口做生意的，我江

① 谢冰莹（1906—2000）：中国近代史上第一个女兵、女战地记者，北伐军中的光荣一兵。1927年经历过武昌血战的她，又经历了大革命的低潮。这时她服务的队伍被解散了，正只身北上，继续求学。

西人，做桐油生意、木材生意，你知道为啥南口要桐油和好的木材？做棺材——南口大战打得惨，死的人太多了，而且死掉了很多大官儿……我的桐油最好，刷在棺材上，那是保证不开裂、不生虫，敲起来梆梆响！……"他自觉说跑了题，又说回来，"反正两边都死了很多人，都是元气大伤。晓得不？奉军在北边打得吃力，所以北伐军才能在南边儿打败张宗昌，占了南京和上海……你们看吧，奉系是在南边吃了亏，国民军却是在北边吃了亏，现在北伐军要过长江了，必得还要打一场大仗呢。哎……"

"哼，打仗死人，你的桐油生意岂不是就更好了……"谢冰莹故意打趣这个商人。

"呀……可不能这么说，好像我是缺德的，我就是个卖桐油的。桐油可是好东西，现如今主政江西的朱将军①正要用桐油和洋人换飞机呢……朱将军都说桐油有利国家。"

"对，要是北伐军也有飞机……"谢冰莹眼光忽然闪烁了一下，然后自觉失态地低声呢喃道，"打武昌就不会死那么多人了。"

王国维刚从报纸上剪下一则新闻，正要加入笔记本，闻

---

① 朱培德将军，1926 年作为北伐军中路总司令大破孙传芳，攻下江西。1927 年出任江西省主席。

此言抬起沉重的近视眼镜瞄了这女学生一眼，却正和女学生的眼神相对，那女孩本以为老人要说什么，却没有，王国维以同样缓慢的动作又把头低了回去，继续研究剪报。

青井勇像是要发表什么高论，招呼着大家的注意力，低声问道："你们看，中国的内战，是北伐军会胜，还是北洋军会胜？"

"当然是北伐军会胜。"谢冰莹立刻昂头肯定地说。

"不好说啊……我看吴佩孚和孙传芳这回是完蛋了……"商人摇着头指向窗外说，"张宗昌……你们看……也够呛了……那么也就剩张作霖的奉军自己了，奉军那可多强啊，人多、枪多、飞机大炮加军舰……你北伐军这些都没有……能打到长江就不错了，最后还不是南人归南，北人归北……"

"飞机大炮多又有什么用？北伐是民心所向，一定摧枯拉朽！"谢冰莹甩了甩短发，一下子露出了几分时下革命青年的峥嵘。

商人看女学生的样子摇头叹息道："咦哟！我听你个女娃儿口音是湖南的吧？还摧枯拉朽……北伐军倒是摧枯拉朽地把个人心都给搞乱喽……你在城里头读书不知道，乡下乱成什么样子……就在上个月，那个邵阎王①带着一帮人，居然把

---

① 邵式平（1900—1965）：农运领袖，领导了弋横起义，创立了红军十军团和闽赣苏区。

龙虎山天师府都给砸了 …… 罪过呀 …… 冯玉祥在河南见庙拆庙，寺庙都改了市场了 …… 这是北伐军还没过黄河，我看到了这里——山东，孔庙也得给推倒了 …… 再到北京，皇宫也得给拆了。"

"哼！我看砸得好！就得拆！皇帝早都没了 …… 要皇宫干什么？留着给他们复辟吗？"谢冰莹有些上火，正待继续和商人辩论。却冷不丁听到王国维发出一声闷哼，只见老人将夹剪报的大本子打开，翻出一页，用手指愤怒地指点着上面的剪报，用有些发抖的声音沉声说道："湖南？湖南！你们 …… 他们杀了叶主事！"

大家一下都呆住了，都把目光投向王国维的剪报本子，只见上面是 4 月 11 日的消息，湖南农会当众处斩了封建余孽、豪绅领袖的叶德辉。商人并不知道叶德辉究竟是何许人也，摇头叹息道："哎呀 …… 农会乱杀人，何止这一人 ……"

那青井勇却惨然道："叶先生是学问大家，死得真是可惜 …… 我们学校教我们中国诗词的松崎鹤雄先生，还是叶先生的学生呢，算起来，叶先生还是我祖师爷。当年法国大革命杀死了大学者拉瓦锡，另一位科学家拉格朗日曾说过'你们一秒钟砍掉的头颅，再过一百年也长不出来的 ……'叶先生大约也是如此的吧 ……"

遭到三面夹击，感到孤立的谢冰莹不屑地摇头，反驳说："可惜什么？叶德辉本来就是老顽固！大土豪！他破坏北伐，骂参加农会的人都是杂种、畜生[①]，哼……杀得好，死了活该。"

王国维仍是用手指敲打着剪报说："顽固，就是有罪吗？骂人，就该杀头吗？"

"那……那张作霖不也杀了林白水、邵飘萍、李大钊？"谢冰莹不服气地反驳着，忽然想起什么，一把抓起报纸，随便一翻，就是李大钊被害的新闻。小姑娘学着王国维敲着报纸新闻说，"您看看……李大钊先生也被害了，您怎么不说，怎么不剪进去！"

王国维感到不可理喻，随手翻到昨天的剪报，赫然就是李大钊遇害的新闻简报，他说："你看……这不是……嗨！我跟你说的又不是这个！"他不愿做口舌之争，甚觉无趣……

青井勇连忙出来打圆场，赔着笑道："哎……先生，您的剪报册可否让我一观，让我学习学习？"

王国维颔首，将本子递了过去，自己索性摘了眼镜，往

---

① 叶德辉之死，是因为他写了一副对联送去农会："农运方兴稻粱菽麦黍稷一班杂种，会场扩大马牛羊鸡犬豕六畜满堂。"故后人又说他"自己寻死"。他于1927年4月11日被农会砍头，而随后一天就是上海"四一二"反革命政变——这是大时代的一个巧合。

后一靠闭目养神。那女学生也觉得没趣儿，也低头翻看起青井勇的旅行日记。

那商人却不甘寂寞地摸摸胖肚子，忽然问青井勇："小伙子，那你看……从你外国人角度看，是北伐军能赢还是安国军能赢呢？"

青井勇眨眨眼，狡黠地一笑，示意对面等他一下，他在简报中迅速翻检起来，没几页便停了下来，得意地展示给对面两个人看，那是中日报纸分别对日本新首相田中义一组阁的报道。

"田中义一，他出任首相了。"青井勇道。

"那又怎样？"

"这个人不但是在日俄战争中脱颖而出的政治家，很了解中国的，而且，他还是张作霖的朋友，甚至可以说是张作霖的救命恩人。因此，我看田中首相组阁的日本是不会看张作霖失败的。抱歉，这么说虽然可能你们会不高兴，但我还是要明说——对于日本来说，南北分裂的中国可能更有利。"

感到对面投射过来的仇恨，青井勇便摊开手苦笑道："别这样看我……不是我这样想，是那些政客们。你们看看中国内战打了十几年了，结果怎样？真正输赢不在中国军队，而是背后的汇丰银行、法兰西银行、德华银行、花旗银行、正金银行。你们的政府不靠借贷，你们的军队就没有军费来源，表面上是你们的军队在打仗，其实是外国的货物在你们的国土上打销售战。各大强国赚了钱，再给你们的军阀交一点关税，让他们买枪——其实从大清朝开始就是这样子了。因此——你们看，北京政府拿的是正金银行的钱，广州政府拿的是苏俄人的钱，因此，如果背后的大国不肯结束，中国的战争那就永远不会结束。"

"所以我们要抵制日货。"谢冰莹怒道，"我们北伐，最终也是要打倒列强！"此言一出，商人吓得四下看看，抽身坐远了一点儿，显然退出了这场谈话，以免惹祸上身。

"嘘……"青井勇让她压低声音，他点头小声说，"你说得没错，可是你们总得用外国的东西吧？你们自己又没有，所以，不是英国，就是俄国，或者就是美国，或者我们日本……可是，我们是同文同种的兄弟之国不是吗？我们难道不应该团结起来，为了亚洲的进步而合作吗？"

"你们侵占了我们的青岛、旅顺、台湾！"

"我知道，那是不愉快的记忆，可很多是发生在清朝时代的，我们要往前看。而且，我虽然是日本人，但我个人就很反对占领你们的青岛。说真的……青岛应该退还给你们。中国是伟大而宽厚的民族，关东大地震的时候，我家就在千叶县，我们居然收到了很多中国人捐助的物资，我们都很感动……因此去年，上海大瘟疫的时候，我也组织国内的人一起给你们募捐，你看……我们是完全可以友好合作的。我再说一遍——我本人完全同意你们收回青岛的要求，我们亚洲应该一起抵御西方的殖民主义者，我们日本不应该变成他们的帮凶或者替代者。"

青井勇的一段慷慨陈词竟然把谢冰莹说蒙了，想了半天竟然不知道如何反驳，甚至不知道有没有反驳的必要，但又总觉得对方的观点难以接受。但如果就这样不说话似乎又像是默认了对方的观点，因此，谢冰莹只能重重地将青井勇的手账本合上，重重地还给对方，算是保全了一个爱国者的尊严，坚守住了自己的立场。

青井勇苦笑了一下，收起自己的手账本，仔细研究起王国维的剪报本子，翻了几页，他不禁眉头一皱，只见其中一页有潦草的书签题记道："国有四维，一维绝则倾，二维绝则危，三维绝则覆，四维绝则灭。四维崩颓，如若望默示录[1]云，曰战争、曰饥饿、曰瘟疫、曰死亡——"

接着往下翻，先是糟糕的内战，四川的饥荒，上海的瘟

---

[1]《圣经·启示录》。

疫，然后就是一系列的死亡讣告：张謇死了，康有为死了，李大钊死了，叶德辉死了，毕庶澄死了，赵尔巽死了，张彪死了，大正天皇死掉了，芥川龙之介死了……然后，从书页间滑落一张全家福，是王国维及罗振玉与儿子、媳妇的合影，儿子和媳妇还各抱着一个女孩儿。青井勇这时心中一动，回想起去年中秋的一则旧闻，他顺着剪报册翻阅回去，大约正是这张照片掉出的位置，他果然找到了这则消息："上海疫情形势不容乐观，帝师王国维家中连遭不幸，一双孙女先后感染瘟疫夭折，入秋，其长子王潜明因悲恸过度，引发哮喘，不幸去世。王潜明生前任职于上海海关……"

青井勇不忍继续阅读下去了，赶忙收起剪报册，恭谨地放到王国维面前的桌上，自己无声地叹了口气。王国维还在闭目养神，对面的谢冰莹还是气鼓鼓的，商人也开始打瞌睡，而火车剧烈地晃动了一下，发出一声沉重的叹息，然后就停住了。

众人好奇地看向窗外，只见一只全副武装的钢铁巨兽趴在列车一侧。巨炮、机枪犹如棘刺横七竖八地插在铁皮包裹的闷罐子上，脸色铁青的士兵们像一堆疥虫似的附在巨兽身上，表情既贪婪嗜血、又狡黠孱弱。这只抛锚的巨兽生死未知，溃兵们手里的烟卷儿，是这丑陋巨兽身上唯一剩下的活气儿，但这气息还没聚成势，被春风一吹，就转眼散去了。

"是张宗昌的铁甲列车——长江号。"青井勇大着胆子指着钢铁巨兽身上的油漆编号说，他忍不住还想拍照，却被谢冰莹一个眼神制止住了，车停了，不祥的预感于车厢内蔓延开来。

果然，不一会儿，在听到一阵吆喝和叱骂声后，一个少校带着十数名直鲁联军的兵痞护着两名白俄将军和十数名白俄女眷，荷枪实弹地闯进车厢，大声喝令所有人不得乱动。列车长悻悻地跟在后面。

那两个白俄将军检查了一下车厢，互相交换了一下眼色，满意地点点头。于是那少校厉声下令道："本节车厢我们征用了，请你们立刻离开，到后面车厢就座。"

后面是三等车厢，想来早就挤满了乘客。因此有些乘客立刻七嘴八舌地抱怨起来，或者举着车票让列车长主持公道。那列车长哪敢说话，只是一个劲儿地拱手作揖。另一些识趣的乘客在这世道早就见怪不怪了，那江西商人就立刻灰溜溜地起身麻利地收拾东西，嘴里念叨着："赶紧走吧，这年月哪有和丘八讲理的？不如早点过去，还能找个舒坦点儿的位置……"

另有些"聪明"的乘客开始和那少校搭讪，无外乎是：我是谁谁谁、我认识谁谁谁、或我舅舅的外甥是谁谁谁……而那少校一瞪眼，就把这些人都吓跑了。少校一挥手，士兵们开始分头在逐个卡座驱赶动作慢的乘客。

王国维东西多，又讲求条理，因此不免顾此失彼地手忙脚乱起来。谢冰莹和青井勇看不过，便都上来帮手，但仍被毛躁的兵痞骂了，那青井勇听见骂得腌臢，顿时气不过，放下东西站起来，用日语喝道："いいえ！無礼！"

一听是日本人，那士兵果然立刻有些怂了，看向少校，却见那少校假装看不见。那士兵于是壮着胆子举起枪吓唬青井勇。青井勇也犯起牛脾气，昂着头对着枪口瞪了回去。那士兵显然不敢开枪，于是调转枪托就要给青井勇来一下子。

眼看青井勇要挨揍，谢冰莹喊一声："不许打人！"却毫不影响那兵痞的行动。却只听"砰"的一声，那枪托并没砸中青井勇，而是被边上一个穿青色土布长衫的大汉用臂肘硬接了下来。那大汉轻描淡写地收了身形，不卑不亢地对兵痞挤出一丝微笑，用一口天津话说："总爷，这不收拾着呢吗？别上火呀……"

青井勇没挨到打，却反而来了劲头儿，大声自报家门："我是京津日日新闻社的记者——青井勇。"他指一指正在关上皮箱的王国维，"这是你们国家的大学问家王国维先生，你们这样无法无天，一定会被追究责任的。"

谢冰莹气得七窍生烟，一把将青井勇往后拉，那见义勇为的壮汉也斜愣青井勇一眼，怒道："这二百五叭叭叭地说嘛呢……"转头冲那兵痞道，"总爷，这就收拾完了，您抬抬手儿……"

而那士兵刚才手上似乎吃了一点儿暗亏，对这大汉竟然有些畏惧。这时那边儿已经基本清空了车厢的少校陪着两名白俄将军走了过来，示意那士兵退下。其中一名略为年轻的白俄将军瞥了一眼这四个奇怪的人，看到谢冰莹立刻笑了起来，用熟练的中文说："打搅各位了，现在车里位置足够了，如果不介意，各位可以留下，和我们一起坐。"

谢冰莹冷哼一声，回答道："我们收拾好马上就走。"说罢使劲含着胸、佝偻着腰隐藏起自己凹凸有致的身材，并低头手忙脚乱地帮王国维收拾行李。王国维随身有两只沉重的大皮箱、一个手提公文包，好容易收好了，却不好拿。那壮汉呵呵一笑，将自己的包袱往身后一背，一手抄起一只大皮箱，就在前面开路，谢冰莹赶忙夹着自己的行李扶着王国维紧随其后溜走，青井勇也只好放弃了维权，拎起自己的行李箱，转头怒道："你们等着，这事情一定会见报的。"

那个白俄将军冲他捏捏帽檐，捻着胡子点头道："很好，我叫谢米诺夫①，登报可别写错了。"

　　青井勇脸色一变，瞪大了眼睛，似乎要把这个白俄的长相刻在脑子里。然后他才点点头，哼一声，转身走掉了。谢米诺夫笑呵呵地坐在原来王国维的位置，翻了翻剩下的报纸，又抄起一张没带走的传单，朗声道："南口大捷……"他哈哈笑着把传单揉成一团扔了，从靴子里抽出一大沓奉票儿，废纸一样往桌上一扔，对一边战战兢兢的列车长说："车上有什么能喝的东西吗？"那列车长盯着奉票满脸作难，却不敢说半个不字。

　　风势迟钝了，雨就又下了起来。火车再没遇到阻拦，顺利地经过济南、德州，加速行驶在入夜的华北大平原上。灯火昏黄的三等车厢挤满了乘客，那些从二等车厢被赶过来的旅客大都顾不得体面，挤在过道和厕所外面，不时把窗户打开换一换腌臜的空气，但又得立刻关上，免得雨水打湿了衣服和行李。王国维和谢冰莹坐在自己的箱子上瞪着眼发呆，幸亏那大汉帮他们抢到了一个角落的位置，还算能保存一份体面。身体的劳

---

① 谢米诺夫（1890—1946）：俄国哥萨克军阀头目，活跃于"一战"和反对苏维埃的俄国内战。作为白卫军的领袖之一，他失败后一直在满蒙地区活动企图卷土重来。这期间曾经深度卷入中国的军阀混战和溥仪的复辟计划之中。"二战"后，他作为日本间谍，被苏军处死。

累和拥挤带来的不安让他们忘记了刚才的不快，只是熬着，巴望着早点儿抵达天津，摆脱这些糟糕的记忆。只有青井勇已然恢复了活力，他似乎把这三等车厢的拥挤当成一次全新的冒险体验，但他胆子再大，也不敢公然拿出相机来照相。他很想和谢冰莹说说那个白俄将军谢米诺夫是什么身份，可惜谢冰莹自打出了车厢就再没搭理过他，而那个壮汉也有意无意地把他挡在了圈外——这让青井勇对这次行程的尾声颇感遗憾，但他灵机一动，抽出了炭笔和手账本，开始画旅人们的素描……

刚才的二等车厢内却完全是另一幅场面，两个白俄将军和刚才那一大群白俄女眷都宽了外面的风衣和斗篷，举着列车长弄来的啤酒疯狂痛饮。谢米诺夫又不知从哪儿找来一把六角风琴，他拉起风琴，领头唱起了《西伯利亚步枪手进行曲》。歌声中，一名酣醉的白俄女郎尖声笑着，奋力打开了一扇车窗，冷风立刻吹荡着她松开的胸衣。她享受着湿润的凉风，完全不理会冷风卷起桌上大把的钞票，呼啦一下子，散入黑不见底的夜空。

随着风卷起的钞票、传单、剪报，鬼魅般翻滚在蒸汽列车的周遭，满洲里会议的剪报猛然贴在一扇头等包厢的车窗上，车窗哗啦一声打开——灯火通明的车厢裹被在天鹅绒里，一名身穿雕绣和服的女孩满脸喜悦地站在窗口，她看着钞票和别的废纸如惊鸿般过眼而去。这时，平原对面暗夜深处的田野上一串串火炬越聚越多，逐渐汇成一条燃烧的克拉肯的触手，向夜的更深黑处探伸而去。

这女孩嘿嘿冷笑，手里多出一把绿鲨鱼皮鞘的蒙古官刀。她抽出雪亮的牛尾刀照了一下自己的妆容，满意地点点头，对着被火炬照得红亮的夜空吟诵道：

> 幽燕非故国，长啸返辽东。
> 回马看烽火，中原落照红。

（《辛亥年十二月出京口占》善耆）

（三）避尘珠

宣统十八年，民国十六年，公元 1927 年，4 月 30 日，傍晚时分，细雨绵密，春寒料峭。

临近津浦线　魏博县城

连天号炮，红旗招展，上万高举红缨枪的穷棒子高唱着俚歌儿从四面八方向魏博县城围拢过来。正南是高擎着"万教归一"大纛旗的三花会和东震堂的会众，东来的是黄枪会，西边人数最多，是号称"天兵下凡，挥师百万"的红枪会。一捻子、一绺子的人马越聚越多，彼此遥遥望见，便挥舞着手中火炬、敲打着农具和兵刃鼓噪起来。人马各自在城下驻扎，竟然彼此斗起歌来——

这边唱的是："也有葱哪，也有蒜，锅里炒的那是张督办，也有盐来，也有姜，锅里炖的那是张宗昌！"

那边唱的是："小麻雀溜墙根，枪子一打两边分。小红孩盖红被，枪子不打红枪会……"

那边没停，又一处齐唱起来："祖师爷、周公祖、桃花仙、金刚将、掌旗将，登弓拍马紧护身；……龟、蛇二将来护命……二十八宿、风雷电、黑虎、灵官，争罩定，定定定！顶顶顶！急罩定！定定定！顶顶顶！"

被围的魏博县城四门紧闭，城墙上是县长动员的城内居民全数出动，每户出一人，每人一锣一灯，三人一组，轮流上城墙昼夜站岗。县城团防营的士兵们则五人一班在城墙上来回巡逻。打头儿的两人端着水连珠步枪开路，居中班长手持大喇叭喊话，另两人随侍左右，一人手捧令箭，一人怀抱虎头大砍刀——说的是"遇事不问、先斩后奏"。

正在大家瑟瑟发抖之际，一名团防营的佐长骑着一匹纯黑烈马吭哧吭哧地跑上城头，指着城下乱民哈哈大笑："乡亲们！弟兄们！别害怕！什么年月了，拿着几杆破红缨枪还想打县城？放心，孙军长的十四军马上就到，一会儿铁甲车、开山炮到这儿就碾碎了这些穷棒子！"他话音未落，只听"啪"的一声枪响，这耀武扬威的佐长闷哼一声跌落马下，那黑马受了惊，长嘶一声拖着尸体在城墙上飞奔起来。

"中了！"城下沸腾起来的同时——城头一下子就乱了，别说被迫上城的老百姓都扔了马灯逃命，就连刚才还装腔作势的团防营的士兵也争先恐后地往城下跑去。恐惧一旦蔓延开，混乱就变得不可收拾了，城北那边传来一个更糟糕的消息："县长跑了！"于是，失去领导的团防营士兵率先开始抢夺商户……在城外的乱民还没破门进城的短短一刻钟，城内已经在惨叫声中，腾起了十数处烟火。

红枪会大首领被簇拥着向县衙前进，在一阵欢呼声中，一名手下牵来了刚才那匹黑马，这首领欣然接过缰绳，飞身上马，高高举起水连珠步枪向手下致意，引起一片欢腾。这首领正被手下簇拥着沿主街向县衙进军，忽然一名小头目撒丫子赶了过来，抓住了缰绳向首领耳语了几句。那大首领爽朗一笑，大声道："走，带我去会会是哪路神仙！"

县衙一侧的关帝庙前停着三辆深绿色的军用卡车和一辆黑色的小轿车，卡车车身被帆布罩着，轿车也拉着窗帘儿。十几名青衣大汉垂手围在车前头，并不看对面围过来的乱民，但每人腰间明显都别着快枪。这些人领头儿的是一个面容和善、一脸老态的中年长者。他从容地看着乱民，似乎在寻找着首领。在他身边儿是一名精瘦的老人，黑色汗衫扣得十分严整，双目露出精光。这些人数量虽然不多，但衣着、装备、气度都不是方圆百里能有的人物，因此乱民冲到他们面前，竟然都泄了气，谁也不敢上前造次。

红枪会首领一见这架势心中也是一沉，狐疑着催马上前，在十几步的距离停住，搂着水连珠步枪抱了抱拳，朗声道："大兵之后，必有凶年。我是魏博县红枪会的学长宋学廉，诸位不用惊慌，我们是农会起事，不是土匪，更不是造反……直鲁联军为祸一方，山东河北的老百姓实在没活路了，因此我们红枪会出头为大家讨个说法。这魏博县的县长不该设下毒计，诱骗我们红枪会大师兄和十位乡绅到县城开会，然后当众砍了头，传示四乡八镇……我们不反朝廷，只为了报仇！并且驱逐张宗昌、褚玉璞……敢问爷们儿是旱路来？水路来？"

那精瘦老者一听是红枪会的，显得更加笃定了，他拱手还礼："旱路来也水路来，盼望兄弟一膀抬！宋学长，久仰了，恭贺您今儿挂帅！在下汉沽唐唯禄，咱来得唐突，见得明白——咱也是练拳的穷棒子，你我可否借一步说话？"

宋学廉一听，立刻把长枪扔给身后的手下，从马上跳下来，嘴里忙不迭地大声问道："是唐师傅？中华武术会的唐师傅？"

"正是，庚子年的时候，我随师父单刀李，咱们大家伙儿一起打过火车站、杀过洋鬼子……"

宋学廉朗声大笑："那时我还小，没能去得了，但是我两个叔叔都死在紫竹林之战……我家里至今还供着马玉昆^①军门赐的西洋刀。"说罢，仔细上下打量一番唐唯禄，热情地拉住手，朗声介绍给手下道，"看看……这回见着真人了……汉沽赛白猿——唐师傅。"

唐唯禄在汉沽打鱼务农，教授穷棒子们功夫从不收钱，因此尽管没有知名的徒弟，但功夫、品德却开枝散叶，名声口碑传播极广、极好。此刻红枪会的拳众无不大声喝彩，纷纷向唐师傅致敬。双方对峙的气氛登时就松弛下来，唐唯禄微笑着拉着宋学廉走到那位病恹恹的中年长者身边，低声介绍道："宋学长，明人不说暗话，这位是醇王府的大管事张彬舫——张先生。车上拉的，是送往山东青岛的御赐物件儿，康南海先生您知道吗？"

"那就是康圣人嘛……算是谭公子^②的老师，听过他的大名。"

"康南海先生几天前在青岛仙逝了……皇上十分悲痛，因此命人整理了康先生生前上的表陈，又亲自和师傅们题写了挽联，以及御赐了陀罗经被等白事用品……都在这些车上……"

宋学廉看了看帆布盖得严严实实的军用卡车，眼珠转了

---

① 晚清宿将，先后灭捻军、征新疆、战甲午、抵御八国联军，谥号忠武。
② 指谭嗣同，他舍生取义，在武林中广有威望。

转，点头问道："哦，是这么回事。你们去青岛？"

唐唯禄摇头道："不是，我们从北平出发奔天津，就拐个弯送到这里，原本今天是有人来这里接货的，我们把东西转交了，就打算回天津了，没料想会撞上你们起事，围在里面了。现如今，还得请宋学长高抬贵手……金字旗、银字旗，不如一面好字旗。"

"好说好说……"宋学廉略一沉吟，接下来就没吱声。他根本不信车上是什么治丧用品，但也只是好奇，虽说已经民国十六年了，但如果真是皇上家的东西，他是真没胆子动。这次抗捐、驱张，事情已经闹大了，正不知如何收场——因此这几辆卡车或许是张有用的牌。宋学廉往四下一看，只听哭喊声连天，四处火起，于是佯装着急道："张先生、唐师傅，你们别着急，我先派人护住你们安全，现在这城里太乱，我得先把局势稳住再说。"说罢，他一抱拳，抽身就要走。张大管事儿却忽然插话道："宋学长，且慢，是非之地不久留，还请您通融放行才是，让我们先回天津吧。"说罢，从手上撸下来一枚翠绿的扳指儿，塞给了宋学廉。谁知这下唐唯禄也好尴尬。宋学廉更是给抬手就挡了回去，笑道："张先生不必客气，眼下少安毋躁，等我先把局势稳住再说。"说罢，宋学廉吆喝一声，接过手下递过来的长枪，背枪上马，招呼几个手下负责

"保护"这个车队,自己则带着人马呼啸而去。

唐唯禄有些生气,但仍提起精神站在最外圈撑住局面。张彬舫则丧气地捏着扳指儿赔着小心走到小轿车边,只听里面传来温婉灵秀的女子声音道:"那就静观其变吧,卢公子应该也早到了,大约是看见暴动就没进城来,县长不是去请孙殿英了吗?再等等看吧。"

"红缨枪,红缨枪,枪缨红似火,枪头闪银光。拿起红缨枪,赶走张宗昌,打起铜锣鼓,轰走褚玉璞!"魏博县城内的乱民仿佛水银泻地一样散入街道之中。

整个魏博县很快全部落入红枪会的手中。宋学廉将城区一分为三,他红枪会占一半儿,另一半由三花会和黄枪会平分。然后召集了四乡八镇的乡绅和城里的大户,以及各会道门的头领,甚至连俘房的县里官吏也请了出来,聚集起来准备宣布"自治",并预备和安国军谈判,主要诉求就是"缉拿县长、驱逐张褚、废除苛捐、抵制奉票"。

魏博县城经纬十横九竖的街道仍陷入一片混乱,裹挟其中的胆小、朴实农人只是过节一般地四处鼓噪游行;而那些胆大、妄为的地痞无赖则开始明火执仗地抢劫商铺和大户人家的宅院。

趁着混乱，两名身穿黑布大褂头戴瓜皮小帽的外乡人跟在游行的队伍后面，若无其事地靠近了关帝庙。他们观望了一阵对面的情形，便大摇大摆地往前直闯。先是红枪会的守卫不干了，捻起长枪就问："什么人？退后！"

却见所来二人相视嘻嘻一笑，各自从长衫底下拽出两支20响的大肚儿盒子炮，逼退了守卫。这二人却也毫不追击，仍是径直朝内圈当头而立的"赛白猿"唐唯禄走了过去。唐师傅明知自己挡不住盒子炮，但还是硬着头皮一抱拳。刚要说话，却见当先的来人弯腰将双枪撂在地上，然后二话不说，抡拳头就向唐师傅砸来。唐师傅见来人放下了匣子枪，大约明白对方并没有恶意，但还是提了十分小心，闪身躲开。来人显然很有些功底，但出手都是白莲教徒凶狠的近身搏击招式——什么撩阴脚、金刚肘、铁膝盖……唐唯禄见这人招式阴毒，很是讨厌，因此只是快速躲闪。对方忽然大喝一声出拳，却并未击中唐唯禄。唐只是微微一笑收手说："先生慢了……"来人却不服输，仍是上来缠斗，弄得唐唯禄无可奈何，便有必要下重手教训一下。却听这人身后的另一个小伙子不耐烦地叫了一声："我说孙麻子！别闹了……"

被称作"孙麻子"的汉子只得收了招式，用狼眼翻了一眼同伴，冷哼一声，两人才各自后退。后面来人轻轻推开孙麻子，上前一步对唐唯禄和张彬舫拱了拱手，朗声道："张先生您好，这位是唐师傅吧？久仰了……请问唐小姐在车里吗？在下就是卢筱嘉。"

那个被称作孙麻子的也对唐唯禄拱手道："唐师傅果然高明……"然后他转身，向着乱民方向走出几步。他深吸一口气，冲着一众红枪会众厉声叫道，"听好了！我，就是冀北保安总司令、安国军第十四军军长孙殿英。带我去见宋学廉。"

红枪会会众惊如五雷轰顶，围住孙殿英却没人敢上前一步。孙殿英一边捡起盒子炮插在腰间，一边咧嘴笑道："梅花五朵开，天理白莲出一家，老子是庙道会、白学会的学长，你们见了我，不磕个头就算了，至少得行个礼吧？"

红枪会众闻言不信，有人大着胆子质疑说："我不信你是孙殿英！"

孙殿英哈哈大笑，指着关帝庙说："我就一个人，你们上万人，不信我敢单刀赴会吗？我喝了符水，请了关老爷护身了。早料你们不敢信，诺——拿去看……"说着，他掏出一枚长方形的胶木关防大印扔了过去，说道，"这是冀北保安司令的关防大印……认得就带我去见你们学长宋学廉！关二爷说了，我和你们宋学长本是凤缘兄弟，今日古城重逢，必定风雷激荡，成就一番大事，到时候少不了你们升官发财！"

红枪会会众哪里见过这样人物，早就崇拜得五体投地，领头的小头目双手捧了印信，连忙招呼手下给孙大司令带路。

忽然孙殿英喊声"稍等"。他一转身，径直走到黑色轿车前，朗声道："在下孙殿英，奉少帅钧令冒死而来，请唐小姐现身答话，让我回头可以向少帅有个交代。"

黑色轿车开始并无动静，僵了一会儿，只听里面叹了口气，车门一开，一名身穿新式旗袍的美丽少妇真的走下车来，和气地和孙殿英说："孙将军，辛苦你了。我就是唐石霞，你见着我了，满意了？"

孙殿英听她后半句语气一转，心中一凛。但仍是大着胆子死命地看了唐女士一眼，敬了一个军礼，转身就走，然后在卢筱嘉耳边儿小声说："就为了这个女人，张学良让我务必和平解决魏博暴动……哼……好了。卢老弟，我按约定冒死把你带进来了。你谈你的生意，我谈我的政治，咱们一会儿见了……"说罢，他又偷眼打量了一番三辆卡车。这才挥挥手，就像指挥自家兄弟一样，指挥着红枪会的暴民在前面带路，一路扬长而去。

唐石霞沉着脸目送孙殿英被众星捧月般送走，一转眼看见卢筱嘉也正在目不转睛地盯着自己。这小伙子长得却很不让人讨厌，就是有些轻狂的浮浪气。唐石霞走回轿车，卢筱嘉殷勤地抢步过来帮她打开车门，然后自己大剌剌地坐到了驾驶座上，张彬舫也跟着上车，坐到副驾驶上。

卢筱嘉拧着身子回头说："唐小姐，没想到您亲自押运过来，还偏巧赶上这么一档子事儿……真是连累您受惊了……"

"我是去天津，搭顺风车，结果就赶上了呗。"唐石霞指一指张彬舫说："卢公子，有事儿，张管事儿和您说，我就听听。"

卢筱嘉坐顺溜儿了，从后视镜里瞄着唐小姐，对张彬舫说："昨个晚上，二十架美制霍克-3型飞机已经抵达青岛港，高志航①已经验过了，等我接受了你们这批货，飞机就可以转到塘沽港。"

张彬舫点头，轻咳一声，从手提包里翻出一个大信封。掏出几张手札，指着卡车道："这三辆车上是'大云书录'里的精华部分，都是罗雪斋亲自整理出来的善本，一车是敦煌古卷，一车是金石文物和拓片，一车是宋版古书……嗯，具体

---

① 民族英雄，中国第一代空军英雄。1927 年学成归国，任东北航空处飞鹰队少校。1937 年与日军作战壮烈殉国，年仅 30 岁。

三份名录整理罗列在这儿，这是附了罗雪斋亲笔抄录和盖章画押的手札，请您过目。不但罗雪斋画了押……"张总管指向信札的最上面，他打开车内灯照亮说，"这是'自强不息'①的图章……因此，请您放心。"

卢筱嘉点头，拿过手札扫了一眼。张彬舫接着拿出另一个信封，展开内容交给卢筱嘉："这是说好的六幅画的名单，画就在后备厢里，您随时可以查看，这信封里面有三封信，是琉璃厂蟠云斋的穆掌柜、蠡海堂的孙老板和张大千先生分别出具的鉴定书……因此，也请放心。"

卢筱嘉点头同意，也收下信，展开仔细看，果然写的是《六龙图》《便桥会盟图》《马性图》《雪梅图》《洗马图》《鹅群图》如何如何……于是点头，将这信封也收好了。

然后，卢筱嘉瞪着眼睛等着张彬舫往下说，那老人却略显尴尬地把头看向唐石霞，见唐石霞不说话，他借口方便就下车了。

沉默片刻，唐石霞苦笑一下，道："卢公子，那'避尘珠'在我身上，但是可否等飞机到了天津再给你呢？"卢筱嘉有些茫然，以为唐石霞在戏弄自己，却听那女人嚅嗫半晌才说，

---

① 是溥仪的印章。

"我十岁就以为这珠子会是我的，那时候我们读到李商隐的《碧城三首》——头一句就是'碧城十二曲阑干，犀辟尘埃玉辟寒'，我就问他，什么是犀辟尘埃？他就带我和誉格①偷偷去了长春宫②的密室里……那个早上，我们翻了好久，才找到这颗珠子。他说——《西游记》里面有三个妖怪，分别就是辟尘大王、辟暑大王、辟寒大王，都是神通广大的犀牛精，而这珠子就是辟尘大王的犄角做的……传说当年老佛爷把它置于密室的百宝之中，养物则百尘不侵，养人则滋润精神——因此这珠子算是长春宫百宝之长。然后我们就说西游记里哪一个妖怪更厉害……最后我就说，我以后就是孙悟空，保着他取经……我当孙悟空，誉格就是猪八戒，毓崇③是沙和尚，还有个庄士敦会开汽车，是白龙马……就像庄师傅说的，保着他去欧洲取经。他那时很高兴，说这避尘珠就给我了……结果，这一丢开手，十年过了，他也忘了，我也忘了，昨天又看到这珠子……我却真有些舍不得了。"

卢筱嘉听得入神，更加好奇了，笑道："这避尘珠原来还有这么多掌故呢！要不是唐小姐您亲口说，还得以为又是

---

① 溥杰乳名。
② 慈禧起居的宫殿。
③ 溥仪的侄子兼伴读。

琉璃厂的故事呢。既然珠子就在您身上，可否借在下看一看呢？"

唐石霞微微一笑道："卢公子声名在外，你可不是善人。"

"哈哈哈……我是恶名在外，但我卢某人欺负的，都是大恶人、大流氓……倒不至于欺负您。"

唐石霞笑得更浓了，嗔着道："那你别回头……"说罢，将斗篷一盖，从贴身处解下一个香囊，一抬手，丢在了副驾驶座上。

卢筱嘉伸手取过来，还带着女孩儿的体温和暖香，心中不由一荡，乜了唐石霞一眼，这才小心翼翼地展开袋子。从里面滚出一颗温润可爱的明珠来，落在手心里，润滑得就像要化掉了似的。卢筱嘉赞道："果然是件尤物，这么大的犀角珠子虽然难得，可原也不值什么……不过，既然是长春宫的旧物，又是你唐小姐的心爱之物，这自然便是无价之宝了。可惜啊……要是我……"卢筱嘉大着胆子和唐石霞对视了一眼，惨然道，"断然不会把它送人的。"

唐石霞灿烂一笑，点头敷衍说："物件儿总归是物件儿……"

卢筱嘉点头："成败利钝，非凡人所能逆睹……我卢筱嘉是败了，出局了，因此厚着脸皮拿皖系买的飞机，来跟你们主子换点儿银子养老……说来也惭愧——成王败寇，我败了没能成寇，却是做了贼……一颗珠子而已，其实送给您也没有什么的。那么就依着您说的，珠子您先玩着，等飞机到了天津……以后，我再找机会跟您讨要。"

说罢，卢筱嘉细细将避尘珠装好，双手奉上。唐石霞不客气地接过珠子，淘气地看向卢筱嘉道："卢公子果然大气，不像那些人没有男子气概，朝三暮四、出尔反尔的……"

"哈哈哈……您怎么知道我不是个朝三暮四、出尔反尔的人？"

"你是吗？"

"或许是。"

"那我又看错人了……"

"我本就是声名狼藉的人，看错就看错吧。"

两人哈哈哈地笑了一阵……唐石霞道："卢公子得了银子，必能东山再起。"

"嗯，那不指望了。如今丧家之犬而已……反正上海我是回不去了，天津也不行，广州又在闹革命，也去不得……走一步看一步吧……"

唐石霞长吁了一口闷气，手里抓紧了避尘珠，这珠子果然称心，一融在手里，似乎人就放松了许多，随口接话道："能随意走一步看一步，也是福气。"

卢筱嘉回头乜了唐小姐一眼，打趣道："您可走不了……您现在办的都是改天换日的大事儿，武陵寻梦的福气，您怕是没有啊……"

唐石霞脸色一沉，白了卢筱嘉一眼，赌气揶揄道："那恭喜您是有福气的人了……"

卢筱嘉哈哈大笑称谢，然后掏出烟卷，摇下车窗，点上烟，让烟气弥散入乱世的夜。他笑道："你们宫里王国维师傅有一个'人生三境界'的高论，唐小姐一定知道吧？"

唐石霞皱皱眉，故意说不知道。

卢筱嘉怅然看着烟消云散，道："你们王师傅说：古今之成大事业者，必经过三种之境界：'昨夜西风凋碧树。独上高楼，望尽天涯路。'此第一境也。'衣带渐宽终不悔，为伊消得人憔悴。'此第二境也。'众里寻他千百度，蓦然回首，那人却在，灯火阑珊处'……哎，说得真好。唐小姐您如今正是在第二境界，憔悴而无悔。而在下，已经是被推到第三境了，蓦然回首，孑然一身啊……我算是成就了什么事情吗？还是一事无成呢？是耶非耶，似烟非烟……唐小姐，我们这样的人，早晚身与名俱灭，不废江河万古流。而你知道吗？王国维却能被人记住……古来圣贤多寂寞，惟有饮者留清名嘛……"

"呵……没想到你还想当圣贤呢。"

"哼……想我父子两代，求学练兵办实业，盘踞江浙十余年。手里握着中国的钱袋子，眼里瞄着洋人的枪杆子，东西连横、南北合纵……那真是一手好牌，你要说我没有一点儿野心那是假的……圣贤自不敢当，但自强救国之心也是有的。结果，却是灰飞烟灭，臭名昭著……本以为自己至少是个无双国士，怎奈却成了无赖国贼啊……"

唐石霞无语，她看着残破的古城中抢掠后的重重烟火和此起彼伏的哭喊声，心中一苦，伸手从卢筱嘉手里抢过烟盒，自己也叼上一根。卢筱嘉赶忙掏出火柴给唐石霞点上，火光一闪，唐石霞温婉俏皮的面容，就仿佛避尘珠一样闪烁着温暖的光晕，让卢筱嘉这一刹那间心底一片安详。

不到一炷香工夫，车外忽然传来一阵欢呼声。继而，是步枪土炮的三轮齐射。唐石霞和卢筱嘉不明所以，不免下车向大街尽头探望。却听忽然满城梆子乐声山响，放眼望去，红枪会众用两张太师椅高高抬着孙殿英、宋学廉二人直奔关帝庙而来，显然他们二人是要在关帝庙当众结拜兄弟。

红枪会众齐声高唱着梆子戏："师出朝堂，盔明甲亮，军威壮，将勇兵强，要把烟尘扫荡。①"

眼看着这出闹剧，卢筱嘉嗤地一声笑了，对唐小姐道："这孙麻子还真得了手了。切，这些草莽出身的打仗不行，拜山头儿、攒捻子、拉人入伙倒都是好手，可怜我们北洋三镇豪杰，现如今打得七零八落，反倒让这些蟊贼坐地壮大了……"

唐石霞吁出一口气："管他是不是蟊贼，眼下能帮咱们脱困就是万幸了……"

卢筱嘉点头道："对呀，幸好这里的红枪会不是南方赤匪，要不然，咱们现在恐怕都被他们共产了……"

唐石霞脸色愠怒，嫌弃地骂道："呸……我看你们这些丘八都是一丘之貉，都是蟊贼。"

卢筱嘉自嘲道："当不了丘八啦……让人家挤兑出局啦……"

唐石霞斗嘴道："当不了丘八，正好当流氓啊……"

卢筱嘉哈哈一笑："你不知道我把流氓祖宗都得罪了，人

---

① 戏曲《古城会》选段。

家不能要我。不然，学学袁寒云、杨虎禅①他们，日子也挺舒坦的。还用得着这么提心吊胆地做贼吗？"

唐石霞被逗乐了，耳边听到一阵汽车轰鸣，这是孙殿英的安国军十四军的士兵奉命进城接防。于是，张彬舫跟卢筱嘉正式交接了"货物"。卢筱嘉简单清点了物资，给张彬舫留下字据，向唐石霞笑道："得了……'千金之子坐不垂堂'，此地不宜久留，咱们不如跟孙麻子去道个谢，我连夜赶去青岛，您赶紧回天津。你们的货明早发天津，等你们验收了货，我才好找您再看看避尘珠啊……"

唐石霞佯装不屑："我还夸您大气呢！原来这么惦记着呢！"

"那可不是嘛……我都惦记得睡不着觉了。"

两人正在斗嘴，却见孙殿英喜气洋洋地拉着宋学廉走了过来。朗声道："卢老弟，唐小姐，我给你们介绍我新结拜的兄弟——红枪会的大当家宋学廉，以后，就是我们十四军魏博治安巡察使、我孙某人的少校参谋了……"

卢筱嘉和唐石霞连忙给孙殿英道喜，并祝贺宋学廉高升。卢筱嘉握着孙殿英的手笑道："老哥这出《单刀会》唱得

---

① 袁克文和杨度，袁克文做了青帮老头子，杨度也做了杜月笙的门客。

好，和平解决了魏博暴动，大功一件；收得红枪会鼎力相助，如虎添翼；还顺手救了我和唐小姐的急难……真是一举三得啊。"

孙殿英笑道："哎……哪是我《单刀会》？明明咱们这是一出《古城会》嘛……"

三人大笑，卢筱嘉便推说事情紧急，请他派人护送唐小姐、张先生回天津，自己则要赶往青岛。谁知孙殿英哈哈大笑："卢老弟，今天是我和宋家兄弟结拜的好日子，你怎么也得留下喝杯酒啊。唐小姐也留下，明早我亲自护送二位回天津。"

卢筱嘉和唐石霞闻言全都脸色一变，一回头，只见孙殿英十四军的士兵荷枪实弹，早已把车队团团围住。卢筱嘉正要发怒，却见孙殿英按着他的肩膀低声说："老弟别发火，我十四军顶头上司是军团长褚玉璞①，我也是上命难违啊……您二位别难为我老孙，我奉命护送你们二位明天平安抵达天津。"

卢筱嘉眸子一收，冷哼一声，瞅瞅唐石霞，无奈地伸出双手，道："好，那绑了我回去请功吧！"

---

① 褚玉璞（1887—1929）：土匪出身的军阀，张宗昌结义兄弟，时任直隶军务督办兼直隶省长、安国军第七方面军军团长，驻节天津。

孙殿英笑道："哪能呢……都是好朋友……就当为我庆功嘛……来人呐！摆酒！开席！"

城外，一阵排枪，逃跑的县长和团防营的几个佐官被就地正法，十几个尸首轰然倒地，红的、黑的、白的，全都裹在大地春泥里，沆瀣一气。

第一幕

悼亡

第一节：歧路故人

宣统十九年，民国十六年，公元 1927 年，5 月 1 日，周日午后，雨过天晴，春风涤荡，寒意逼人。

天津法国租界地　承德道　六国饭店

雨后青青白白寡淡的天空上，一群鸽子向北，几只海鸥向东，各自飞去。鸟瞰海河南沿儿的租界地，色彩有些不真实的耀眼——或许是西洋彩色玻璃的灿烂，或许是春夏之交花朵的灿烂，或许是异国装束上的灿烂——洋车的铜圈、汽车的珐琅、摩托的烤蓝、贵妇人的别针、军官的奖章、指挥刀的刀绪……这许多时新舶来的颜色啊，正是天津法兰西租界最青春的时光。

"叮叮当当"……无轨电车从午后平静些的街道上慢悠悠地开过去，几个工部局的工人正在拆除脚手架，他们在换水银灯。这是租界地开埠以来的第三次换灯了。最早点的是煤油灯，相传李鸿章为了迎接醇亲王视察北洋舰队那年（1886 年），天津各处装上了直流电灯以张声势；然后 1916 年，装上了法国电灯房的白炽电灯，真正实现了不夜之城；现在又换上了美国的水银灯——这可真是亮如白昼，再无黑白晨昏的差别了。而这个午后的小憩时分，反倒成了一天中相对安详的时候。

循着鸽子哨儿胡旋过六国饭店的屋顶，一个身穿大花波希米亚长裙的"Flapper"①女孩正在楼顶的月季架上剪花。这个茨冈女孩儿剪下花，就插在身后小跟班儿的洋铁皮桶里。这小跟班儿是个中国孩子，正是人嫌狗不待见的岁数，却也穿着西式的白衬衫和小背带裤，剃了干干净净的寸头，头上戴着一顶不太合适的暗红色菲斯帽——让这个干瘦、大眼睛、古灵精怪的孩子颇有一点儿沐猴而冠的喜剧感。这小门童敷衍地举着洋铁皮桶，脖子却伸得老长，向大楼下面正在换灯泡的工人们张望着。

"莎拉马特！亮亮！别光顾着采花卖钱，也给我剩几朵，后天我要派用场的。"天台中央的天棚底下摆着一桌英式下午茶台，喝茶的两个中年贵妇对孩子们泼辣地吆喝起来。

莎拉马特立刻乖巧地停了手里的剪子，从亮亮手里接过铁皮桶。亮亮却翻身攀上女儿墙往下张望，朝两位贵妇人喊道："大娘！姑姑，工部局的人在换水银灯了。"

"嗯，以后晚上就更亮堂了……晚上生意还得好。猴崽子！你下来，留神摔你个稀巴烂！"这两个学着洋人做派喝茶的贵妇人是六国饭店现在的两位经理。她们都是中国人，头一位唐装、

---

① 特指 20 世纪二三十年代装束摩登的女郎。

小脚儿、盘头、满身珠宝的是饭店的大股东兼经理金翠喜女士，另一位洋装东洋髻、端正素雅的是她结拜的姐姐，襄理金亚仙女士。

金翠喜早年是盛协班色艺双绝的翘楚，曾经红遍津门。当年袁世凯的爱将——六国饭店幕后老板段军门①花血本赎她出来，暗地送给了庆亲王②世子，谋求东三省总督的位子。结果这桩丑事儿捅破了天——说是北洋军人结交贿赂亲贵近臣——弄出一个"丁未大参案"来，弄得晚清政坛"清流派"和"北洋派"从此决裂，满朝文武势同水火。这就好比是一只蠹虫已经咬穿了梁柱，果然等到辛亥革命一推，就摧枯拉朽一般亡了大清。因此有人凑趣说是她金翠喜红颜祸水，可她自己却因此浑水摸鱼，终于从段军门手里得了这家六国饭店。这些年洋人在中国吸血，军阀在租界地里交际。国家烂透了，六国饭店却成为蠹虫们的乐园，格外兴旺起来。

而另一位金亚仙原本是六国饭店的住客——她原是袁大总统府上的人，是朝鲜娘娘的陪嫁，也是二公子袁寒云的奶妈。袁世凯病死后她趁乱逃出袁府，为了躲避管家婆沈二奶奶的追杀，躲进了六国饭店。至今，整整十年了。金亚仙一来为了打发无聊，二来感激金翠喜的庇护，因此和她拜了姐妹，也帮她管理

---

① 段芝贵（1869—1925）：将军，官至北洋时期陆军总长。
② 庆亲王奕劻，晚清权臣，以最能贪污著称。

酒店的事情。

金翠喜喜滋滋地将手里的账簿还给金亚仙，点上一袋烟，点头道："姐姐，还记得六国饭店门口刚刚装上电灯的那一年吗？那年大约也是这月份，您家袁大总统殡天，我家老段也被迫下了台，躲回天津这六国饭店，他不敢出头，却让我顶在台前支应。姐姐你可是咱们六国饭店第一拨贵客啊。这一转眼，十年了。"

"可不是嘛。我原本是想回朝鲜的，就借你这宝地躲几天……谁想到这一进来，就出不去了，一晃儿就是十年……当年我还憋了口气，想这想那的，现如今头发都白了。"

"哪有，姐姐年轻着呢。你是金贵人，会养生。不像我命贱，骨头又轻，脾气又坏，这几年为这个生意急赤白脸的，作下多少毛病了。"金翠喜嘴上褒贬着自己，眉头上却露出得意的样子来，眼神散漫地瞟过六国饭店的屋顶，屋顶上晾晒着白色的床单，周匝鲜花如簇，一派繁荣兴旺的样子。

金亚仙打开伯爵茶的罐子，挑出一勺蓝花红茶放在碟子里对着阳光看看，又微微嗅着。她微笑着说："你呀，我看你把烟和酒都忌了，毛病就都好了。"

"哎，我没那个命……姐姐你还不知道，就伺候咱们酒店这些大爷，不喝酒行吗？打牌、看戏不抽口烟，精神也撑不住啊，一不留神怠慢了谁，就是灭顶之灾……"

"那也不至于，咱们饭店大门儿开着，迎的是四方的客，管他是英国人还是美国人，奉系的还是皖系的，只要咱们不往是非里面掺和……"金亚仙说到这儿故意停了半拍，瞄了一眼，她妹妹在留神听着，她才接着说，"……就是太平生意。"

金翠喜长叹一声，摇头说："姐姐说的何尝不是，自打去年我家老段死了，我也真是没了主心骨了……我哪懂他们的大事情。可是话又说回来了，你说六国饭店客房和餐厅能赚几个钱？不过是赚个流水儿罢了。自打袁大总统殡天，咱们国家就乱了，可咱们不就赚的是这个乱世生意吗？用苏先生①的话说——咱们这个，赚的是个'沙龙'的钱。最肥的还不是伺候那几个套房长期包间儿的钱？"

"包间的钱当然可以赚……哎……我是担心你家唐云山，他现在一头扎进张家人怀里，拔都拔不出来，可万一奉系失了势，可怎么得了……"

金翠喜嗤地一笑："奉系能出什么事？"但她立刻收了浮躁，敛容点头答应说，"姐姐说得对，我们哪里知道这里面的利害，多亏有姐姐帮我盯着……回头你也帮我劝劝小唐，不能跟一派走得太近，这些年，多少总统、大帅都是一转眼的事儿……"

金亚仙放下手里的茶碟，抿嘴微笑点头说："以前我家公子总是劝他爹——变革需趁好时节，国家是这个道理，买卖不也一

---

① 虚构人物苏也佛，出现于作者的另一部作品《六国饭店1931》，本故事中未出现。

样？现如今老段殁了，咱们没了真正的后台。我有时候看现在台上这些张牙舞爪的货色，真是有些如履薄冰的……你说当年段帅、冯帅、曹帅 [1] 他们，好歹是功名出身，可现在最大的主顾变成了张大帅还有那个张长腿……这些人……说难听的，都是些胡子出身，那做派，我真是胆战心惊。"

"我的好姐姐啊……现如今，可不还就是他们的天下了。您也别多虑了，朱皇上起身还是要饭的呢，刘邦原不也是草头王？这天下我看还就是要颠倒个个儿了。您出身贵胄，一身规矩，自然看不惯他们草莽……可不瞒姐姐说，我这个野人，反倒觉得和张宗昌打牌舒畅些……老叫我伺候皇上身边那几个老师，才闷气呢……我就受不了罗松翁、郑海藏、胡自玉 [2] 那老几位……真是又墨迹、又抠门！哈哈哈哈……姐姐你别笑话我啊……我知道我是……'粪土之墙，不可圬也'……"

金亚仙早就捂着嘴笑坏了，但还是假意板个脸嗔着道："松翁他们虽然抠门儿，给的却是大洋、交通票，张长腿那些丘八是大方，给的却都是他们自己印的奉票……害得我每天一大早就要派人去银行排队挤兑……不然第二天，就不知道还值几个钱了。哼……要是哪天，兑不出来了，咱们还不知道找谁哭去呢。"

---

[1] 以天津为后台基地的三大军阀：段祺瑞、冯国璋、曹锟。后面张大帅是张作霖，张长腿是张宗昌。

[2] 溥仪的师父们：罗振玉、郑孝胥、胡嗣瑗。

金翠喜点头道："这么说是啊……他们自己印的票子，还不跟纸一样，自然大方了。哎……难怪自从张长腿住进咱们饭店，卞经理[1]那些财神就再不敢来咱们三楼打麻将了，还不是怕被他们缠着签什么担保抵押的。弄得我们家唐云山每次说事儿还得去利顺德找这些财神爷去……真不方便。"

金亚仙正待答话，却一转眼瞥见莎拉马特和亮亮在那边自来水管子底下洗花打水仗，立刻不乐意了，叫道："莎拉！来！"

莎拉马特吐着舌头带着亮亮跑了过来，见金亚仙绷着脸，赶忙向她赔笑，抱着花的女郎，显得格外明艳。金亚仙心底叹了口气，嗔着道："胡闹什么？赶紧下去吧。莎拉你下去告诉酒吧和西餐厅，以后伯爵茶给女士的都改用这一种'French Blue'的，男宾还是照旧用川宁的。亮亮你赶紧把楼顶的花全都好好浇一遍水，要浇透了。"

"好的夫人。"莎拉马特答应着，一转身像一朵绽放的喇叭花一样飞也似的跑开了。猴崽子亮亮也收敛了嬉皮笑脸，老实地把黑胶皮管子接到水龙头上，开始浇花。

金翠喜也学着金亚仙的样子拿碟子闻了闻花茶，确实很香，笑道："还好有姐姐张罗着，要是我，这里就成了大车店了。"

"我懂什么，不过是跟着以前府上的规矩照猫画虎罢了。这

---

[1] 卞白眉（1884—1968）：天津金融巨子，一生周旋于乱世，几经沉浮苦难，多次力挽狂澜，是金融界的一代传奇领袖。

些年浑水摸鱼的，还好生意没让我折腾垮了。"

"多亏姐姐了，你看，我明年准备把对面院落也盘下来，都用连廊连接起来，中间是大花园，增加几个总统套房，外加一个大餐厅，专门举办活动用。如今舞会、发布会、宴会、联欢会越来越多了，现在一楼酒吧和咖啡厅太小，西餐厅总是腾来腾去的，既不方便，也影响正常营业。"

"那不得又花好多钱？眼下虽然是赚的，但之前的亏空还没补上呢。"

"姐姐不是说'变革须趁好时光'嘛……你可不知道，现如今外国银行都疯了似的往外放贷，利息低得不由得你不借，唐云山已经谈好了，只要六国饭店担保，几十万的数目都随时可以拿出来的。而且你看咱们前几天办的舞会就大受欢迎，我看不如干脆把那个菲律宾的小乐队请回来驻场，然后多找几个像莎拉马特这样的女孩子，营业时间到午夜，跳累了，直接上楼开房再战……第二天还得来一套 Room Service，岂不美哉？"

金亚仙看着她干妹子志得意满的样子微笑不语。金翠喜喜气洋洋地举着烟袋锅子说："我跟你说，就这几天，就有肥猪拱门了……我给你数数啊……第一件大事情，静园①那边包场，要给康有为做一个哀思纪念会，叫什么'天游追思会'，据说是平津

---

① 天津的溥仪小朝廷初在张园（1925—1929），后在静园（1929—1931）。本故事里就直接安排在了静园。

各界名流都会出席，没准皇上也会亲自出席的。知道吗，张长腿，老娘过生日都请不来的卞经理，也说了要代表家里人来祭奠一下，看，名流云集——这必定是要上《大公报》《顺天时报》头条的。"

"嗯，这事儿我也听说了，我家公子必定是要来的。"金亚仙点头说，"但毕竟是追思会，放在西餐厅不好，我看能不能用咱们三楼的沙龙，把牌桌先都撤了，再借南侧荣大总管的包房——反正也是他们家的事情，两处把门先拆了打通，虽然不是大开间，但相对安静些。吃饭还是去一楼餐厅。"

"嗯，还是姐姐想得周到。我看这样行，下午我就去找荣源大人商量商量去，这事儿，还得他点头认可才行。"金翠喜接着说，"第二件那可是喜事——还是双喜——这四月只有初六庚子日是大吉，因此都拣在这一天办事。一个是肃王爷家的十四格格①出阁，嫁给一位蒙古王爷的世子，不但静园会派人出席，还有库伦②、科尔沁、察哈尔各处来的蒙古王公家的贵宾，而且特别嘱咐我说，会有日本贵宾出席。"

金亚仙点头道："这几天陆续已经有蒙古来的客人入住了，我听说利顺德大酒店那边也有不少蒙古客人，想必都是为这个事情来的。这个好说，婚礼当然是把西餐厅装点起来就行，别的不

---

① 就是金碧辉，川岛芳子。善耆生前安排，要把川岛芳子嫁给蒙古王公巴布扎布的儿子甘珠尔扎布。
② 现在是乌兰巴托。

敢夸口，满天津卫踅摸，还就咱们西餐厅够体面了。"

金翠喜赔着笑说："姐姐，这事儿有个难度，您还得再变一个西餐厅出来……因为我一时贪心，还应承了一桩婚礼……张宗昌说是要娶白俄姨太太……他老娘在牌桌上吹牛，我一时犯晕就答应下来帮她办，结果一个说的阳历，一个说的阴历，我回来一对，是同一天。"

金亚仙一皱眉，色难道："你也忒胡闹了，这两边儿谁得罪得起？要安排一前一后，也得他们同意才行……可这个，怎么好开口和人家商量呢？这不是找霉头吗？"

金翠喜似乎就是在等亚仙姑姑为难，她吐出一口烟雾，得意地说："姐姐别担心，我是这么想的……这个肃王府的格格出阁，自然是中式的婚礼，而张宗昌娶白俄，却是西式的排场，中式婚礼是一大早办事，西式则是午后办事，自然就分出先后顺序了，中式的仪式要堂皇正规，咱们安排在西餐厅里；西式的则要浪漫，咱们安排在这天台，咱们这月季荼蘼开得正好，搭上彩棚，点上蜡烛和煤气灯，不是比室内还漂亮吗？"

亚仙姑姑不由莞尔，摇头道："肃王府格格的仪式放在一楼他们定是没有异议的……张长腿的婚礼放在顶楼，他能同意吗？"

"放心吧，他的这些破事儿全交给他老娘祝巫婆操办……那个老姐姐只认票子，只要顶楼办事儿不耽误她收贺礼红包儿，她才不会跟咱们理论。我跟你说，别人结婚都是铺张花费，这张长腿结婚，哪次不是反倒发了大财的？"

"哼……你说的是，这混账东西连我们家公子的东西也敢坑。年初我家公子答应了朋友要办一份报纸，找政府拨款。政府倒是同意拨款，可谁知张宗昌就是不肯签字。于是我们公子就拿出一罐子古玉来，这一罐子玉石可就让张长腿惦记上了，结果后来就像挤牙膏一样，给一块玉，拨一点儿钱，最后一罐子玉石，竟然全让他骗去了……我们家公子倒也沉得住气，说是只要报纸批了钱就行。后来我打听出来了……那笔钱其实政府早就批下来了，却让他老娘一晚上就输在牌桌上了。这才想法子又从我们公子身上想辄……"

金翠喜压低了声音，小声说："嗯，那件事儿我也知道，那笔钱明面上是输给了袁金铠[1]，我看最后怕是进了杨宇霆[2]的腰包儿了……知道吗？张宗昌和褚玉璞他们哥们两个丢了上海，把结拜的老三毕庶澄[3]推出来顶罪，已经处决了……虽说有了老三作替罪羊，可不花点儿银子，能过张作霖那一关吗？"

金亚仙恍然点头，哂笑道："胡子就是胡子，你看咱们北洋分分合合这么些年，彼此打了多少血淋淋的大战，但说到头，北

---

[1] 袁金铠：东北旧时代的大劣绅，地方名流，后来当了汉奸。

[2] 杨宇霆：奉系军阀，安国军总参谋长。

[3] 毕庶澄（1893—1927）：直鲁联军重要将领，张宗昌的结义兄弟，因为丢失上海，被他结义兄弟张宗昌和褚玉璞当作替罪羊，骗到济南乱枪击毙。

洋军的情分没丢，相互间好歹都留着情面呢……张勋复辟那么大的篓子，不也大事儿化小了？你再看看这些姓张的……前一阵子枪毙了郭松龄[1]，这又处决了毕庶澄。哼哼……他奉军也敢自称北洋？我看巡防营出身的，还就是比不上新军出身的局气。"

"是啊，他张作霖厉害，北京六国饭店他也敢闯，杀了邵飘萍、林白水，沙俄使馆他也敢闯，杀了李大钊……虽说都是赤色分子，但规矩就是规矩，没听说进六国饭店抓人的，你说得对，胡子就是胡子，犯起混来，洋人都拿他没辙。"

忽然，正在浇水的亮亮扯着正在变声的嗓子叫了起来："大娘！姑姑！楼下有情况！来了好多人，巡捕也来了。"

金翠喜和金亚仙脸色一变，连忙走到女儿墙边向下张望，果然门口围了十几个黑衣大汉，不知道和门童在吵吵着什么，几个法国警官带着十余名安南巡捕举着警棍赶来，却引发了十几个大汉的愤怒，彼此正在对骂。这下酒店门口好几拨儿客人都进出不得，只好围着看热闹。

两位经理不敢怠慢，金亚仙和赵亮连忙扶着小脚儿的金翠喜跑下楼去。

六国饭店门口儿，孙殿英正在发威，冲着毫不退让的法国警官嚷嚷着："老子是安国军十四军军长！一没穿军服，二没带武

---

[1] 郭松龄（1883—1925）：奉系重要将领，张学良的老师。1925年拥护国民革命军主张，起兵反奉，兵败被杀。

器，凭什么不让老子进去？"

法国警官则用法语申明这些中国军人未经申请，来路不明，他有权盘查身份。但孙殿英一行人哪里懂得法语，双方各吵各的。而吵起来的缘由，却是被孙殿英挟持来的卢筱嘉和唐石霞，这二位一个用洋泾浜法语、一个用流利的英语，在一边儿煽风点火——直说这些人是绑匪，是来租界作案的。卢筱嘉更是揭发他们身藏短枪，要求把孙殿英即刻抓起来，否则大家人身安全都不能保证。负责约束卢筱嘉和唐石霞的两名大汉自然听不懂他们在说什么，而卢筱嘉还不时换成国语劝慰他们不要吵闹，交出武器，以免在租界闹成国际纠纷。唐石霞见卢筱嘉玩得开心，也不免添油加醋起来。转眼双方剑拔弩张，法国警官决定要对这些可疑分子搜身。而这些大汉确实藏着武器，自然不肯就范，围成一圈，把孙殿英、卢筱嘉、唐石霞围在中间。这下法国警官觉得事态严重，准备让人去叫驻军来增援。

孙殿英虽然暴怒，心下却是明白的，也看出是卢筱嘉二人在捣鬼，却苦于自己嘴拙。他只是后悔一时好奇，不该带着二人进入租界。于是动了带着二人退回华界的念头，谁知这二人却笃定地站着，不动粗是带不走了，而他也没胆子对这二人动粗，更何况巡捕也不能让他动手。但他一心把这二人交给张宗昌和褚玉璞，否则自己很怕从首功之臣变成了替罪之人。正犹豫间，门口各色人等越聚越多，眼见不可收拾了。

　　这时金翠喜等人终于下得楼来，她虽然不认得孙殿英是哪路丘八，却认得安国军的招牌，也认得被挟持的卢筱嘉和唐石霞。但金翠喜却不着急，立刻哈哈笑着打起圆场，高声叫了一声："姐姐，劳您驾，把张副总司令请下来吧……"

　　此话一出，金亚仙立刻回前台打电话去了，莎拉马特在法国警官耳边嘀咕了几句，法国警官立刻点头，示意手下巡捕们放松了戒备。孙殿英一听张宗昌果然就在六国饭店，也终于松了一口气，掏出一张名片给金翠喜递了过去。金翠喜笑盈盈地双手接过，笑道："哎哟，孙军长啊，久闻大名，昨天牌桌上，张总司令还夸您来着，说您到魏博马到成功了……还救了唐小姐。"金翠喜看见唐石霞正盯着自己看，赶忙迎过去拉住唐石霞的手笑道，"唐小姐受惊了……您这千金之躯，可是唱的哪出普救寺①呢。"

　　唐石霞不屑地瞥了一眼孙殿英，爽朗一笑答道："金大老板好，你这带着六国相印的还不知道外面世道乱了？我哪知道出趟门还会遇见一个孙飞虎呢？三楼套间儿空着呢吗？我也乏了，得去歪一会儿，麻烦你送一瓶冰镇的干白到我屋里吧……"

　　说罢，唐石霞就要进酒店，孙殿英原本不许，但被唐石霞瞪了一眼，只敢赔着笑恳求道："唐小姐，我护送您回来，是不是见见我们军团长，也让在下交割了差事才好？"

---

①《西厢记》故事，崔莺莺一家在普救寺被军阀孙飞虎围困，幸得张生请来救兵解围。

"嘘……"唐石霞摇头指着金翠喜道,"有金大老板和这么多人佐证,且我就在六国饭店里,怎么?你还怕我跑了不成?"

孙殿英顿时语塞,只好请她自便,唐石霞冲卢筱嘉点点头,然后冷哼一声就进了旋转门。却听身后卢筱嘉哈哈大笑起来,他旁若无人地道白:"马离普救敲金蹬,人望蒲关唱凯歌……我说孙将军,我这可也要回家去了,你放是不放呢?"

孙殿英对卢筱嘉却没有这么客气,阴着脸冷笑道:"卢公子别急啊,咱们哥们九九八十一难都快过来了,您好歹随我见见真佛,让我得个超生啊?"

卢筱嘉脸色一变,指着孙殿英鼻子就要开骂。谁知耳边一个洪亮的声音响起:"卢老弟!受惊了!哈哈哈哈哈……这是闹的哪出?"声音还没落地,一个高大魁梧的大汉赶过来一把握住了卢筱嘉刚举起来的手,上下关切地打量一番道,"行,没受伤,就是衣服皱了……怎么还生气了?我张宗昌给你赔礼!赔礼!"说罢就伸手帮卢筱嘉掸灰尘,然后责怪地对孙殿英道,"麻子!你可真是冒失,让你护送!护送!怎么弄得都不高兴了?"

孙殿英却收敛了霸道,立正敬礼道:"总司令!人我奉命安全送到,他们……他们不让我进门,就争了几句。"

张宗昌环顾一圈,哈哈笑道:"误会,误会!都是误会!不怪你,也不怪他们。这里比不得别处,你也是忒孟浪了,带这么多人进来干什么？"说罢他招呼身后的秘书道，"吴秘书，你去跟法国人说说，误会嘛，都是误会。"

他身后的秘书立刻过去和法国警官交涉，气氛登时缓和了，他回来又和张宗昌耳语几句，张宗昌点头道："麻子，你跟我进来。你手下的人跟吴秘书去华界住下。"

孙殿英在手下兄弟面前没了面子，老大不痛快，梗着脖子道："总司令，这不就是个饭店吗？我有钱，我们都要住下。"说着掏出一沓奉票，冲着金翠喜命令道，"也给我开个套房……我们都住下了。"

张宗昌一见这沓奉票不由哈哈大笑，促狭地给他塞了回去。然后一手拉着孙殿英，一手拉着卢筱嘉就转身往里走，嘴里说："老弟你可真逗，这里可是六国饭店……我跟你说……"他忽然沉下脸，盯着孙殿英，指指自己鼻子，又指指楼上说，"我，在这儿是副总司令。三楼上三个套房，张总司令一个，皇上一个，你们军团长褚玉璞一个，就已经满了，连我都是借住在褚玉璞的屋里，怎么，不行我跟老褚说一声儿，让他把位子给你腾腾得了？"

孙殿英愣了一下，赶忙摆手："总司令您说笑了，我哪知道这里的规矩……"

"你看，这里规矩就是大……在这儿，得叫我副总司令，明白吗？少帅在这儿都是副的……你这麻子可长点心吧。"

"是，副总司令！"

"哎……这就对了，这几天我在谋划一件大事，你听我的，别节外生枝……咱们难得一见，先去喝酒！"

三个人说着话拉着手进了酒店，金翠喜连忙打了一个罗圈万福，给各方被影响的客人和单纯看热闹的人行了礼，告了罪，请众人散了。吴秘书领着孙殿英手下排队去了华界，但有一半儿便衣大汉虽不入住，却执意留下看门儿。法国警官见没有事端，也松了口气，带着巡捕们散去了。

金翠喜也回到酒店大堂，却见金亚仙在前台朝她招手，只见几个客人正围在前台的沙发前。

她长吁一口气，提起精神赶过去。金亚仙指着面前几个人介绍道："翠喜，这位是伍连德博士①和他的夫人，国际著名的传染病大夫，他本来就是路过天津，结果在火车上救了这位先生……"说罢她又指着一位半躺在沙发上闭眼养神的长衫老者道，"这位是王国维先生，呃，是他坚持要来六国饭店的。"金亚仙对金翠喜低声耳语道，"王先生也是皇上的师傅，国学大师，而且他是罗松翁的亲家。可是他在火车上行李都被偷了，说是里面有重要的东西……老先生当时一急就昏倒了，幸亏遇到伍连德大夫，给

---

① 伍连德（1879—1960）：杰出的传染病学家，扑灭了1919年、1920年、1926年、1932年发生在中国的四次瘟疫，挽救生命无数，并且开创了人类防疫制度的先河。是近代以来，第一个影响了世界科学发展的华人。

抢救回来了……他身上也没钱，但既然是松翁的亲家，又指名来咱们这儿，咱们不能不管啊……可是，没房间了。"

金翠喜皱皱眉，叹口气，先冲伍连德赔笑道："谢谢伍先生，您也要住下吗？"

伍连德摆手道："我倒不妨事，我可以去意租界落脚儿。不过王先生这样我有点儿不放心，那边没打招呼，也不方便带过去。"

"您真是好心人，您放心，王师傅进了我这个门儿就算到家了。我们好歹腾个房子让他好好休息……就是……王师傅身体……？"

"哦……倒没有大碍，就是气急攻心、血压高，又有些低血糖。不过，他两只大皮箱不见了，都是他孩子的遗物，还有些抚恤金，数目不小，得想办法找一找才好。我虽然已经报警，但也不知道能不能找回来……"

金翠喜咬牙道："挨千刀的贼！哎……这世道太乱了，这可怎么找呢？还是先安顿下来吧，再慢慢想办法。"说着，她用眼神询问亚仙姑姑道，"能腾出一个房间吗，先让王师傅休息一下？我一会儿就给罗师傅打个电话。"

这时，王国维略睁开眼，冲大家抱歉地点点头，张开满是血泡的嘴说道："谢谢，谢谢，务必请罗雪松亲自过来一见。"

金亚仙小声对金翠喜道："哪里还有房间？全都被肃王爷一

家和参加张督办喜事儿的客人们租满了。"

金翠喜着急道："这可怎么好？不行把小玉的房间收拾出来，先让王师傅休息一下？"

忽然身后传来一声叹息："嚯，是王师傅？王国维师傅？久闻大名啊。……金大老板可真行……你姑娘房间多不方便？不如先送我房间吧……我一时也不去住。"大家抬眼一看，却是卢筱嘉大大咧咧地来找金亚仙，刚好听见她们犯愁，便大方地递过钥匙说，"姑姑你派人去我房间里收拾一下就行……有些杂物，没什么要紧的东西，别冒犯了王师傅就行。另外请您给寒云兄捎个信儿，请他务必把张学良请过来，就说我被张宗昌抓住小辫子了，江湖告急。"他嘴上说着，却看见王国维还真拖着一根小辫子，不由不屑地嘴角一翘，嘿嘿一笑。

金亚仙接过钥匙叹口气，冲他点点头："卢公子放心，我一定告诉我家少爷。"

卢筱嘉咧嘴笑道："哎……"随即随口念白道，"好汉英雄困天堂，不知何日回故乡……①"他朝门口努努嘴，指着孙殿英手下几个死死盯着他的便衣军官笑道，"'时来天地皆同力，运去英雄不自由'……姑姑，拜托！"

金亚仙也瞟了一眼门口站着的几个丘八便衣，嫌弃地皱眉道：

---

① 京剧《秦琼卖马》片段。

"你放心吧，在这里不会有事儿的。"

正在这时，门口洞开，四个门童全都推着行李车进门来，一众行李后面，一位身穿浅色西服的英俊"少爷"昂然进门。

"芳子！"大堂茶座沙发上一位身穿日式便服的老人起身迎了出来。

"姐姐！"跟着老人后面的一个身穿洋装的少爷也高兴地喊道。

那刚进门的"少爷"赶忙迎了上去，她原来却是一位男装女孩儿，她惨然笑道："爸爸，阿弟，十多年了，我终于回来了。"

金翠喜和金亚仙对望一眼，相互点头——这位应该就是要嫁给蒙古小王爷的肃亲王家的十四格格金碧辉咯。

第二节：皇亲国戚

宣统十九年，民国十六年，公元1927年，5月1日，傍晚，街道上水银灯闪亮，工部局官员在说着什么，记者带着群众鼓掌。空气中全是六国饭店面包房飘散出来的好闻味道。

六国饭店三楼套房内。窗户敞开着，金碧辉躲在窗帘后面抽着烟，盯着窗外华灯初上的花花世界。唐石霞则歪在窗前一侧的西洋式美人靠上，晃着最后半杯白葡萄酒，眯缝着眼睛细看墙纸上的碎花。她有些醉了，抬手扣了扣墙纸上的荼蘼花样，喃喃轻念道："朝喜花艳春，暮悲花委尘。不悲花落早，悲妾似花身。①"

金碧辉散碎地听不真切，以为在和自己说话，转头过来笑问："姐姐和我说话呢吗？"

"和你说？和我说……哎……我说话了吗？"她打起精神，坐起来，这才看见金碧辉在窗帘后面，俏皮地打趣她说，"妹妹看啥呢？是不是看你的小新郎来了没有啊？"

---

① 唐代杜荀鹤的《春闺怨》。

金碧辉忍住冷笑，淡淡地吐出烟气，淡淡地说："那不用看，他前天一早午时前三刻到的，加上随从一十五人都住在利顺德二楼，现在大概正在和我兄弟喝酒。这次来的还有察哈尔的张景惠、呼伦贝尔的凌升、奉天的熙洽、袁金铠①……还有库伦活佛赐婚的特使一行二十人。总共不下五十人，都是我哥安排住下的，我又怎么会不知道？"

"哎呦呦……都说妹妹是大才，办事最妥帖不过的。我原还不信，真是闻名不如见面……你这可真是水晶琉璃的心思。"唐石霞惊讶地好好又打量了这位男装的女孩儿——比自己还小两岁，二十出头的年纪却已没了小女儿的做派，反倒有些英气逼人的气概，不由暗自点头，赞叹道，"肃王家孩子真是一个赛一个的好，难怪太妃②和皇上都念念不忘的，每一提起，都把我和誉格好一顿贬损，啧啧啧……过来，让姐姐好好看看你……"

"姐姐笑话了，可不敢和姐姐和杰二爷比较……"金碧辉有些感伤，礼貌地腼然一笑，随即推开窗，把烟掐灭在窗台上，对外头吐净了烟气，这才大大方方地坐到唐石霞身边儿，伸手握住唐石霞的纤手，道，"姐姐手真好看，好软和……"

---

① 这几位都是东北满蒙重要政客。张景惠是奉军军阀，满族；凌升是黑龙江省议员，达斡尔族；熙洽姓爱新觉罗，宗社党骨干，奉军军阀；库伦活佛为故事虚构。
② 这里指光绪的瑾妃，是唐石霞的亲姑姑。是她带唐石霞进宫，安排唐石霞嫁给了小三岁的溥杰。

　　唐石霞哈哈一笑，也攥了一下金碧辉的手，刚也要奉承几句，却呆住了。金碧辉了然，爽朗一笑，展开满是老茧的手对着微光，笑道："姐姐是题诗作画的手，我这却是打枪的手，你信不信……我双手快枪，三十步内，百发百中的！"

　　唐石霞惊讶地"啊"了一声，吓得松开了金碧辉的手，连忙念佛不迭，笑道："妹妹可真是个巾帼英雄了！没承想你去日本，竟然学成了红拂、花木兰！"

　　金碧辉哂笑道："花木兰尚可，红拂算什么？我爹跟我说，但凡革命，必然流血，近代各国革命，流庶民血不如流烈士血，流烈士血又不如流烈女血，故而歌德诗篇唱曰：'伟大女性引导我们前进'！也故而法国七月革命摧枯拉朽，我大清也因为秋瑾一女子之牺牲而一败涂地。因此，我从小就立志要做秋瑾那样的女人。"

　　说着，金碧辉走到堆积如山的行李面前，挥手屏退了从暗处闪身出来要帮忙的黑影仆人，自己大马金刀地翻出一只绿皮箱子，打开找出一本日本画报，展开胡乱翻过几页浮世绘，找出一页对开的画来，兴冲冲地展开给唐石霞看："姐姐你看，这就是依照史实绘制的法国七月革命的油画《自由引导人民》，你看，这里面的女英雄，才是我辈楷模！"

　　唐石霞眨了眨俏皮的眼睛，盯着图画上半裸的自由女神抿嘴一笑，又仔细看道："呀……妹妹，这画好有力量！不过……

这画儿要是让胡嗣瑗或者王国维师傅看到，他们不得当场抽羊角风？哈哈……"

"哎，因此我爹说一人弱则一家弱，我国图强，应人人自强。你看这西洋女人，比我们中国女人如何？如果我辈中国女人也有这样自由健康的气概，何愁我民族不强？我辈女子如果有如此勇健，我看就连胡师傅和王师傅之流，也能被感召上阵杀敌呢！"

"呀……妹妹你可是不知道，前儿个皇上带我们几个去看了一场梅兰芳的戏，哎呀……这可了不得，胡师傅在静园花厅跪了三个点儿，尖着嗓子哭丧……直到皇上下了罪己诏，答应再也不去戏园子才作罢了。哎呀，胡师傅那个哭的啊……德公公偷偷和我笑着说……就和小寡妇上坟似的……哈哈……"

"切……哈哈……"金碧辉被逗得也绷不住了，叹道："看个戏有什么的？皇上身边的师傅们每天就盯着这个，能有什么用。"

"可不是吗……说起来，妹妹刚回国，梅老板的戏，有机会一定要去看看，那可真是雍容华贵、艳而不俗的。"

"是吗？好，姐姐要是有空一定带我去看看。我在日本流寓了这些年，还真是怀念家乡的吃的、玩的……我刚到上海，就去听了戏的，有个须生叫麒麟童的，我听着觉得很好……"

这时闻听门口有人轻轻敲了两下，一个仆人从暗处闪身出来低眉垂首地通报："荣大人到了。"

闻言金碧辉连忙起身，对着穿衣镜瞄了一眼自己的装扮，唐石霞也坐端正了起来。荣源依旧是一身自来旧的锦缎大褂，手里多了一串琥珀，大长脸上的眼袋都快挂不住了，但玳瑁眼镜后面的一双雀眼却显得春风得意、熠熠生辉。身后闪出的仆从搬过太师椅来放在起居室的上手位置，他端正地坐了，笑着端详了一会儿金碧辉，挥手请她也坐下，点头笑道："好，真是好孩子！格格一路上辛苦了。皇上说——你回来就好，甚是欣慰。本来今天应该请你过去，可是一来参加'天游追思会'的人物太多，若都见则不便，因此就都不见；二来，格格是自己人，又当出阁，本没什么，偏不巧感冒了，有些头疼，想起肃王忠义，又是心疼，见面必是伤心。因此今天就不见了，请格格好好休息。又嘱咐说——格格先住在六国饭店甚好，刚好让海伦好生照应着……"说着转头对唐石霞说，"听见没？格格可就交给你照顾着了，皇上说格格刚回国缺什么、要什么尽管支用，千万别委屈了人家。"

金碧辉听见皇上说三个字就又站了起来，一边听，一边点头。唐石霞待荣源吩咐完，拉她坐下，笑道："不劳荣公吩咐，我们姐们儿都已经混熟了，正聊麒麟童呢。妹妹，你可不知道，说起须生，咱们荣公可是最懂得的……"说着挑起大拇指，对着荣源奉承。

荣源哈哈一笑，得意地说："格格你可别听她的，我不行，比起当年的肃王差得远了……肃王爷是得了盖叫天真传的，他天赋就比常人好，那拼命三郎可是天下一绝。我就是瞎玩儿罢了。说起麒麟童，你刚回国不知道，这麒麟童也就是个海派，真正要听须生，还得是余叔岩。现在小年轻不懂行，都觉得麒麟童好听，在我看来，虽也有所长，但毕竟听起来刺刺挠挠的不是？哈哈……格格你可别急着走，等这几天大事儿都忙完了——端阳节，我吩咐德公公专门请了余叔岩和一众好友聚聚，当天是全本的《失空斩》，你可别错过了，不但有余叔岩的诸葛亮，还有张伯驹的王平，袁寒云都只得拉个弦子……这阵仗，怕是梨园空前绝后的了。哎……石霞，你这丫头留神，这事儿可别给我捅到上头去……"

唐石霞闻言挑着下巴打趣道："荣公您可真是的，不请我看戏，却还要我保密？你看我说不说去！"

荣源哈哈一笑，作难地说："你这丫头，我倒是想让你和婉容都来呢，可免不了又是一场龃龉……何必呢，你说是也不是？"说着，他端着的架子慢慢儿松了，掏出白金烟盒儿，捻出一根儿烟卷。金碧辉眼尖立刻站起来掏出洋火儿，却被荣源示意坐下。他身后自有黑影仆人闪出来帮他把火儿点上。他自顾自地吞云吐雾一番，便把大半根烟掐在仆人递过来的铜盖子烟灰缸里——敢情仆人这些东西都是随时随地备好了的，荣公一抬手、一投足，都有伺候好了的。

荣源转颜正色对唐石霞、金碧辉说："说回正事儿吧，头一件事儿：明天的追思会。本来说好是要梁启超主持，结果这梁启超大约是听说皇上要参加，他便推说自己肾病又重了，只写了挽联和追思文章，让徐勤[①]或徐良代他朗诵。上面很生气，便决定也不参加了，还特地嘱咐咱们也都不要去了。本来这倒省事儿了，今天金翠喜还想让我把这套房腾出来布置会场，我本想推掉算了。谁承想——后来还是郑师傅老成，他说来的都是各界名流，这些人推一把就远了，拉一把就近了，上策还是要操办，而且要大办。于是他和川岛浪速一合计，说是刚好锡林郭勒的小王爷、库伦的喇嘛不是都来了吗？咱们难得聚在一起，刚好是林西之战[②]十年了，因此我们刚好一起办，他们在外间儿追思他们的康有为，咱们在里间儿追思咱们的林西英魂。"

金碧辉闻言大喜，站起来点头说："如此甚好！我刚才还想起我亲爸临死前说的话感伤……难得皇上也都记得……"

荣源仍是挥手让金碧辉坐回去，点头道："皇上于是同意操办追思会，说不妨也试试与会人员的心意——特别是北来的满蒙

①　徐勤：康有为的弟子，徐良是徐勤的儿子。
②　林西战役：1915—1916 年，日本人协助蒙古人巴布扎布和宗社党在蒙古起兵，宣誓"勤王"，攻击赤峰一带，意图分裂建国。被奉军击败，匪首巴布扎布被击毙，赞助者肃王善耆气死，善耆临死对女儿留下"天不助我，既生我善耆，何生张作霖，大业必定先拿张作霖，我已不行，望你能实现"的遗言。

028

来宾的心意，因此，你们二位明天可得务必留神，这是要紧事，完事儿上头等着你们的回话。"说罢，盯着两个女孩儿仔细地点头回应才又往下说，"这里头，熙洽是咱们自己人不论，要盯紧张景惠那几个巡防营老兵的态度，要紧的还有凌升那几个蒙古人……还有原来北洋的刘凤池、安福系朱家[①]的老大……反而是那些文人你们不用管，有郑师傅他们呢；外国客人也不用管，有庄师傅照应着呢。"

"明白！"金碧辉干脆地答话，唐石霞有些诧异地看了看她，她正掰着手指头想办法把人名都记住呢。金碧辉瞥见唐石霞看自己，冲她抿嘴一笑，挤挤眼睛。

荣源含笑点头，对唐石霞道："第二件，皇上说——魏博县的事情事发突然，你人没事儿就已经是万幸了。而且既然卢筱嘉已经收了咱们东西，飞机现在就应该是咱们的了。那些东西你也不用挂怀，北府的管家张彬舫不是还跟车队在一起呢吗，量他齐鲁联军也没那么大的胆子明抢，但需要防备他们来阴的。飞机既然高志航也验过了，事情就十拿九稳。我已经派唐云山去和青岛海关和驻屯军方面交涉了。我们都觉得直鲁联军不是也得听少帅的？现在只要张学良不翻脸，就不会有事——咱们这飞机就是咱们加盟他张学良东北航运公司的股本，他要是敢吞了不认账，

---

① 北洋名臣朱启钤，他的孩子们和张学良关系很好，有一个干脆做了张学良的秘书。

以后看他怎么服天下之口。"

唐石霞闻言松了口气，点头说："我原也不信张宗昌敢抢张学良的飞机，但我真担心那个孙殿英会抢卢筱嘉的'货'，那人我看是个骨子里的强盗，胆大心黑，不好相与。"

荣源冷哼一声："野狗嘛……饿疯了，刚钻进张宗昌的胯底下舔毛呢。还好你聪明，先让卢筱嘉交割了货物，至于那货物是不是被人抢走，道理上已经不关咱们的事了。不过上头吩咐了，这事情还是要过问一下，这人敢对静园的人如此无礼，不能不予以惩戒……免得以后让外人都觉得咱们真的好欺负了！"

唐石霞点头道："我已经约了张学良，这事儿他要做缩头乌龟，我可断不答应。"

荣源摇摇头，又敷衍地点点头，挥一下手，这第二件事儿就算过去了。他转头对金碧辉说："格格，火车上中华武术会的人交给你的两只箱子呢？"

金碧辉点头起身，在行李堆里一指，房间暗处的两个仆人立刻现身把王国维丢掉的两只皮箱从行李堆里抽了出来，在沙龙中间放好。荣源惭愧一笑，对唐石霞说："借你们宝地一用，咱们六只眼睛一起看一下。"

唐石霞叹口气说："王师傅那么老实巴交的人，你直接让他给你看不就行了？"

荣源打量着箱子摇头笑道："别人让你看的都是你不想看的，

再说……大家都是体面人。"然后对仆人说,"打开,小心别弄坏了锁。"

仆人凑过去,两只箱子各自被一只精致的小洋铁锁锁了,不弄坏,很难打开。正在胡乱鼓捣,却听金碧辉笑道:"还是我来吧……"

说罢她从自己随身的小皮箱里找出一套万能工具,不等荣源抽完一根烟,就把两只锁全都打开了。荣源和唐石霞顿时目瞪口呆,金碧辉简直就是红拂和昆仑奴的组合体了。

荣源不让别人动手,亲自小心地一一检查了王国维的行李,不过是些旧衣服和大量书籍,两副眼镜盒,几个小儿旧玩具,还有几个笔记本。他仔细地将书籍细细查验了——层层包裹的是一本海宁安化王氏族谱,再就是儿子的遗像、神位……族谱里面夹着几张大额存单。另有就是大量剪报、手稿和几本开明书局翻译出版的外国书,是什么《魔侠记》《绝岛漂流记》《机器岛》①,此外并无其他。唐石霞好奇地捻起存单,数了数——银圆三千余元。

"是这笔钱吗?也不是什么大钱啊……"唐石霞说道。

荣源又将笔记本也简单却仔细地一一翻看——没啥发现,只接过存单略瞟一眼,慢悠悠地说:"哎,不是……这钱是他儿子

①《魔侠记》今天叫作《堂吉诃德》;《绝岛漂流记》今天叫作《鲁滨孙漂流记》;《机器岛》就是凡尔纳的《机器岛》,都是当时率先翻译的一批外国奇幻小说。

的抚恤金。他说是要亲手交给罗雪斋的钱，大约是想用这个钱顶上卖文物的亏空——这可差得远呢。"

唐石霞一皱眉，惨然道："那快还给王师傅吧……别让他着急了。"

荣源摇头说："现在还不行，等我回去回了话，交了差事，你再帮我还他吧……好人给你来做。你不知道——前几天郑亲王① 为了几两银子竟然带着人刨了自家的祖坟，各大报纸的记者借这话题又把故宫国宝流失案闹得满城风雨，主子因此极为焦躁。连我也被报纸骂得狗血喷头，说是东华门外的古董店全是我开的——我倒想呢。你别小看这些事儿，弄不好这小屎盆子就能毁了咱们的大事情。这些事儿知情人本来也没几个，如今罗雪斋就说是王国维和他儿子散出去的，皇上又怀疑罗雪斋卖了东西吞了银子……本来这些事情，王师傅儿子也就是他罗雪斋的女婿最清楚，他人在海关，很多东西都是从他手里出国的。又说这小子学会计的，什么都记账存底儿。其实钱少了是小事儿，这个账目要是流出去就惨了，一登报，咱们个个儿都是卖国贼——咱们静园有一个算一个，就都得流亡海外了。"

金碧辉插嘴道："我看这事儿也不复杂，直接找他们一问不就清楚了？"

---

① 郑亲王昭煦 1927 年因挥霍无度，竟然把祖坟上的石刻、砖瓦都卖给了张学良修园子。一时舆论哗然，传为笑柄。

"问也要问，验也要验，我内务府从不听一面之词。"荣源不屑地瞟了孩子一眼，嘴里念叨着，又细细翻了一遍笔记，确定没有文物走私的账目，这才又一一放了回去。拿起存单掸了掸，叹气道，"王师傅也算富裕人家了，经营一生，死了个长子，才得了海关给的这么一点儿抚恤金……可怜啊……这还不够我端午……不够那个张宗昌打一晚上麻将的呢。"

箱子重新装好，荣源拍着皮箱笑道："唐姑娘，你等我电话，就给王师傅送下去吧——就说——对，就说格格帮他找回来的——她们家是侦缉办案的祖宗嘛。也巧了，王师傅丢了箱子急得昏倒了，在火车上被伍连德医生救了，现在人就在楼下，住在卢筱嘉的房间里。"

唐石霞惊讶地说："这么巧？那倒省事儿了。"说着愉快地接过了箱子，随手放在一边。

"嗯……这卢筱嘉好像很认王师傅的名头儿，要不是他让出自己的房间，咱们王师傅今晚就要睡大街了。嘿嘿……区区三千块……还真差点儿要了王师傅的小命儿。"

唐石霞眼珠一转，活泼地眨眼道："咱们王师傅是大名鼎鼎的名宿，他自然是知道的，再说也得给咱们静园几分面子吧。"

"嗯，比起国民军来，北洋的虽说也一样是骨子里的混账东西，但表面上还说得过去。"说罢，拍一下手，起身告辞，带着两个黑影仆人出门去了。

金碧辉款款地点上根烟，不可思议地笑道："荣公管着那么大一摊子，这事儿也亲自料理？还这么蝎蝎螫螫的？"

唐石霞笑道："妹妹你可不知道，咱们静园的主子看着凡事不关心的模样，好像稀里糊涂的，其实是个心细如发的，什么小事儿都在心里拿小本本记着呢。你觉得事情小，没准一个疏忽，回头问起来就是个大麻烦。就拿这个事儿说……这些年从罗师傅手里出去的东西成千上万的，主子都从不理论的，偏巧这次有笔小钱没追回来就怒了……为什么？就不是钱的事情，是罗师傅和王师傅两边儿各自回的话没对上榫，主子就对他们二位留了神了。再加上最近报上天天追国宝、挖黑幕的，主子也心烦，怀疑身边有人作妖针对他呗。"

金碧辉冷哼一声，愤然道："我们卖自家东西怎么了？就连郑亲王卖的也是自家祖坟！关他们屁事儿！皇上也太过隐忍了，若说原先困在宫里，还有些忌惮也就罢了……现如今脸都撕破好几年了。要我说就大大方方来我们旅顺，天高海阔！堂堂正正和他们干！现在全球都在说民族自决、独立建国，我看我们满蒙两族，也该振奋一下了，难道真的要做他们的顺民？"

唐石霞也是叹了口气，赔笑道："妹妹你可别着急，师傅们总说要戒急用忍、徐徐图之……皇上和你岂不是一样的心思呢？这些年的日日夜夜，你可知皇上都是怎么挨过来的。"

"什么戒急用忍！当年林西一战，我亲爸和我父亲一个殚精竭虑、毁家纾难，另一个更是亲临战阵、浴血苦战，而那时候宫里头在干什么呢？还在和张作霖虚与委蛇！大好战机丢了，大好局面全成了'墙头草，顺风倒'！连我公公在内——满、蒙、日多少壮士白白战死！气得我亲爸呕血而亡……死前他将我们兄妹全都送去日本、欧洲，就是知道宫里的办法不行！什么戒急用忍？不过是混吃等死罢了！"

"嗨……那年皇上又才多大嘛。"唐石霞把金碧辉拉到身边坐下，轻抚着她的后背劝慰道，"如今咱们都长大了，你看你又学了一身的本领回来，赶明儿见了皇上，你别急，把想法细细跟他讲讲……"

"姐姐，我没别的想法。我亲爸临死就交代我父亲和我两件事情，第一就是除掉张作霖；第二就是请皇上回龙兴之地。除掉张作霖，满蒙独立才有希望；皇上回东北，才可名正言顺号令天下。"

唐石霞心中震动，连忙示意金碧辉收声，她看了看内务府仆人那些黑影的方向，又看看窗外，笑道："妹妹小点儿声，眼下皇上有心思是要借助奉军的势力复起还宫，张作霖也刚刚给皇上表过忠心呢……"

"哎……"金碧辉使劲儿摇摇头，"咱们在这些军阀身上吃的亏还少吗？就算张作霖真心拥护皇上复辟，那也是个曹操，难道要做汉献帝吗？别的不说，我们肃王全家第一个就要死无葬身之地了。现如今连南方孙大炮的革命党都知道自建军校了，而咱们还做梦张胡子之流会是忠良？"

唐石霞点头沉吟道："妹妹说得不错，可我劝你一句：有些话还是等时机成熟了慢慢儿跟上面讲。你不知道，我这次亲身犯险，腾空了醇王府的家底子去买飞机，为的就是入股张学良的东北航空运输公司。刚刚荣公，就是钦定的持股董事，如今上头几位爷可全在兴头儿上，你说话可千万掌握着点儿火候儿。"

金碧辉长叹一声，冷笑道："辛亥年以来，我亲爸两次起事，不但倾家荡产，家里命也搭进去几条了……何曾用过宫里一分银子？虽然干戈寥落、马革空还，但仍是轰轰烈烈、前赴后继，我们家风历来如此，并不会曲意奉承的。哎……不过姐姐你说的也对，都像我们这般直心也未必能成事。文武张弛、利义权衡自然是皇上裁夺，刚才说让咱们举办林西之战的追思会，就说明上面心里也还是明白的。"

唐石霞听她这么说，悬起的心又放回了肚子里，亲热地说："妹妹这么说可见是有大见识的，姐姐真是自愧不如了。就是刚才，荣公说的那些人物，我一个都不熟悉，妹妹你却好像都如数家珍的？你不是也才刚刚回国吗？"

金碧辉拊掌笑道："这有什么？别忘了我后天就要嫁过去了，就是普通人家，不也得先问问有什么难缠的三姑六婆吗？这东北四省外加内外蒙古的各种人物，可不就是我的'三姑六婆'了？不把他们提前摸个清楚，我去了岂不吃亏？"

唐石霞闻言也笑起来："可是呢！妹妹这样的人物，真不知道那个蒙古小王爷能否配得上你。"

金碧辉淡然一笑，摇头不答，低头看着唐石霞握着自己的手，心中一暖，于是眯着眼狡黠地笑道："姐姐，荣公让我们去投石问路，你人都认不全，到时候交不上作业可怎么好？"

唐石霞笑道："我是静园出名的滚刀肉……把脸一抹，就过去了呗。"

金碧辉哈哈一笑："这样吧，你请我吃顿大餐，我给你打小抄如何？"说罢起身从行李中的绿色皮箱中抽出一卷高丽纸的大图和几大本手账。她对唐石霞得意地笑道，"姐姐我给你看样宝贝……"

说罢她将厚窗帘扯起来，将大图别在窗帘上自然垂下，竟是一张错综复杂的地图，赫然是满蒙局势，上面全是密密麻麻的人名，旁边还有一张人物关系逻辑图——都是日语为主，间或有中文注释。

"我管这张宝贝叫作——满蒙复兴社稷图，是我父亲这些年悉心经营东北，借助东亚同文馆的朋友和安国军日本顾问的秘书班子，费尽心血绘制的，这些人的说明背景另附录在这本满蒙四省人物志中，随时可以检索。这种图，是我亲爸和父亲当年研习侦缉查案时发明的刑侦技巧，后来林西之战时，就用于分析战略局势，判断每落一棋子，会对全盘战略产生的影响。"

唐石霞看得眉开眼笑，凑过去逐个人名筛了过去——只见北国军政商学、氏族宗教、匪盗帮会，乃至名妓优伶都一一在案。按图索骥，翻开那本厚厚的手账本，里面人物一段小传，出身背景、政治偏好、性格爱好更是事无巨细，著名者还附有照片或新闻简报……而张氏父子，干脆独立成册，围绕他们的亲属、幕僚、朋友，另画了关系图。

唐石霞连声赞叹，心中却凛然而惧——这都是那个日本人川岛浪速做的功课，他日若是一旦双方对立，岂不可怕？思念至此，她忽然想起了什么，把张学良的一册找出来，就要翻看。金碧辉轻叫一声，连忙争抢，四只手一下都抓在这个大本子上。四目相对，金碧辉后悔不迭苦笑道："姐姐，这本你不能看……"

唐石霞脸色一沉："你现在不给我看，我不但生气，还会生你的气。"

金碧辉讪讪地只得松手，唐石霞快速翻过张学良的各类介绍和大量剪报，翻到张学良的人物关系逻辑图，却似乎有些失望，她于是又翻了一页，不禁冷笑起来——原来张学良和各路女孩儿的关系竟然专门做了一张图，而这张图里赫然就有她的名字，日语写着什么"亲王妃、权门、活跃、聪明、爱人……"的注释，再往后一翻，果然有一张自己和张学良在飞机场与飞机的合影，照片上张学良英姿勃勃，自己则明艳俏丽。

唐石霞又略翻了几页，同样是几张名媛的合影。她露出一丝苦笑，合上本子，起身又在大图上仔细看了看，很轻松就找到了自己和溥杰的名字，和一众宗室的名字密密麻麻地围绕在静园那个大圈的周围。唐石霞小心翼翼地取下别针，卷起大图收好，微笑着交还给金碧辉，笑道："谢谢妹妹了，这复兴社稷图，回头我再慢慢学习吧。"

说罢，她推开窗子，傍晚凉爽的空气让她精神一振。自嘲地念叨道："武皇内传分明在，莫道人间总不知……嚯！妹妹你看，这水银灯真就是比白炽灯亮堂……"

金碧辉过来讨好地攀着唐石霞的肩膀，也看向窗外："呦……真是的，东京街上还没换呢，上海、天津就是洋气。哎？这是楼下面包房的味儿吗？还真怪香的。"

"就是啊，灯火阑珊，宝马雕车香满路……走，我们下去吃可颂吧！"说着，两个女孩儿拉着手，跑出了房间。她们一出门，影子似的仆人又闪身出来，开始关窗、拉窗帘、调亮夜灯，一切归位后，他们又像蚂蚁一样开始布置明天的追思会场——一张康有为的遗像被端端正正地挂在了中央……

第三节：伏惟尚飨

宣统十九年，民国十六年，公元 1927 年，5 月 2 日，上午，阴。

六国饭店一楼酒吧外侧咖啡厅，露天茶座。三四桌客人在用西式早点，奥斯曼式的玻璃茶具发出彩虹的颜色，给暗沉的天色增添了些俏皮。

老唱机旋转着，播放着《安魂曲—求主垂怜》，周一的道路上人群行色匆匆。六国饭店咖啡厅门口尽是些一起用了早点然后匆匆告别的正装客人。

一个叫作明巴依的老白俄落拓贵族现在是这家咖啡店＋旧书店的掌柜。他数了数剩下的香蕉面包，掏出怀表看了看时辰，用半新旧的白围裙裹了草包肚子，开始收拾室外茶座上离开了的客人们剩下的杯盘狼藉。这是个慢吞吞但很仔细的老头儿，特别是将土耳其铜咖啡壶放入托盘前，都要爱惜地查验一下，像是给岁月斑驳的赤铜岁月兹以鼓励。然后他会将所有铜壶里的咖啡渣子都倒在室外一个大褐色陶罐子里面，让这些渣子经过霉变发酵后，再拿去屋顶——这些酸性的高氮肥是楼顶蔷薇和荼蘼花盛开的秘诀之一。

王国维面前的红茶已凉透了，香蕉面包也只啃了半口就搁下了，从书店借出来的《奥涅金》①也没怎么看。他透过瓶底厚的近视眼镜欣赏着同样岁数的老白俄的日常劳作，有些羡慕这些粗壮的斯拉夫人的野蛮生命力——不但百无禁忌、落地生根，还能随便找个角落就能雅致起来。就像普希金说的：“假如生活欺骗了你，不要悲伤，不要心急！忧郁的日子里需要镇静：相信吧，快乐的日子将会来临！”

坐在王国维对面的是那个戴着菲斯帽的猴崽子赵亮，他清了清嗓子，继续给王国维读报纸——王国维的老花镜和行李一起丢了，因此每天读报的乐趣只能请这孩子帮他完成。而赵亮除了从金亚仙姑姑那里得了两枚铜圆好处之外，还听金翠喜大娘说，他要是给王国维读一次报纸——够他吹嘘一辈子的。他正打开一张《三省时事评论》像模像样地读道——

论内战国运之十可败、十不祥——作者：洪宪男爵②——自古中华君子不重伤，不禽二毛；今日列国公约不虐降，不杀俘房，而奉军前有徐树铮害陆建章殷鉴犹在，近有郭松龄害姜登选

---

① 俄国作家普希金于1823—1831年创作的长篇诗体小说。
② 洪宪男爵：是大汉奸王揖唐的笔名，可见其不以为耻反以为荣的做派。

余毒未清，今年又有孙传芳之五省联军斩杀施从滨；张宗昌、褚玉璞之直鲁联军戕害毕庶澄，我料诸獠所报不远也。更有国民军内讧——大江左右流血漂杵，每每喟叹，中华儿女之精血，尽矣……今日所谓，革新不如同光，共和不如革新，内战更不如共和，四十年时世，每下愈况，岂不痛哉？……

王国维点头不语，长叹一声，示意换一个消息。

赵亮翻了一张《顺天时报》朗声念道——

皇恩浩荡，作者：孤竹国民[①]——皇恩浩荡，这本是旧帝权时代一句向皇帝谢恩的吉祥话，不想近日却又在华北蝗害灾区流行开来。据记者实地采访，今春华北旱灾肆虐，青黄不接，受灾人数数十万。而逊帝溥仪于此时出任华北慈善联合会会长，提出"三元救一命"的募捐口号。逊后婉容也领衔在利顺德大酒店举行慈善钢琴义演。目前联合会已经筹集救济款3万元投入灾区，灾民闻之欣喜之余，无不欢呼皇恩浩荡……

王国维难得露出一丝微笑，又挥手示意他再换一个消息。

赵亮接着翻开一张《大公报》念道——

---

① 孤竹国民这一笔名说明是心怀大清的遗老，这消息摘自《我的前半生》。

故宫博物馆国宝案扑朔迷离，国宝存在大量以伪换真，新老馆长相互推诿，易培基[①]有意辞去馆长一职，张学良亲笔致函挽留，信中指责国民军撤离北京时监守自盗，而张继[②]则对本报明言"国宝失窃之事，更早于首都革命以前"……

王国维猛然坐起，连忙摆手要听下一条消息。

赵亮急忙再打开一张《密勒氏评论》就头条读起来——

中国将军的飞天梦——昨天张学良将军在接受本报记者鲍威尔的采访时畅谈了自己对中国未来航空时代的梦想。张将军认为正如英国盖伦帆船改变了 16 世纪以后的世界，今天的飞机也将彻底改变今后的世界。中国虽然错过了大航海时代的竞争，落后于今天的列强，但他将带领中国走上未来——也就是航空救国的——复兴道路。张将军说，未来的战争必然是空军的战争，未来的生意也将是空运的经济，未来的交流也是像地球村一样的航空时代，甚至是漫游寰宇的宇航时代。因此，他将建设空军看作中国强军之希望，发展空运产业看作中国富民之希望，将造飞机、建机场看作中国未来之希望。昔日日本集全国之力以建设海军跻身世界

[①] 易培基（1880—1937）：故宫博物院首任院长。他从溥仪被驱离后接手故宫，由此在乱世中饱受非议，终于被迫辞职，死于愁苦。

[②] 张继（1882—1947）：国民党元老。

列强，今日且看我中国……

王国维听得缓缓摇头，刚想要赵亮再读下一条，却听一辆轿车猛然在身边停住，从车上跳下来几个白俄军官，军衔最高者正是火车上抢了王国维座位的谢米诺夫。

只见谢米诺夫一阵风似的跑过来一把将正在干活的老明巴依抱了起来转了一个圈哈哈大笑，用俄文喊着："明巴依！你这头克什米尔黑熊还是这么胖！"

老明巴依笑道："大尉①先生！感谢上帝你还活着！你这条卫拉特灰狼命可真大！"

谢米诺夫指着自己的肩章狂笑道："我现在是中将了老伙计！"

"啊，祝贺你，我的大尉先生。那么你的战争很顺利咯？"明巴依咧着嘴笑着，一双手在围裙上使劲儿擦着咖啡渣子。

谢米诺夫放开明巴依老人，苦笑着摇头道："我只能说我还活着，光荣的赤塔②义勇军人也还在战斗着。"

明巴依点点头，自然地举起手摘下自己胸前的圣牌③，像是牧师赐福一样给谢米诺夫挂上，对他额头虚画十字，并祝福道："愿你如

---

① 大尉：yesaul- 哥萨克骑兵营指挥官。
② 赤塔：俄国贝加尔地区首府，是白俄反对苏维埃内战时期的重要根据地。
③ 圣牌：东正教徒有佩戴殉教圣徒小头像的习惯，认为可以保护佩戴者不受伤害。

圣徒约伯一样坚定，为了我们的信仰和土地，我亲爱的大尉先生！"

"为了信仰和土地……我的老执事，我的朋友。"谢米诺夫接受了赐福，再次哈哈大笑，却看到身边桌子上有一个孩子鬼头鬼脑地朝他挤眉弄眼。他一把把赵亮抱了起来，高高举起，用蹩脚的中文喊道，"亮亮！我的猴崽子！"

"подарок①！"赵亮咧嘴笑着喊道，"我的礼物呢？你说回来给我礼物的！"

谢米诺夫哈哈笑着，掏空了身上几个口袋，但他簇新的军装似乎刚上身，口袋里连一块太妃糖也没有。赵亮正失望地撇嘴的时候，谢米诺夫却从军帽压着的耳朵后面摸出一块银圆来放在赵亮眼前——这猴崽子立刻表演了一个"见钱眼开"——他抢过银圆，转身就往旋转门方向跑去，兴奋地喊一声："将军等着，我这就去叫莎拉马特来！"

谢米诺夫笑笑，掏出怀表看了一眼，挥手打发副官和几个随从进酒店内去通报张宗昌说他已经到了。然后他注意到王国维正把自己努力隐藏在报纸后面。他眨眨眼，然后像是从荒野回归文明的精怪一样，摇身一变成夹起尾巴的模样，绅士般向王国维致意道："早安先生，真巧，我们又见面了。"

王国维从不倨傲受人家礼而不还礼的，因此不情愿地放下报

---

① 俄语礼物的意思。

纸，勉强点点头。谢米诺夫却得到允许似的侵入了王国维的安全距离，还大喇喇地抄起桌子上的《奥涅金》赞叹地对王国维说："太好了，先生您也喜欢普希金吗？"

王国维推推眼镜，想了一下怎么回答，然后认真地指着俄文名字说："普希金这名字原是大炮的意思吧？他像是以大炮般的气力，用玫瑰作为弹药，轰击着俄罗斯的荒原……"

"荒原，俄罗斯的荒原……啊……先生真是大学问家呢。"谢米诺夫眼睛里闪着光，翻动《奥涅金》找出一段生硬地翻译成中文，"人具有思想，最大好处，就是能意识到——痛苦。"他转头对明巴依用俄文喊道，"嘿，明巴依，给我们弄两杯爱尔兰咖啡来，我要请这位先生好好喝一杯……知道吗，他懂普希金——大炮、玫瑰、荒原，妈的说得太好了。"

王国维对这个自大任性的人毫无办法，只好把装样子的报纸折好，横在小桌前，算是给两人加上一个疆界。谢米诺夫却又入侵似的将大手一下按在报纸上，兴奋地说："这是你们中国人说的缘分……请一定接受我的好意，知道吗？这本书就是这个明巴依读给我听的，我们当时在托木斯克①大撤退的路上，我骑兵营的兄弟们救了明巴依和莎拉马特她们，而最后却是明巴依和莎拉马特反过来救了我。我四肢冻伤，发了高烧，没有药，没有吃

---

① 托木斯克：白卫军在这个地方遭遇大溃败，但溃败的人马主要死于西伯利亚恐怖的严寒。

的，只有大量的伏特加，我就在烂醉中等死，但是是他们给我读《奥涅金》让我挺过来的，是吧？我的朋友？"他一边说，一边拉起裤腿儿，露出仍然恐怖的冻疮疤痕。

明巴依摇头说："是没有削皮的军团土豆汤救了你的命。"

王国维礼貌地点点头，对这些白俄忽然有些好奇了。

往事似乎让明巴依更显老态，他缓慢而精细地准备了爱尔兰咖啡，也给自己倒了一杯，香喷喷地放在客人面前，自己却捏着杯子倚着墙站着喝。然后，他忽然就落下泪来，摘下围裙，找出最干净的一角儿，擦拭着泪水。

谢米诺夫摇头，对王国维解释道："我当时是追随高尔察克将军的白卫军大尉，明巴依是东正教随军东进的执事，莎拉马特是跟在捷克军团屁股后面逃荒的，是被我捡回来快饿死的孤儿……我们三个是那次死亡行军队伍里不多的幸存者，可惜莎拉马特和明巴依的亲人们，都死在那次该死的行军里了。荒原……王先生，你知道俄罗斯的冰天雪地吗？俄罗斯光荣的荒原埋葬过拿破仑的万丈雄心，也埋葬了我们俄罗斯最骄傲的希望……从鄂木斯克出发，浩浩荡荡的我们有一百二十万人，是荒原上最后信仰笃定、忠诚勇敢的俄罗斯人，我们撤退的队伍只是无尽白色荒原上面的一根灰色的细细的长线，这根线越来越细，越来越短……我是在尼古拉埃夫斯克倒下的……那晚上，上帝啊，气温从零下20℃一下掉到零下60℃，仅仅那一个晚上我们冻死了二十万人，可这只是噩梦的开始。最后，只有不到二十万人走出了那个白色的地狱，我最亲爱的别列基尼①，带走了她最可爱的孩子们。要不是明巴依和莎拉马特坚持陪着我，我也肯定就睡过去了。"

王国维有些动容，抽了抽嘴角，他脑海里却是在北国辗转探索的张骞、吞毡饮雪的苏武；是背着小皇帝跳入火海的陆秀夫；是杀出金兵重围，浑身被数十创，仍背着太宗皇帝牌位跳入黄河自尽的名将王禀②——是他王国维的 33 代祖先——他体内忠诚的血脉又被点燃了。他举起酒杯，将咖啡香飘散得更高些，像是给那一百万忠于旧时代的游魂尚飨。他慢吞吞地说："因此既没有梅瑟举起权杖，也没有红海荡开波涛；既没有天降的玛呐，也没有照亮方向的炬火？"

明巴依抿着爱尔兰咖啡，用不大流利的中文说："是啊，没有那些，只有失去的长子，饥饿和寒冷，伤病和死亡，愿主宽恕我们，不给我们遭受第二次死亡的侵害。上帝啊……我在东线用西乌克兰的黑土掩埋了整整一代俄罗斯青年，又用西伯利亚的冰雪和冻土掩埋了俄罗斯最后的希望。"

"好了，好了……"谢米诺夫起身再次拥抱了明巴依，"我们

---

① 俄罗斯大地女神。

② 靖康之难，王国维祖先王禀是太原城的守将。他坚守城池，城破，继而巷战，苦杀四门，身被数十创，力竭后背着宋太宗牌位投河而死。后被追封安化郡王，是海宁王氏始祖。

说好不再说那些的。"他转头对王国维解释道，"明巴依是随军的牧师，主持葬礼是他的任务……他埋葬了太多人，包括他自己的家人们……差点儿也埋掉了我。幸亏，幸亏我们找到了足够的伏特加。我们走到海参崴一起把他的全套的礼服和圣器都一股脑儿地扔进了太平洋。好了，老朋友，别放莫扎特了，不如把你的六角风琴拿出来吧——为了我再唱一次吧！不要忧伤！你看——我们不是还在战斗吗？我们就像哥萨克契尔克斯战袍里滋生的跳蚤，又多又顽强。"

明巴依听话地去关掉了唱机，从柜台底下翻出一个六角手风琴，想都不想，就拉起了《斯拉夫人的告别》……

"大尉先生！"一团荼蘼花似的莎拉马特拉着亮亮跑在前面，后面跟着那几个白俄军官，最后是还穿着睡衣的张宗昌。谢米诺夫"呦"的一声把姑娘抱起来旋转，哥萨克骑兵们旋风般地跟着手风琴的乐声欢唱、舞蹈起来。大个子张宗昌像大猩猩一样张开吓人的长手长脚一把将谢米诺夫和莎拉马特抱在怀里，像老毛子一样狠狠地亲在谢米诺夫毛扎扎的厚脸皮上，然后顺势又狠狠亲了几下莎拉马特，胡茬子把那茨冈女郎刺痒的咯咯直笑。

王国维不禁呆住了，仿佛一盆濡湿冷寂的炭盆被西伯利亚的冷风豁然吹开了灰屑，竟然一闪一闪地露出红红的炙热来。这一星火又被莎拉马特旋转的红裙带入黑海边的狂欢，不由他抚膺感叹，生出当年"黑海东头望大秦"的豪情来。刚好赵亮也扶着他，一起被狂欢的斯拉夫人们裹挟进了六国饭店酒吧区。张宗昌径直走进吧台，匪徒般拽出整瓶的伏特加、威士忌、白兰地、朗姆……扔给异国雇佣军们，谢米诺夫周到地给怀里的莎拉马特和王国维都倒上伏特加，向莎拉马特介绍道："这是王师傅，中国的普希金，来，我们为普希金干杯！"

王国维学着这些火枪龙骑兵的样子，仰脖子干了酒，也用力将酒杯摔在地上，在一片乌拉声中，握着谢米诺夫的手说："将军，我要将您介绍给郑孝胥师傅，他是我们皇帝最信任的人，他也是一位慷慨激昂的斗士，他一定和您投脾气。"

谢米诺夫眼睛一转，刚要答话，却被张宗昌喊住——那狗肉将军放下酒杯，敞开的睡袍露出大白裤衩子和背心儿，他大喊道："格里戈里·米哈伊洛维奇·谢米诺夫！我向你发起挑战！"说罢，盘起一条腿，单腿跳过来要和谢米诺夫"斗鸡"。谢米诺夫哈哈大笑，也盘起腿，两人像孩子一样撞在一处。两边的斯拉夫人则大呼小叫地开始押注。

这样的聒噪可是超出了王国维的承受范围了，他摇头苦笑，扶着赵亮溜边儿，小心地躲开鲁莽的毛子兵们，向里面寻找一个安静的地方，却一眼看到三个亚洲人正朝他亲切地招手，而其中那位身穿日式便服的老者他很认识——正是肃亲王的结拜兄弟，日本人川岛浪速。

川岛浪速身边两个西装青年立刻起身过来从赵亮手里接过王

国维，扶着他过来坐下，然后又分左右侍立在川岛浪速身后。这日本老人哈哈大笑，指着谢米诺夫一众豪客笑道："久违了王师傅，没想到您尚有如此豪气啊，我都被吵得不行了。正是您说的——毕竟中原开化早，他们还是铜刀石弩战东欧呢。"

"先生笑话了，这些人虽然孟浪，却也是俄皇的忠臣孝子，狂歌纵酒，也是慰藉流水落花的悲痛而已。"王国维宽容地笑笑，替新交的朋友辩解道。

"嗯，物伤其类也，可见王先生忠心国事，我们也是兔死狐悲而已咯。"川岛浪速点头，然后指着身后两个孪生兄弟似的青年说，"这是肃王爷家里的千里驹，金宪东，金碧辉——也是我的女儿——也叫川岛芳子。"

金宪东和金碧辉一起向王国维施礼，等还了礼，才告罪坐下，笔挺地坐了一个凳子角，殷勤地帮王国维倒上红茶。王国维这才注意到其中一个竟是女孩儿，于是一番赞扬、寒暄、客套。川岛浪速分别指着两个青年仔细介绍说："后天，是小女出阁的喜日子——肃王临走前把她托付给了我，奉他的旨意，早先就跟在林西之战中战死的蒙古王爷的王子甘珠尔扎布订了婚，这一转眼十年了，孩子们也大了，就想着还是赶早儿把事情办了。就在这六国饭店举办，请王师傅一定赏脸出席仪式。"

王国维赶忙应承下来，连连道喜。川岛浪速又指着金宪东介绍说，"小侄金宪东，在日本军官学校学过炮兵，如今又迷上了新鲜玩意儿叫作'电影'，他不但会放电影，还准备自己拍电影——如今已经购置了设备，准备将他妹妹的婚礼作为第一部拍摄影片。"

王国维听着觉得新鲜，多点了几个头。他听家里小孩子谈起过美国发明家爱迪生在发明留声机之后又发明了电影机，而平津上海等地也先后有了电影院，他却始终没有见识过那新鲜玩意儿。

金宪东见王师傅只是点头却不搭话，怕冷了场，凑趣地指着正在"斗鸡"的张宗昌和谢米诺夫对大家说，"亏他们心大，打了那些败仗，本钱都蚀光掉了，还能这么开心。可惜我摄像机没在身边，这场面要是拍摄下来，一定是传世佳作。"

"嗯，张宗昌丢了上海、南京，杀了毕庶澄顶罪，面子上也还混得过去；可要是连白俄雇佣军都没了，这次看他还怎么翻本儿？我津浦线一路北上，车窗外看到的全都是他的溃兵，弹尽粮绝的白俄兵还守着铁甲车……车怕是也没油了，再没补给，怕是就要被国民军缴获了。"金碧辉慢条斯理地分析着局势，眼神忽然看向她义父，说道，"我看张作霖再次退回山海关已是定局，华北、山东能否成为缓冲区，还是要看张作霖肯不肯给张宗昌实际的支持……奉票在山东、河北已经失去了信誉，张作霖恐怕在军费上也帮不了他了。不过，我真正担心的是，一旦张长腿溃败，张作霖只能缩回东北，届时东北局势怕又是铁板一块了。"

川岛浪速"嗯"了一声，看了一眼王国维，荡开一笔，打岔道："这些人精神却是值得称道，颇有当年刘秀、刘备百折不挠，光复家国的逆商。"

王国维点头笑道："光武得上谷骑兵襄助而复起，昭烈于涿郡楼桑起事，都是得了燕赵'慷慨激昂'的风气使然，纵观今日之大势，题眼又在华北。"

"王师傅所言极是，当年光武帝刘秀空有个皇族贵胄的头衔，困在河北等死，若不是得到耿弇率领渔阳、上谷的骑兵相助，又有身边王霸、邓禹、铫期、吴汉、任光等贤才不离不弃，这才能击败王郎，取河北为基业，恢复汉朝。当年王莽篡汉，也是大众推选出来的，还不是闹得生灵涂炭、天怒人怨？今日之事，不就仿佛当日？"川岛浪速对雇佣军们指指点点，笑着对王国维娓娓道来，说得王国维也不住点头。

川岛浪速狡黠一笑，示意女儿帮王师傅斟茶，他敲着桌面笑道，"皇上蒙尘已有三年，如今天下巨变，只可惜身边多是卧龙凤雏，却没有关张赵云啊……"

王国维点头，看看川岛浪速堆满皱纹的刀条脸，又看看风华正茂的金家兄妹，忽然悲怆起来，惨然悲戚道："可惜了肃王啊……当年朝堂上尚有几位懂军事的人才，怎么就让袁世凯窃国？可怜林西一战，满蒙沦丧，肃王爷也因此病逝，皇上每念及此，无不悲戚落泪……就剩下我等无用之人……奈何……无可奈何……"

金碧辉赶忙起身轻拍着老人后背，自己眼圈也不禁红了。金宪东却嫌弃这老人眼窝子这么浅，便扭过脸去，假意看张宗昌的热闹。川岛浪速则伸展开木雕般皱巴的脸，露出一个微笑说："王师傅不必过于颓唐，你看，我辈虽然凋零，年轻人这不都长大了吗？大清国难，大概也是因为三代没有长君，以致国运不昌。如今且看，皇上及冠，肃王这些孩子们也都长大了，天下正是纷纷攘攘。我记得您当年流寓日本时有一句诗说的是——'只恐飞尘沧海满，人间精卫知何限。'我斗胆改几个字——'如今飞尘沧海满，人间精卫正无限。'王师傅！振作些！"

这边正在劝慰王国维，却听金翠喜一声道喜，引得众人一时抬头，只见金翠喜引着伍连德过来，身后一名门童拎着两只大皮箱，后面婀娜地跟着唐石霞。王国维远远看到仿佛是自己的皮箱，立刻揩净了泪眼，起身去迎。金翠喜则机关枪一样连连不绝地道喜道："王师傅大喜，谁承想伍博士报案还真管了用——原来是混乱中有人拿错了行李，这不，原封不动地给伍博士送来了，伍博士怕您着急，立马亲自开车给您送过来了，您快打开看看吧……虽说是遇到好人了，可别缺了点儿啥。"

伍连德根本插不上话，只是频频点头，微笑着说："对对，快打开检查一下……别少了东西。"

王国维手忙脚乱地从怀里摸出一个荷包，紧张地找出一串小钥匙，一一捅开了小锁头，立刻打开箱子仔细翻检起来。这时，金碧辉看见后面一脸笑意的唐石霞，偷偷凑过去，在她耳朵后面说：“荣公难得给你一个讨好的巧宗儿，你怎么还给支出去了？”

唐石霞瞥一眼金碧辉，娇憨地捏她一把，笑道：“小点儿声……我才不稀得讨好这个老顽固呢……这王师傅认死理，讨好也没有用。”

两个女孩儿正说着悄悄话，王国维已经翻检了行李，反复确认没有失窃，这才长舒了一口气，紧握着伍连德的手，不住感谢。

唐石霞连忙过来见过王师傅，又对大家邀请道：“各位，三楼会场已经布置完毕，载贝勒、铁良、徐良各位大人，政界的高凌霨、王克敏，以及商界银行的各位经理都已经就位，康圣人的追思会马上就开始了，请各位也上楼吧，别误了时辰。”说罢，伸手却按住王国维说道，“王师傅，您请留步，郑师傅说，皇上有话问您，请您在这儿稍等一下郑师傅，他应酬一下，即刻下来和您说话。”

王国维刚刚还沉浸在行李失而复得的喜悦中，一听这话，却不由得皱了皱眉，却也只好讪讪地坐回座位。伍连德一见，打了个哈哈，笑道：“我与康南海素无瓜葛，倒是梁任公托我给王师傅带几句话来……你们请，我陪王师傅在这里饮茶。”

金翠喜立刻张罗着侍应生过来更换茶水。众人正将川岛浪速居中簇拥着往楼上去，迎面又见几名便衣军官开路，正是孙殿英带着卢筱嘉下来了。孙殿英瞄见这些人，想要打招呼却没人理他，只好讪讪地朝张宗昌那边过去。卢筱嘉见状却故意停下来，使得几个军官也不得不停在他周边。卢筱嘉故意朝着唐石霞背影大声打趣道："君为座上宾，我为阶下囚，何不发一言而相宽乎？"

唐石霞被说的脸色一红，赶紧抓了金碧辉的手快走。卢筱嘉见她要逃，更加得意，旁若无人地对着这些人的背影唱了起来，"今日里在阵前大败一仗，似猛虎离山岗洒落平阳，想当初众诸侯集会一党，约定了虎牢关大摆战场……①"他一边高声唱戏，一边也朝张宗昌走过去。张宗昌已经有些醉了，大叫一声："好！"快走几步过来拉住卢筱嘉的手，也荒腔走板地跟着唱，"……一杆戟，一骑马，阵头之上，战败了众诸侯桃园刘关张！"

张宗昌唱到此处，忽然悲从中来，号啕大哭起来。拉着卢筱嘉和谢米诺夫哭道，"兄弟！兄弟们！老张无能……丢了上海！丢了南京！我无能……我的兄弟……我的毕庶澄兄弟哎……！我对不起你！我也对不起你……卢家兄弟！也对不起将士们！对不起少帅！对不起大帅！"

卢筱嘉看着虚情假意的张宗昌，勉强地拍拍他的后背安慰道："老张……老张何必哭丧啊……要振作！留得青山在，不怕没柴烧，有朝一日打回去便是。"

"哎！兄弟说得是……留得青山……可是我的三弟！我的毕贤弟啊！"张宗昌掩面痛哭，卢筱嘉和谢米诺夫无奈只好配合

---

① 京剧《白门楼》选段。

他演戏。孙殿英却冷哼一声，一眼看到王国维，立刻走过来，一本正经地敬了一个礼，递上一张名片。王国维大为惊讶，但还是礼貌地接过来。孙殿英斯斯文文地笑着自我介绍："卑职孙殿英，现在是安国军十四军军长，请王师傅多多指教。"

王国维困惑地说："我就是一个穷教书的……与军界素无往来……"

"知道，您是静园的王师傅嘛。"孙殿英还是斯斯文文地敬了一个礼，转身也去陪着张宗昌演戏——那张宗昌借酒撒疯，嚷嚷着要在这里设灵堂，祭奠被他自己设局杀掉的结拜兄弟毕庶澄。

伍连德看着王国维手里的名片，有些担心地说："王师傅，这些人新吃了败仗，到处找门路、找钱，你多少要留点儿神才是。我昨天和您分开，住在饮冰室①了。梁任公听说您的事儿，很是担心，他病着，不便行动，托我带话给您——天津如今是是非之地，最好早日回北京。又说，他最近写成一部《中国佛法兴衰沿革说略》，并整理了《佛教与西域》，您是西域学专家，等回到北京请您批评斧正。"

王国维连连作揖，笑道："任公又笑话我了。我真是羡慕任公，能在佛法中找到寄托。伍博士，您是学西医的，又是基督徒，请问，基督教、佛教真能救人吗？我一生，一直在寻求寄托，也

---

① 饮冰室：梁启超（号任公）在天津的居所。

为此通读了不少经典，也包括《圣经》和西方哲学，却深感自己信仰的无能为力。为此，我觉得是我的大不幸。"

伍连德尴尬地一笑，自嘲道："我可不敢跟您和任公相提并论。我自幼生长于南洋，那里就是基督教环境，因此习惯使然，就如您的坚持也是一样吧。至于梁任公笃信佛教，我倒是听他说过一句原因，也正好……"他指一指楼上，接着说，"也是他与康南海先生的不同之处，他说'南海太有成见，卓如太无成见'……这个成见，我所理解就是那个坚持。您看，您至今不肯易服剃发，不恰恰说明，您是有儒教的坚持在胸怀里吗？"说到这儿，伍连德帮王国维倒上茶水，嫌弃地看一眼另一侧撒泼打滚的张宗昌——他正要赶走明巴依，说是不要洋和尚，不要拜圣母，他的毕庶澄兄弟是信菩萨的……

伍连德沉声道，"梁任公把您的事情大略和我说了一下，他很是担心您，他原话说的是，您祖先靖康元年战死时身后背着的皇帝牌位，到现在您还背着呢，如今天下大乱，我们做学问的人千万要多一事不如少一事……"

王国维凄惨一笑，摇头道："原来任公一直这样看我。"

"说回信仰，我最看重的却是仪式——比如追悼。不瞒您说，拙荆黄氏家族和任公的梁氏家族都是福建侨乡大姓，也相互通婚。甲午黄海一战，梁家和黄家的诸多子弟都一同战死了……因为这一层情分，我才有缘蒙梁任公不弃攀个交情。每年我们都会尽量抽空聚齐祭奠一下这些先辈。说起来，中国人说人生草木，西方说死人复生，轮回也好，天国也好，不过都是信者得救。说起来，死者长已矣，倒是我们这些活着的人，被信仰仪式慰藉得多了一些。想着他们是不是去了什么好去处了，早晚还能相会的意思吧。"

王国维陷入沉思，随口答应道："您说得是……"

伍连德盯着王国维叹息道："您长子王潜明和两个孙女儿的事情，我也听梁任公和我说了，他生怕您放不下这些……说起来我也为此深感痛心遗憾。惭愧啊，正是我负责上海去年的疫情，算是我的失职吧，致使您家庭蒙受如此惨痛的损失，请原谅。"

王国维豆大的泪珠无声滚落下来，他用衣袖勉强揩拭，痛哭道："可怜我两个孙女儿，尚未成人，还未来得及真正活过便已夭折……而我的孩子潜明啊，那是我的长子啊……"

伍连德不由也黯然落泪，他站起身，向王国维鞠躬，长叹一声道："王师傅，鄙人才疏学浅，枉称国手，愧对病人。我原是想请您节哀顺变，谁知反倒勾起您的伤悲……这叫鄙人实在羞愧难当。"

这时，卢筱嘉大约是懒得陪张宗昌演戏了，累呼呼地往王国维身边一座，大喇喇地拍拍王师傅的肩膀，朝伍连德拱一拱手，请他坐下。卢筱嘉鄙夷地看着王国维，讥讽地说："王师傅，您是大学问家，岂不知'天地不仁以万物为刍狗'的道理？自古兵灾之余，必有瘟疫，去年上海虎疫每天杀百余人，这虎疫一半是肺鼠疫，一半是霍乱，还不都是跟着难民和老鼠进的租界？我们和齐燮元①在上海郊区一场血战，白天倒下的士兵尸体，就是夜晚老鼠们狂欢的盛宴，它们个个吃得又肥又壮，吃饱了又忙着跑回城里的下水道里去偷欢，城里的瘟疫就是这样起来的——要不是伍医生及时施救隔离，还不知道要多死掉几万人才能平息。伍医生堪称是上海的大恩人，只是遗憾没能惠及您的子女。要责怪，您可怪不得伍医生，倒是应该责怪于我——要不是我爹和我带兵和齐燮元开战，断不至于难民将疫情带入租界……您有怨气，冲着我来，不如您一巴掌将我打死吧！也算冤有头债有主，打死我，看看您儿女的在天之灵是否能开心些！"

王国维被这二世祖一顿奚落，竟不知如何应对，伍连德也是目瞪口呆。卢筱嘉忽然指着伍连德，手指哆嗦着大声喊道，"你就知道你王国维的长子死掉了，你不知道伍医生的儿子，也在去年这次疫情中不幸感染，不治殉职了！"说罢，卢筱嘉对着伍连德长鞠一躬。

"这又何必……这又何必……"伍连德长叹数声，眼泪也汩汩冒出，他上前一步抓着王国维的手，吞声道，"王师傅，人死不能复生……你我同病相怜、老来丧子，却也只能节哀共勉吧……"说罢，使劲把手摇了三摇，恳切地说，"王师傅啊，我们还有工作……工作！还有工作！我失态了，告辞……"说罢，

---

① 齐燮元：直系军阀，任江苏督军，苏皖赣巡阅使。与卢筱嘉的父亲，皖系军阀卢永祥展开了"江浙大战"。

掩面而去。

随着伍连德背影走出酒吧大厅，楼上一阵哀乐传来，酒吧内一片借酒撒疯的东北哭丧声震耳欲聋……

王国维却呆住了，望着伍连德背影止住了悲恸，扪心叹道："伍博士，这让老朽，情何以堪啊……"

卢筱嘉却从屁股底下搜出一瓶威士忌，不屑地瞥一眼王国维，却还是给他倒上一杯酒，自己对着瓶子灌了一大口。闭上眼，耳朵里听着王国维的呜咽、张宗昌的号丧、楼上的哀乐，不禁莞尔发笑。遥指着伍连德的去向，他大喊一声："那才是国士无双！吾辈……皆是土鸡瓦犬尔！皆是鼠辈！"

卢筱嘉刚刚颓然坐下，却听楼上除了哀乐，却隐隐约约还杂有一个唱机正在播放《白门楼》。他眼睛一亮，举起酒瓶哈哈大笑起来……

楼上，唐石霞搁下电话，打开窗户，点上一根香烟。她身后的唱机中，快速旋转的唱片唱道："今日里失小沛身陷罗网，怕的是进帐去一命身亡。俺好比夏后羿月窟遭殃，俺好比楚重瞳自刎在乌江。俺好比绝龙岭闻仲命丧，俺好比三齐王命丧在未央。莫奈何进宝帐将贼哄诓，我这里低下头假意归降。"

唐石霞从怀中摸出那枚避尘珠，照亮了她嘴角一丝笑容。但是她立刻收住了笑容，她身后一个内务府的侍从影子，微微晃动了一下。

第四节：魂归来兮

宣统十九年，民国十六年，公元 1927 年，5 月 2 日，下午，多云。

六国饭店一楼大厅，洛可可风格的鎏金大水晶灯下是南洋红木圆桌上的水晶大花瓶，莎拉马特正在往花瓶里白色的马蹄莲上喷水。在她身后，通往二楼的楼梯下面，在幽暗的角落处，是一圈深棕色的牛皮沙发。

午后的大厅是六国饭店一天最为清静的时候。吃客刚刚完成了饕餮，都要找地方歪一歪；风流客和赌鬼们也都打蔫儿了，都在养精蓄锐，以待晚上的搏杀；大烟鬼都正在各自的房间里吞云吐雾；早上闹得不像话的酒吧也终于安静下来——张宗昌带着一群白俄雇佣兵正闹着给毕庶澄招魂的时候，褚玉璞来了，板着脸一句话就把一行烂醉的丘八，连同孙殿英和卢筱嘉全都叫到楼上去了。提心吊胆的金亚仙这才松了一口气，让也有了七八分醉意的明巴侬和莎拉马特带人封闭了酒吧区，慢慢打扫一地狼藉。

王国维也被请到待客区稍事休息，他守着自己的两只大皮箱，兀自在那里发呆，回想着伍连德给自己的劝慰和忠告。心中颇有些感触，便从大皮箱中抽出剪报本子，用近视眼镜找出老花眼镜，把感触写下来备忘——"四月初一，天色未霁，之六国饭店。四月初二，与伍连德博士谈丙寅虎疫，共有扼腕捶胸、搔首问天之慨……"

正写着，听到楼梯那边呼啦啦一阵大乱，一群哭天抢地的老学究将一个西装青年赶下楼来，并把一幅花圈并一对挽联先扔下楼梯来。只见那个青年虽然被打了几下，却也不还手，气定神闲地在一楼大厅站定，仍是举起地上的挽联和楼上追下来的老学究们对峙起来。这时，一边早有准备的记者冲出来，将这青年、老学究和挽联一起用相机拍了下来。

王国维大惊，赶忙又摘了老花镜，换上近视镜，可不及细看，那青年已经大声将挽联朗诵了出来："不错，我现在明说——这是章太炎先生命我送来的挽联——'国之将亡必有，老而不死是为'。可笑你们这帮老东西在这里给这个保皇党、复辟狂招魂，却连小学生的填空题也不会做，我告诉你们——"他对着记者说，"国家将亡必有妖孽！老而不死是为贼！康有为就是复辟的清妖！进步的贼寇！民众的敌人！"

"狂悖！无礼！在丧礼闹事……你们哪儿还有一丁点儿人伦？"康有为的大弟子徐勤的儿子徐良挡在众人面前，嘴上大声斥责，但记者在场，却也不想失态。他身后康有为的女儿却已经破口大骂，指着那青年的鼻子控诉道："你还敢找记者？正好！我就在此控告你们！就是你们国民党在我父亲饭里下毒，我父亲是被你们毒死的！你们就是想把国家读书的种子绝了……你们何止要我爹死？你们就是要革全天下读书人的命！"

"读书人？可笑！你们睁眼看看今日世界，岂能再容你们这些跳梁小丑？"那青年本来就是来搅局的，在镁光灯前，昂然与一群学究对峙，气势上丝毫不落下风。

忽然学究们的身后传来一阵狂笑，只听见一阵清脆的独角鲸拐杖敲击大理石地面的声响，一个满面戾气的清瘦老者分开众人走上前来，他笑道："是章疯子的学生？好，疯子的学生大抵也是疯子。这里是法国租界，法国工部局的规矩，疯子杀人是不犯法的。大家做个见证……这数典忘祖的孩子疯了——你不是要革我们的命吗？好得很……老朽郑孝胥，正是你说的复辟的清妖、保皇的余党，你既然要当雅各宾的英雄，来来来……"说着，他将锐利的独角鲸拐杖递给青年，说，"你们国民革命军在上海毒杀了康南海，在湖南斩首了叶德辉，来……再给你一个名扬天下的机会……刺杀我郑孝胥。"说罢，恳切地将拐杖递过去，这倒让这青年怔住了。

"怎么？是你不敢？还是嫌我郑孝胥不够资格？来……那边还有一个清妖，保皇党……你不是北京来的大学生吗？

那边有你们清华学堂的教授——王静安先生。你先取了我的狗头，再去要他的老命……看看你是流芳百世，还是遗臭万年！"

王国维闻听说到自己身上，便也倔倔地站起身，故意将大褂掸了掸，把辫子甩到胸前。

那青年哪里肯接凶器？不由倒退一步，又不肯认输。他眼珠一转，冲记者和看热闹的闲人强笑道："什么国学大师？什么文化耆宿？行为做事跟三不管的混星子一个样儿。哼……文坛虽也是战场，但我们只诛心、不杀人。各位媒体朋友都做个见证，今天在下揭露了这些封建余孽的丑态，明天，我们各自报上再战！哼……你们这些棺材瓢子继续给康有为招魂吧，看看还能不能把你们大清朝的鬼魂给召回来。我送你们一句话：'尔曹身与名俱灭，不废江河万古流。'"说罢，那青年把挽联往地上一丢，转身旗开得胜似的走出了六国饭店，哪管身后一帮老学究一顿咒骂。

徐良见众记者也跟着散了，连忙向各位老学究们作揖道歉，说自己组织不严，疏于防范，竟让疯子混进来了。他清清嗓子，高声说："各位前辈别被这疯子搅了事。当年先生曾经说过他是——'身积羲、农、帝、尧、舜、禹、汤、文、周、孔以及汉唐宋明五千年文明而尽吸饮之；又当大地之交通，万国之并会，荟东西诸哲之心肝精英而醅饮之，神游诸天之外，思入血轮之中，于时登白云山摩星岭之巅，荡荡乎其骛于八极也！'——先生是百川归海那样广博深邃，别说这样一个小人对他的污蔑，就算章疯子本人来了，先生也会一笑置之的。"

"对！善伯所言极是……先生一鳞半爪都足以震慑这些跳梁小丑……对，我们也都是何等身份，何必和这些蟊贼一般见识……郑师傅也是好气度，一身正气，吓退妖魔！……哪是什么妖魔，奔波儿灞，灞波儿奔罢了……你们这些媒体人！也不要一心去做小钻风！要懂得公正客观！"一群学究纷纷点头，然后哄堂大笑起来。

徐良便又鞠躬，请客人们回到楼上，继续追思会议程——说下面是吉田先生追思康南海先生的主题演讲《我自千古凭人说》……然后，徐良赶忙抽身到王国维近前，恳切地问："王师傅，怪学生招呼不周，您怎么在这儿坐着却没上去？"

王国维刚嗫嚅着要解释，却听郑孝胥跟上来笑道："哦，王师傅是等我呢，我是带着旨意来的。"

徐良连忙哦哦了两声，退了半步，又紧凑上来一步，在郑孝胥耳边轻声道："郑师傅，我上次跟您提的那个事儿……"

郑孝胥正色道："哎，皇上前年就说了，以后凡不在旗的、不在静园任事的，便一律不再赐予谥号了。徐公子——南海虽赊，扶摇可接；东隅已逝，桑榆非晚……如今天下方扰，往前看，我们来日方长吧。"

徐良深深点头，作揖道："两位师傅聊正事儿吧，学生告退。"说罢又鞠个躬，一溜儿小跑上楼去了。

郑孝胥于是倨傲地正式和拘谨的王国维打了招呼，看看四下无人，沉声正色道："王国维，有旨意……"

王国维立刻跪下去口称接旨。郑孝胥道："有三件事问你——头一件，李公麟《三马图》是谁扯破贩卖的？卖了几家？得银多少？银子又去了哪里？"

王国维略一思忖，立刻回答说："《三马图》是松翁托付我，又从上海我儿子王潜明手里转给法国卢焕文^①代售的。交割前是松翁和我做的鉴定，在我们手里并无毁坏。据我所知，当时成交是现洋一万块。至于扯成三块出售，想必是后来经手的国外文物贩子认为将其分成三部分出售，可以卖出三倍价格的缘故。况且……我……"

"王师傅，我只问，您也只管回答您知道的，不必猜测，否则我也不好回话。"郑孝胥面无表情地吩咐着。

王国维连忙点头称是，想了想又补充说："我儿子有电报曾说现洋已寄到旅顺了——可是，松翁却说没有收到，我在我儿子遗物中，也没有找到这笔钱。"

---

① 卢焕文（1890—1976）：20世纪初臭名昭著的文物贩子，趁着军阀混战与各种政商勾结的关系，大肆倒卖祖国文物到海外而大发横财。后移民法国，被欧美人称为"古董教父"。

"嗯，我记住了。第二件，王潜明生前是否与《申报》记者来往密切？后来《申报》一再揪住故宫文物遗失海外的消息做文章，你可知否？"

"完全不知。"王国维猛抬头，目瞪口呆。

"好，最后一件，王潜明所经手的账目现在何处？"郑孝胥语气丝毫不变。

"子虚乌有！……微臣多次叮嘱犬子，兹事体大，切不可留下半个字的凭证。"

郑孝胥等王国维说完，立刻弯腰扶他起身，干瘦的臂膀却有很大的力气似的。王国维却是一副千言万语、有口莫辩的样子，脸憋得通红，眼瞪得老大，嗫嚅半晌，恳求道："苏戡兄！皇上分明疑我……请您务必帮我陈情，务必帮我……帮我求见陛下，容我当面陈述清楚。"

郑孝胥摇头苦笑，道："王师傅您多虑了，皇上就是这几天心情不好。您忧心的这些事情，皇上问，您照实回答了，我看照旧不会再有下文。不过一张《三马图》而已，眼下多少大事儿滚滚而来呢。您放宽心吧，该吃饭吃饭，该睡觉睡觉，等过些日子皇上得闲儿了，自然会召见您进来的。您听我的，非要上去撕巴，反而没趣，何必逢彼之怒呢？……哈哈……我说这六国饭店，您还是第一次住吧？这西餐吃得还好？那个席梦思睡得还安稳？"

"哎呀！郑大人！您别打岔啊，我这儿失魂落魄地都要急死了。我这次来，皇上不肯见我，荣公躲着我，唐姑娘也躲着我，连松翁都不露面，好容易您来了，您得给我指条明路啊……我都冤死了。"王国维急得语无伦次了。

"王师傅，抽烟吗？"郑孝胥摸出一盒香烟，硬塞给王国维一支，自己划火柴点上，又给王国维点上，从容地吐了口烟圈。笑道，"王师傅，您知道我素来跟罗振玉不和，因此也从不与您亲近。您知道为什么吗？"他见王国维一脸茫然，笑道，"静安老弟啊，你是老实人，可他罗振玉不老实。你们有师生之谊，又有秦晋之好，我也不便跟你多说什么，所谓疏不间亲嘛。可是现在你们二人在皇上那边的话对不上，报纸上又有些'大内盗宝'的闲话在流传着，皇上也是烦不胜烦——因此才让我问你几句话。皇上为啥让我来问？我跟你说，一来——他知道我最讨厌罗振玉，因此不会偏他；二来——静园上下大大小小几十人，只有我郑海藏敢说我和那些文物走私的勾当没有干系。我虽然从来不认为卖点儿祖产筹措经费有啥不对，但我从来不沾手。你看我，静园的银子我也是一分不拿，每月还得倒贴进去千儿八百的……自然不肯再蹚这趟浑水。而且我相信——静安你也是干净的，这句话，我是要对皇上说的。"

王国维闻言大感欣慰，起身一揖到地，连声称谢。却被郑孝胥按住，两人好好坐下，郑孝胥叹口气，索性把话挑明："静安，说实话，原本罗振玉和你，都是我最佩服的人。说起学问，我郑海藏也是眼空四海的，但天下能让我认可的人物里——你们师徒算两个。罗振玉小聪明而已，但得你助力，如今俨然也成了大家；你自不必说，虽然是他规划，但路都是你一步步走出来的。而且你本分，做学问就是做学问，心无旁骛地，在乱世中独立撑起一座学术大厦，堪称当世蔡伯喈。可是你如此聪明之人，却也有一个糊涂地方……"

王国维瞪着大眼睛，赶忙道："请苏戡兄教训。"

"哎……静安啊，我们就是闲聊往事，不必太认真。我且问你，当年，罗振玉他推荐你进南书房，他自己为何不来？"

"当时……松翁他自己……？"

"没关系……我再问你，你既然进了南书房，又为何事无巨细，都写在日记里，然后每晚誊抄好向罗振玉汇报呢？"

王国维汗流浃背道："郑大人……这事情您是如何知道的啊？"

郑孝胥不禁哑然失笑，指着王国维道："静安啊！静安……你可真是……我告诉你吧，就罗振玉他这点儿小聪明，皇上和荣公他们，一直都当笑话说呢……还有一个更可笑的——是不是宫里那一大批宋版书，都被你们逐一将空白的扉页裁了去，集腋成裘，又重新刊印，当作宋版的《资治通鉴》卖了一个大价钱？"

王国维羞得满面通红，点头不语。

郑孝胥笑道："你呀……尽给罗振玉当枪使。你可知他在这笔生意上赚了多少钱？"

王国维摇摇头，惭愧地说："我只帮他定版、选墨、刊印、校对，当时只是觉得有趣，只想如何做得更真，并没想钱的事情。"

"他不过从出版社的稿费里多给了你几百块对不对？而他，可是足足赚了这个数！"说着郑孝胥张开枯爪子似的手，比画了三个五。然后忍俊不禁地笑着说，"不过也不错——后来收藏这套书的是美国人，现在还如获至宝——藏在他们大学的图书馆里，得了好大一个名声。这帮洋鬼子暴发户懂个屁，也就配得你们的赝品。说起来，也就因为你们有这些前科，皇上才会怀疑当年拿出去还好好的《三马图》，怎么如今四分五裂地，出现在三个不同国家的博物馆里了？因此就怀疑是罗振玉和你又捣鬼了。"

"这事情我的确不知情，而且我也担保不是松翁授意做的。想当年我们求购甲骨文做研究，每片出价 50……结果那些愚民，竟然为了片数多，将整片甲骨打碎了卖给我们，真是痛心疾首的往事。我们怎会也做这等愚昧的事情。还有昭陵六骏 ①

---

① 1916 年，卢焕文通过军阀陆建章和袁克文的关系，将昭陵六骏浮雕中的两片打碎偷运出国，最后出现在美国宾大博物馆。1918 年，美国文物窃贼又企图将剩余四片浮雕偷走，被愤怒的群众发现制止。但从此，昭陵六骏这组国宝只能天各一方。

的案子⋯⋯"

郑孝胥摆摆手打断他，叹口气道："罗振玉的小聪明皇上也是知道的，摸透了，也就搁下了。可皇上听说你把他跟你说过的话，都逐字逐句汇报给罗振玉，可就很讨厌你了。我背后传个小话给你——皇上曾和皇后吃饭时候念叨过——这王师傅要说忠心那必定是忠心的，只是朕也不知道，他是欧罗巴的忠，还是日本的忠，或是我大清的忠呢？"

王国维呆住，想了想，心里咯噔一下，再次一揖到地，对郑孝胥感激涕零："苏戡兄⋯⋯不是你，我还活在梦中啊！"

"哎⋯⋯哪里⋯⋯你可真是的。当下皇上用人之际，其实连刘凤池、费毓楷、诺斯①那样的骗子也从不拒之门外——只想着有一天鸡鸣狗盗也能出奇效。哎⋯⋯"郑孝胥掐灭烟卷，拍着王国维肩膀说，"反而对我们，上面为何偏要弄得一清二白？因为那些人不过是工具，我们却是肱股，工具自然不论短长，可用即可。肱股却是要托付大事的啊！"

王国维眼睛一亮，点头说："您说得对。说起可用之人，我倒是有件事想跟苏戡兄说一说⋯⋯今天早上⋯⋯"

话说到一半，只听"哗愣愣"一阵异响，门口一群蒙古人全都穿着旧时代的华丽礼服直闯入六国饭店大厅，那一阵马铃铛似

---

① 这三人都出自《我的前半生》，是当时混迹于溥仪小朝廷骗吃骗喝的小人。

的脆响，就来自其中两个萨满腰间的铜铃。四个巴图鲁力士开道，一个肥头大耳的大喇嘛打头儿，居中是一个阳刚英俊的少年王爷，那两个萨满就紧紧跟在他的身后左右，另有各式衣装的蒙古新旧人物跟在后面。郑孝胥一见，立刻眉开眼笑，示意王国维一会儿再说。他说："这就是肃王爷的乘龙快婿——甘珠尔扎布，他来参加林西战役的追思会，我得代表皇上去迎一迎。"

说罢，郑孝胥起身就去迎接，一转头却看见王国维还待在原处。莞尔道："王师傅，一起来吧。你见过我后，皇上给你的禁足令也就解除了。一会儿唐姑娘、荣公就该请你吃饭喝酒了。你看……看似脑袋不管，但其实肱股们做什么，脑袋都是知道的——肱股令行禁止，工具就得心应手，国家这个机器也就运转无恙了，你说是不是这个道理？"

王国维赶忙起身，虽然有点儿放心不下箱子，但还是跟了过去。郑孝胥已经在高声喝退正赶上来准备阻挡这群蒙古人的侍应生，他道："闪开，这是静园的贵客。"说罢，用蒙古语和那大喇嘛见礼寒暄起来。王国维虽不喜欢热闹，也不得不凑过去，以南书房师傅的身份和那一群蒙古贵族见了礼。一通礼毕，这些人纷纷昂首阔步，向三楼上去，却引得大厅的中外客人目瞪口呆，面面相觑的洋大人们遗憾这些人去得太快了，自己的相机还没准备好呢——在六国饭店，相机真是需要时刻打开盖子才行啊。

此时的三楼慢板的苏武牧羊乐声大作，一阵婉转悠扬的大烟嗓子高声吟诵着："呜呼哀哉！四海从龙望鲸客，五岳化鹏归天游，灵河顽石镌写三生之怨，咸阳宿草转化漆炬之萤……魂归来兮，无东无西，无南无北……南斗阑珊北斗明，九幽长路照光明，书生莫问当年事，万业俱灰一卷经……"

此时的楼顶却是另一种音乐的世界，留声机播放着二十年代流行舞曲"I Can't Dance"（热糖乐队）。然后从屋顶悬挂的白色床单中间，随着舞曲的节奏，依次跳出五六个流苏长裙洋装的女孩子来，然后在欢快的音乐伴奏下，开始大跳查尔斯顿摇摆舞。那五六个女孩儿，都是清朝的格格们，领头的便是唐石霞——当然她跳得最好，跟着她的舞步的分别是溥仪的两个大妹，韫龢和韫颖；而娇幼羞涩，完全不得要领，却被唐石霞反复拖进舞蹈团的则是王敏彤①——人称最美格格。除了这三位，还有一个舞姿更胜一筹的少妇，"咯咯咯"地笑着，像是有意和唐石霞分出一个高下，戏谑地不断用更难的动作向唐石霞发起挑战。最后，三位格格都乏了，退到一边的一位中年英国绅士身边观战，而唐石霞和这位少妇，则蝴蝶一般在一块块白色的床单前后穿插飞舞，

---

① 王敏彤（1913—2003）：溥仪皇后婉容的表妹。一代身兼才华、美丽、高雅与善良于一身的传奇美人，却因为大时代和大家族的双重纠葛而终生未遇良人，却也不知是幸还是不幸。

宣示着生命初夏的主权。而这位少妇，正是罗振玉的女儿、王国维的儿媳妇、王潜明的遗孀——罗纯孝。而悠闲坐着观战的那位绅士，则是溥仪的另一位师傅——庄士敦。

一曲终了，唐石霞拉着罗纯孝喘息着跑过来请庄士敦评理。庄师傅哈哈大笑，和稀泥地说："罗小姐舞技千姿百态，唐小姐舞姿行云流水，我看你们一时瑜亮，也不必非要分个高下了吧？"

唐石霞嗔道庄师傅狡猾，罗纯孝摘下玳瑁发卡，整理着鬓角，一边则自认输了，再也没力气跳了。唐石霞伸着脖子朝黑影里喊一声："去拿些橘子汽水来解渴！"便立刻有个影子答应一声跑下楼去了。

唐石霞犹自拉着罗纯孝笑道："毕竟姐姐是上海回来的，会的花样儿就是多。"

罗纯孝重新戴好发卡，抽出手握着胸口喘气道："老了，老了，跳不动了。"

唐石霞抽出绢帕替她擦汗宽慰她道："老什么啊？姐姐不过25岁，还骑在青春的马背上。"

"25岁，却已经是未亡人了。我两个女儿死了，王潜明也死了。妹妹，你知道什么是未亡人吗？就是只欠一死的人罢了。你看我现在喘的气，都是对阳间造的孽。"罗纯孝苦笑着摇摇头，盯着白床单在太阳下的影子，仿佛陷入沉思，又仿佛只是抽空了灵魂。

庄士敦见姐妹两个说着体己话，便带着格格们去女儿墙那边看海河、喝汽水去了。唐石霞看别人走远了，温存地笑着说："姐姐你又来了，我们不是说好了，只想他们的好处吗？你和潜明哥一起度过了那么多快乐的日子，虽然短暂，却也珍贵，他现在一定希望你，歌照唱，舞照跳，幸福地活下去……"

"嗯，你知道吗？潜明哥的舞跳得可好了，他爸爸给他起小名叫憨儿，其实他可灵呐……他跟我说他爸觉得他缺根弦，做不成学问，这才让他学的会计……可他学会计就很厉害啊。做学问不成，可是他跳舞就一学就会。他和他爸爸可真不是一样的人，倒是和我爹有些相像。"

"所以你爹才把你嫁给他呗……还把他介绍去海关做事。"

"嗯，可惜我福薄，像我这样命运的女子，还好是活在上海、天津，要是在乡下，没准就被婆家族里沉到水塘里去了——克子女、克夫君……"

"嗯……姐姐说得对，幸好我们命好，生在这个时代。不然，我也不会知道外面是什么样的花花世界。"唐石霞促狭鬼般笑道，"姐姐，你知道吗？你那老公公就在这饭店里呢。我看他是打定主意要带你回去沉塘哩……哦……至少是找个塔，把你一辈子压在底下。"

罗纯孝狠狠地拍了一下唐石霞的手背，啐道："你这坏人！

我还不是因为他才躲起来的。他倒不是要我沉塘，是要我回去伺候婆婆，然后要把潜明哥二弟的孩子过继给我，非说什么长房的香火不能断绝……我的妈呀！我真不知道怎么办……"

唐石霞同情地点点头，接着笑道："我看你公公却也是好意，在他看来，过继儿子就是亲生儿子，而且是长房，是要继承家业的儿子。你带着他长孙，自然就是未来承袭家业的媳妇，我跟你说，你是不肯，他其他几个儿媳妇没准还嫉妒你呢。"

"哎呀，可算了吧，当年我爸爸要我嫁给潜明哥我原本是有些担心的，就是怕了他们王家的规矩。还好潜明哥并不是那样的人，这些年我们抽身在上海，小日子过得倒也快活，本来……哎……现在还说这些做什么呢！"

"我看你不如从了吧，王师傅'高老头'似的苦了一辈子，把家产都攒着传给你，你还有啥不愿意的……跟你说，我偷看了一眼，大洋三千块哦……"唐石霞捂着嘴哈哈笑起来。

"切……我自己有钱，才不要他的钱。"罗纯孝不屑地扭过脸去。

"嚯……果然是罗家的大小姐……"唐石霞笑得眼睛都弯了，"都说你罗家富可敌国的，果然有骨气得很，腰杆都是银子撑着的吧。"

"别瞎说，我也不用家里的钱……"罗纯孝有些不高兴了，板起脸来说，"我爸那些钱，跟着你们赚得鬼鬼祟祟的……现在还打趣我来了，别让我说出不好听的来。"

唐石霞见话头不好，赶忙岔开话题说："哎哟，我的姐姐……生气啦？妹妹给你赔个不是……"

罗纯孝嘟个嘴，犹自生着气说："唐小姐，您可别，我当不起。我们能一处玩耍是您抬举我，但我可不是什么天潢贵胄的，也不想从龙做什么大事……我也知道您原本是好心想宽慰我，但我们小门户的人心眼就是小——我虽不喜欢我公公，但您说他是'高老头'，我也不爱听，您说我爸爸富可敌国，这就是诛心的话了，我更不敢接。"

唐石霞叹口气，扫兴地起身道："我原本就是想扮个小丑，逗你开开心……谁知道捅了你肺管子了。我们以前一起读书看戏，你知道我从不把你当外人才如此说话的，哎……看来，这些年还是生分了……你可知道自打甲子事变、皇上离宫以来，宫里前前后后又出了多少变故？我们又是怎么挺过来的？其实大家不过都是苦中作乐罢了。是……你爱的丈夫病死了，你难过，我自然要宽慰你。可我爱的人却生不如死。他不能出头露面，因此只有我每天出来装疯卖傻、粉墨登台……谁又能安慰安慰我？我打趣你这么几句你就受不了了，就是诛心？你可知道外面人都是怎么说我的？你以为我为什么现在这样皮糙肉厚的？那是这些年天天被钝刀子割肉割的！你知道现在静园上下都叫我滚刀肉……为什么？就是你说的，我们要做那么些鬼鬼祟祟的事情……偏偏不是夜黑地里做，是要在全天下大太阳底下去做，我的脸皮能不厚吗？心肠能不硬吗？"

罗纯孝低头想了想，垂泪点头道："妹妹你说得对，我也是浑说，我也道歉。"说罢，她伸手握住唐石霞的手，失魂落魄地叹息道，"我是未亡人，只欠一死；你是吐丝的春蚕、燃烧的红烛。妹妹，我们虽不同病，却也能同情，来，姐姐错了……"

罗纯孝将仿佛很疲倦似的唐石霞揽在怀里，两个少妇一滴眼泪都没有，只是呆呆地看着女儿墙边正在和庄士敦学习英语单词的三个格格。"那是汽船 -Ship，那是汽车 -Car，那是渡船 -Ferry-bridge……那个……飞机，看，有飞机…… Airplane……"

"Airplane！ Airplane！"格格们使劲挥舞着手里的手绢，跟着用英语呼喊着天边飞过的一架轻型飞机。清脆的女童声响彻天台。

这时，一个冷飕飕的声音在唐石霞背后响起——承恩公、领内务大臣荣源拉着他那满人特有的长脸阴沉地道："唐姑娘，我有话和你说——张学良那小子可能变卦了……"

唐石霞脸色一变，抱着罗纯孝的手臂有些僵硬了，罗纯孝吃痛，下意识地刚想挣扎，却反而将唐石霞抱得更紧——她被眼前的景象给吓住了——只听一阵阵狼嚎声从楼梯处传来，然后是十余名蒙古汉子雄壮地走上天台，在天台四处竖起高杆，然后又是十数名蒙古妇女，捧上大盘的祭品，居中焚香……然后两名鬼魅似的萨满，举着萨满鼓，带着漫天的铜铃声飞旋舞入天台，在高杆和白色的床单中间舞蹈……随即，更多的喇叭、唢呐和萨满鼓加入进来……能歌善舞的蒙古贵宾们似乎都善于舞蹈或是乐器，就像他们一样善于射击和砍杀。

最后，一身蒙古华服的蒙古小王和同样蒙古贵妃装束的金碧辉，一左一右，搀扶着胖大的喇嘛走上天台。在他的赐福下，每个人围绕着祭台对天祈祷。最后，鼓声安静下来……马头琴响起，一阵常常呼麦声后，大家齐声吟唱起不朽的蒙古长歌《鸿古尔》——

> 桩栏中围聚的马群里，
>
> 哪里去找。
>
> 曾经熟识的良骏，
>
> 我那六旗故乡，
>
> 哪里还有。
>
> 曾经丰饶的村庄，
>
> 原野上奔驰的马群里，
>
> 哪里去找。
>
> 曾经熟知的灵驹，
>
> 我那七旗家园，

哪里还有。

安宁生息的故人。

在歌声中，金碧辉从腰间摘下父亲留下的宝刀，忍住夺眶而出的泪水拔出刀，双手献给大喇嘛。大喇嘛微笑接过，然后郑重地传给了蒙古小王爷甘珠尔扎布。小王爷接过宝刀，温情地看了一眼金碧辉，潇洒地抽刀挥舞起来，引发蒙古人一片欢呼。

在楼梯口的阴暗处，川岛浪速双手合十，痛哭失声。他哭道："艾堂兄！肃王！我们又在战场上了！我如你所愿，让孩子们，也在战斗了！"

他身后，金宪东微笑着走出阴影，跑上天台，开始用手里的便携式摄影机给大家摄像。

一双枯爪子，重重地拍在川岛浪速肩膀上，手爪主人郑孝胥微笑着说："让他们蒙古人疯去吧，川岛君，我们下去喝一杯吧。走，王师傅，我们一起一醉方休！"

王国维戴错了眼镜，也没看清什么，就被郑孝胥裹挟着带下去了。

天台上，泪眼婆娑的唐石霞和罗纯孝拉着手相视苦笑，这时金宪东拿着摄像机一路小跑过来笑道："你们别动……太美了……请一定让我把这一刻也拍下来！"

第二幕

备婚

第一节：合婚请期

宣统十九年，民国十六年，公元 1927 年，5 月 2 日，傍晚后，温度宜人，华灯初上。

六国饭店大厅，左侧西餐厅正值晚餐后，准备彻夜的舞会；右侧酒吧，等待餐厅变成舞厅的红男绿女们都捏着一杯餐后酒，预热彼此的激情。酒吧区的后面有扇丝绒布裹了的大门，显然是个安静私密的暗室——这里是六国饭店的雪茄吧。

谢米诺夫没在酒吧区，但他帐下那几个白俄雇佣军仍在往肚子里灌着烈酒。他们似乎已经没有下酒菜了，因此每每将伏特加倒进喉咙，就习惯性地狠狠吮吸一口自己的手腕，这动作让这些豪横的军人显得又贪婪，又下流。但他们无疑是酒吧欢迎的客人，他们四个人消耗的酒精，比另外 3 个美国人、4 个法国佬、6 个英国佬和 10 个日本鬼子加起来还要多。

老明巴依抱着肚子，坐在留声机边儿睡大觉。室外半露天的咖啡座现在则是喝啤酒的固定场地，这几个不知国籍的年轻外交官小伙子都各自带着不知国籍的 "Flapper" 女孩——莎拉马特一边充当侍应生，帮他们加满啤酒和山东大花生，一边自己也和他们玩得不亦乐乎。她从一个小麦肤色的美国三秘给她的皮包里翻出一张唱片，换下了明巴依播放的昏昏欲睡的巴赫，室外立刻洋溢起西印度群岛的林波舞曲——然后莎拉马特和另一个女孩撑起一根扫把当林波杆，那美国小伙子开始教大家如果一边跳舞一边儿下腰过杆，以赌一个输赢。但考虑到日本随员的身高，不得不采取两种标准……而为了这种明显的双标，日本随员大声抗议。随着热辣的音乐一响起来，把一边的老明巴依吵醒了，让他连打了三个喷嚏——让他屁股底下的南洋藤椅连连颤了三颤，终于不堪重负地垮掉了——结果在林波舞曲里最先摔倒的不是舞者，而是这个酣醉旧梦中的老者。

　　一辆鎏金的龙头人力胶皮"锒铛"一声从这群时髦的青年身边经过，车上雕绣的流苏棚子很低调地拉低了，但仍隐约看到里面是一袭白衣的年轻大烟鬼。目送胶皮车远去的是卢筱嘉、金翠喜和金亚仙姑姑，卢筱嘉把刚收到的一卷新书随手递给金亚仙姑姑，笑道："寒云还是这个脾气，一身的病，还写这劳什子——《辛丙秘苑》①？这怕不是还想着替你们家老爷子撞天屈不成？您

---

① 袁克文（1890—1931）：号寒云。虽是袁世凯的次子，却不喜政治，偏爱文艺风流，一生优伶为友、青帮做头，诗文冠绝一时。死后有人评价他是："才华横溢君薄命，一世英明是鬼雄。"他曾作《辛丙秘苑》为其父复辟事多有辩解。因此有人说他反而可能是袁府上下最清醒之人。

先帮我收着，等我哪天能离开您这天堂客栈，您再给我细细读
一读……"

金亚仙似乎眼里有光一闪，叹息道："他不写，还有谁替他
老子说句公道话？"

"你说你公道，我说我公道，到底谁公道？只有天知道。"卢
筱嘉瞅着跳林波舞的那伙子青年，笑道，"寒云也是假聪明，他
以为当年那些当事人都死光了，再没人和他对质，自然他写啥就
是啥了。可惜啊……死人有时候也是被活人摆布的木傀儡……
我看他是白费力气。我等货色，既然败了，就成了别人的垫脚砖，
注定了遗臭万年……"

金亚仙有些不爽，嗔着道："卢少爷都有这觉悟了，还挣巴
什么呢？大热天儿的巴巴地把我家公子叫来，还不是请他替你
拔创？"

卢筱嘉哈哈一笑，耍无赖地吟唱道："剪头去尾耍一耍，倒
叫二位耻笑咱。[①]"逗得两位店主人不由一笑，卢筱嘉趁机道声谢，
转身就和那青年外交官们打成一片，比赛林波舞去了。

金翠喜瞅着卢筱嘉的舞姿，捂着嘴笑道："亏他心大，吃了
这么大的暗亏，还有心思玩笑。"

金亚仙点头说："毕竟是多少风浪里面滚过来的人物。而且

---

① 京剧《秦琼卖马》片段。

他虽然被困在孙殿英手里，捯上去，绳子头儿还不是攥在少帅的手里——我不信张学良为了一个土匪军长，能坏了他们四大公子①的情分？大前年在上海，卢公子可是让他张学良狠狠地出了一回风头的。"

金翠喜点头道："话虽如此，卢公子这次跟头跌得有些太狠了……否则那孙殿英岂敢打他的主意？"

金亚仙眉头一皱，哎呀一声，说："这事儿麻烦！一来我看孙殿英就是个吃生米的胡子，就没有咱北洋老人儿们的情分；二来直鲁联军新败，山东河北，局势不稳，而孙殿英刚好骑在墙上……说难听了，他完全可以带着那些车的东西投了南边儿……那时候，奉军的大局，就崩坏了，安国军怕是卷包会似的退回东北去了。从这角度说……这节骨眼儿上，张家是顾不得面子的，一定要安抚住这个孙殿英才行。"

金翠喜叹口气说："卢家还欠咱们多少钱？"

金亚仙笑道："他的不多……嗯，王师傅这些天的费用，咱们是管王师傅要，还是照旧记在卢公子的账上？"

金翠喜指着卢筱嘉说："自然还是他，这点儿小钱，还是不

---

① 民国四公子有多种说法，其中一种是袁克文、张伯驹、张学良、卢筱嘉。而另一个版本中没有张伯驹，而有孙科。而 1924 年，曾有一次三公子密会，是张学良、卢筱嘉和孙科的密会，图谋共同对抗当时强大的直系军阀。1925 年，奉系协助卢永祥对抗齐燮元、孙传芳，张学良在上海得到卢筱嘉的隆重接待。但卢永祥仍受到奉系倾轧，被迫下野，从此再无建树，皖系军阀也从此退出了历史舞台。

要伤了他的面子吧。"

"那倒是。不过我现在最担心的还是张宗昌的账，这数目有点儿吓人了……"金亚仙暗暗地朝室内窗口那一桌白俄军官努努嘴儿。

金翠喜朝金亚仙眨眨眼，狡黠地笑道："不担心，吴秘书跟我说了，后天张宗昌大婚，南北各地军政商界的孝敬——必定都是大钱，咱们这点儿花销就是他张长腿钓鱼下的窝子。你知道吗？这些天他张长腿天天约天津各家银行和商会的经理打麻将，好多人都忙，或推病不敢来……这下他结婚下帖子拘你，你总得给个面子吧？"

"这三不知将军，还真是会捞钱。"金亚仙冷哼一声。

"可不，都说他三不知，其实他是小账不算，大账算得明白着呢。"金翠喜捂嘴笑着，用纨扇遮着脸和金亚仙耳语道，"你知道这王八蛋这次出了一个什么损招儿？……以往他纳一房姨太太，下面就自然给他一份孝敬——这次，谢米诺夫给他找了五个白俄女孩儿让他挑……你猜他怎么说？挑什么？都要了！请柬上写明了——是娶五房，什么柳芭、安娜、什么什么娃……贺礼要一人一份！五倍的孝敬！"

"天啊！这天津卫开埠以来，也没这样的混账事儿吧！"金亚仙啧啧称奇，不屑地看着那些白俄说，"现在这些白俄都到这样的地步了吗？"

"嗯，看来这次谢米诺夫败得真的很惨，顾不得脸面，卖儿卖女咯。"金翠喜幸灾乐祸地笑着。金亚仙却有些兔死狐悲地看向正在青年外交官之间花蝴蝶般穿梭的莎拉马特，暗暗摇了摇头。

金亚仙皱眉道："也不对啊，他就算娶十个能收几个钱？而且收回来的奉票儿，那不也是他自己印出去的吗？"

金翠喜听了有些迷糊，眨眨杏眼，不知如何作答。

头发梳得油亮的侍应生推开丝绒包裹的大门，将一大盘西洋起酥点心搁在大茶几上，琉璃酒杯里面盛着暗红色的洋酒，茶几四周沙发上坐着喷云吐雾的五个老人。

正襟危坐着的郑孝胥摆弄着手里的一根雪茄，并没点燃，眯着三角眼像是陷入沉思；

大喇喇地半躺在沙发里，熟练地吐着雪茄烟气的是承恩公荣源；

川岛浪速却没抽雪茄，仍是夹着自己的烟卷，他也坐得笔直，似笑非笑地等着郑孝胥说话；

庄士敦则自己搬来一把酒吧的高脚凳放在灯光暗处，用居高临下又隔岸观火的架势俯视静园群僚，不时闪亮的雪茄星火，照亮了他毛发茂盛的脸庞；

而王国维拘谨且有些佝偻地坐在略远的角落里的背靠胡床上，肩膀端着脑袋向前探着，屁股只占了座椅一个边儿，看着那姿势真是比站着还累，他不知被谁塞了一套阿拉伯水烟在面前，琉璃烟具冒着浓郁的异国香料味道，他略微试了一口，就皱眉丢下了。

在一边儿伺候几位长者的金宪东有点儿想笑——特别是王国维的辫子和阿拉伯琉璃水烟的长管子，构成了一幅怪诞的图画，可是他意识到川岛浪速的严肃——他可不敢拿出相机来给这老几位来一张合影。于是他便开始欣赏墙上的照片。第一组是一群彪悍的满蒙义勇军的合影，全都戴着传统的宽边毡帽，有的毡帽上还插着勇士花翎，但手里全都紧紧攥着钢枪，居中的老者手里则是两把盒子枪，身后的壮汉怀抱着大纛旗——全都是一副桀骜不驯的神情。有一张照片则颇有艺术氛围，远景是西域的一座荒城，近景里一支考古队在戈壁滩上休整，从装束上看似乎是些日本人和欧洲人。再一张则是内地，大群中国民夫正在协助考古学者在田地里发掘，罗振玉抱着一只刚出土的铜簋对着镜头微笑。金宪东心念一动，转身便在一旁的梨花木长案上找到了这件文物，和其他几件宣德炉和粉彩花瓶放在一堆。后面衬着一大幅中堂——三个大字"学吃亏"——仔细一看，正是罗振玉的亲笔。看到这三个字，金宪东又忍不住"嗤"的一声笑出声来，刚要强行忍住。却听郑孝胥戏谑地说："近来，我听我儿子劝我，说人老了，便容易患上一种'松鼠症'——就是喜欢囤积东西，明明吃不完，用不了，却偏偏要贪心不足地收集起来，屯得越多，就越是开心——说这是病，更是老病。我看松翁这个宝地，你看看这些美酒，这些雪茄，这些文玩、这些宝贝、黑老虎①……简直就是松鼠症成精的洞府了。"

荣源哈哈大笑，狠狠嘬了一口雪茄，吐出烟气说："郑师傅您也忒刻薄些……松翁有本事囤积，我便有本事倒仓……他是松鼠症，我等便当个硕鼠，帮他消化消化吧。哎……郑师傅这么一说，我等还是做了医生嘛。"

川岛浪速笑道："《天方夜谭》里面有个阿里巴巴和四十大盗的故事，荣公今天就做个阿里巴巴，享受一下松翁的宝藏吧。"他嘴上说笑着，却并没有动桌子上一大盒雪茄。

郑孝胥哈哈笑着，拿起一根雪茄放在鼻子底下闻着，嘴上说："对，这也符合南华《胠箧》之意，今日我等巨盗济济一堂……彼窃钩者诛，窃国者可为诸侯。"

川岛浪速和郑孝胥对视一眼，微笑道："郑师傅风流高论，我向来是最佩服的。"

郑孝胥将雪茄扔回盒子里，端起酒杯一饮而尽，冲川岛浪速眼神凌厉地一笑，正色问道："川岛先生，此番令爱的婚礼如此大操大办，想来是和田中首相就职有关系吧？可是，我怎么听说田中首相是张作霖的后台呢？他上台后，日本对张作霖岂不是会

---

① 指收藏的金石拓片。

更加支持吗？"

川岛浪速也收住笑容，用手指点头敲打着茶几认真地说："中国俗话说是'成也萧何败也萧何'……张作霖当年是田中义一在东北一手扶植起来的不错，但此一时也彼一时也。田中当时是经略东北的参谋，扶植张作霖不过是当年日本利益的需要，今日还支持不支持他，要看日本如今的诉求。"川岛环视一圈，特别看了看阴影处的庄士敦，嘴上却招呼金宪东道，"孩子，你把你的幻灯机打开吧……"

闻言，金宪东立刻将早已预热好了的幻灯机打开，"咔啦咔啦"的连续声中，一幅幅日本的新闻照片和剪报闪现在大家面前，将一众老人的脸色照射得阴晴不定。大家立刻提起精神来，连荣源都坐直了身子。川岛浪速娓娓道来："各位，这是大正七年，1918年，出于帝国的自卫和协约国共同作战的需要，抵御苏俄激进派的东进，日本在经济极为困难的情况下出兵西伯利亚——但引发了全国范围的'米骚动'，从富山县一个渔村开始，很快波及全国——吃不起饭的女人们推翻了寺内政府——也导致寺内内阁策划的'西伯利亚缓冲国'意图被搁置，我只好带着肃王几个孩子，一直流寓日本等待新的机会；这是1923年的关东大地震，东京、神奈川、千叶、静冈、山梨等地严重被毁，死伤枕藉，遇难者超过十万人；1924年，美国通过了'排日移民法'，彻底禁止日本人移民美国，选择移民巴西之日本人，目前日侨聚集区已达十万人规模；1926 年，大量前往南洋、满洲卖淫的日本沿海女性，今年新增了 16 万人……如今在满洲、上海、南洋的日本女子，加起来恐怕已经不下百万了。一句话，日本国家虽号称亚洲第一强，其实一直处于民穷财尽的窘境——国土狭小、灾害频仍、资源枯竭已经成为全日本国民的头等焦虑。因此，田中内阁即将推行激进的满洲拓殖计划自然是毫无悬念的事情了，因此我带着他们先后回国。而对满洲的拓殖，最大的障碍自然就是张作霖。各位……我们宗社党人前赴后继十余年，终于看到曙光了，我的判断是——秉持首鼠两端政策的张作霖，必然是关东军开展激进拓殖计划的首要阻碍，因此必然被日本抛弃——因而满洲局势，由此即将迎来可喜之转变。因此，请转达陛下，静园的政策，也应进行相应调整，特别是与奉系的关系。"

郑孝胥点头，露出一丝洞若观火的微笑，为了掩盖这一丝喜悦，他把三角眼翻着瞪着天花板上的七彩琉璃灯，嘴里沉吟道："川岛君，您是知道我的，我的主张并不是亲日，而是多国共管。皇上英明，这么多年蛰伏隐忍，绝不是要做石敬瑭的。欧战以来，世界舞台中心已经转移到了太平洋上，美国前总统威尔逊提出的民族自决说如今已经深入人心了，而苏俄的赤色威胁已成全球公敌。"说到这儿，他停顿一下，又从刚满上的酒杯里抿了一口酒，瞟了一眼缓缓点头的庄士敦，这才接着说，"依我看，日本必然成为东亚抵御赤化危机的大本营，满洲则是巩固国际秩序的远东防波堤。日本对满洲的企图也可以利用——第一，团结满、蒙、汉、达斡尔以及俄罗斯族、大和族的侨民，共同提出东北独立自治的新主张，建立一个新国家；第二，在多国——特别是日本和英吉利联盟基础上，结合美利坚、法兰西等多国的共管及帮扶下，成为东方抵御苏俄拓张的桥头堡；第三，以东北为富强之基地，只待中原有变，战火再起，我们只需派出一支劲旅再出山海关——中原百姓自然箪食壶浆，以迎王师。如此，华夏复兴有望，东亚共荣有望矣……"

荣源看二人说的兴起，眼光冒火，他却有些不快地清了清嗓子。见两人收了笑声，他这才堆笑道："别想得太远……眼下直鲁联军新败是不假——连丢了上海、南京、武昌，可是如今淮海混乱不堪，谁知道战况怎么发展？如今安国军刚刚组建，少帅已经亲赴一线督战，士气正高啊，更何况还有黄河天险在，我看南军想过黄河也是千难万难。西边冯玉祥复起搞了个什么'五原誓师'，又收拢了几万溃军，但都是些杂牌儿军，个个都是草头王，能成什么气候？咱奉军在南口大捷的威风尚在——这是皇上亲自给张宗昌发过贺电的。我看中原战事正酣，南北胜负尚未可知的……退一万步讲，就算安国军连连败退，那张作霖退保东北的能力还是有的吧？有些话，说得不要太早——川岛君既然说，日本和张作霖将会失和，那我们拭目以待。我听说奉军正在积极筹款，日本的正金银行能不能给他贷款就是证明，给不给态度就很清楚了。这次肃王家的小王爷和格格回来，皇上很高兴。皇上听说格格招赘的就是当年血战林西的巴布扎布王爷的后人，而且还是在日本学军事的，就说——咱们静园最缺的就是军事人才，这婚事甚好！至于郑师傅，咱们静园目前还是务实些，潜龙勿用，多培养人才，蓄力修身，不给祖宗丢脸就是了。"

郑孝胥淡然一笑，然后他"哦"了一声打破尴尬，指着一脸懵懂的王国维和蔼地说："荣公说起人才，我想来了——过去大家都说王师傅不像咱们静园的人，也不掺和咱们的事情——我看大谬也。这不就在眼前，王师傅还攀上了白俄将军谢米诺夫的交情，跟我说要把他介绍给皇上……你看，谁说王师傅心里没有皇上？没有皇上操这份心做什么呢？"

众人纷纷点头，王国维讷讷地赔着笑，荣源想了想脱口而出："谢米诺夫将军？我知道这个人，张宗昌的爱将，他最精锐的哥萨克铁甲军的首领……直奉大战的正印先锋官嘛！"

庄士敦却很认真地问道："王师傅，您是怎么认识谢米诺夫的？又怎么认为他对皇上有用？"

王国维不假思索地说："只是偶遇……不值一提。不过此人忠勇真诚，赤心报国，我辈都是同病相怜，自然有些意气相通。"

庄士敦点头道："这也是巧了，刚刚我们说天下大势就是反赤化，这个谢米诺夫既是亡国义士，又是白俄勇士……我们静园不但缺乏军事人才，也缺政治招牌，若是这人做个反共的急先锋，还真是很合适。"

几个老人纷纷点头，郑孝胥微笑着朝王国维微笑，并朝着荣源说："那就即刻安排吧，趁大家都在六国饭店，明天就可会面。还请荣公禀明陛下，可否由我与之接触？还是荣公您亲自与之接触？"

荣公看一眼手表，立刻点头起身，将大半截雪茄随手丢在炭缸里，笑道："时候不早了，今天事儿多，我赶回去静园请旨……那个白俄郑师傅您见他就很妥当——不过，皇上后面会亲自召见此人的，我这就去请旨。"他给了川岛浪速一个眼色，川岛立刻让金宪东将幻灯机关闭了。荣源这才满意地给大家点头致意就要告辞。

王国维这才想起了什么，叫住荣源，从大皮箱里找出几本翻译的外国小说，双手捧给荣源说："去年皇上说喜欢看外国小说，这是鄙人此番在上海找到几本时新的小说，请皇上解闷吧……"

荣源看也不看，微笑接过来，夹在腋下，点头又和众人点头道别去了。他岸然出门，打了个哈欠，扫视了一下，守在雪茄吧前后左右的黑影都在，他满意地继续往前走。路过酒吧——这时的酒吧已经灯火暗了下来，那几个聒噪的白俄不知去向，户外比赛跳林波舞的青年外交官们也都分别坐下来开始和各自的"Flapper"女郎们细声调情。他一眼就看见角落里唐石霞和卢筱嘉躲在两个红酒瓶子后面聊天。唐石霞也看见了荣源，投来一丝疲倦的微笑。荣源板着脸，雀目微微眯了一下，迟疑地点点头。他转身走到门口，随手甩给小不点儿门童赵亮一枚闪亮的角洋，跨步登上等他的黑色汽车，扬长而去。

"你跟他张汉卿到底是什么关系？"卢筱嘉很能喝，但也有了几分酒意，他顺着醉意露出一副无赖的表情来，决定不再兜圈子，将酒杯往桌子上一撂，开门见山地问。

唐石霞醉若朝霞的笑靥，如蝴蝶翅膀般，如藻间锦鲤般闪烁着退散去，又瞬间回来了。她用酒杯挡住自己半边面庞，用遥远的声音反问道："你觉得呢？"

"我知道？那我就不问了……"卢筱嘉用他貌似纯良正直的眼睛用力捕捉着酒杯后面唐小姐的眸子，却用无赖的嘴角笑着自嘲说，"我知道的是，反正我们民国四公子……就没有一个好东西……都不是吃素的。"

唐石霞愠怒地也撂下酒杯，带些不至于翻脸的蔑视说："爱吃荤腥吗？不怕硌坏了你们的牙齿？"

"嚯！唐小姐这么厉害的吗？"卢筱嘉仍是一副无赖嘴脸，毫不躲闪地用目光迎了上去。

唐石霞眼光一闪躲开了，摇着酒杯笑道："当然啦，我是静园有名的滚刀肉嘛。怎样？"然后，唐石霞眼珠一转，将眼光重整旗鼓地杀了回去，点头道，"好吧，本小姐允许你换一个问题再问我……"

卢筱嘉点点头，也收敛起几分无赖样子，小声问："那，我猜您和张汉卿的事情，静园都知道？"

唐石霞眼中精光一闪，点头道："知道。"

卢筱嘉不可思议地点点头，又问："誉格他……"

"他当我是大姐姐，我当他是小弟弟。我嫁给他是当时老皇妃的遗愿……她老人家怕我受委屈才这样安排的。"

"可是……"

"我和他们哥俩儿，嗯……一起长大的。"

"青梅竹马？"卢筱嘉插话道。

"对，青梅竹马……"唐石霞神色惨然了。

"哦……"卢筱嘉恍然大悟，朝上面指了指，笑道："那也不差你一个啊？"

"嗯……那时候……偏偏就是我不行。"

"为什么啊？"

"我性格不好……太像我姑姑①。"唐石霞不耐烦了，摇手让他换个话题。

---

① 这里的姑姑指的是珍妃，前面说的老皇妃则是珍妃的妹妹瑾妃。唐石霞作为两位皇妃的亲侄女，本来和溥仪青梅竹马，却因为性格张扬，不像瑾妃，却很像珍妃。而珍妃又是小朝廷的一大忌讳，因此，唐石霞失去了和溥仪结婚的机会。为保住家族的地位，勉强和溥杰凑了一对儿。

卢筱嘉却似乎更有了兴致，和唐石霞碰了一下酒杯，笑道：
"我觉得那也不是坏事。"

唐石霞落寞地眨眨眼，苦笑道："还记得我跟你说的那个故
事吗？他要做取经人……庄士敦会开汽车是白龙马，誉格就是
猪八戒，毓崇是沙和尚……"

"嗯，你是孙悟空。"卢筱嘉脸色阴沉下来。

唐石霞灿烂一笑。

卢筱嘉愀然不乐，摇头说："九九八十一难，上刀山，下油
锅，披肝沥胆……换作我，我就舍不得……让你做什么孙猴子。"

"呸……孙猴子多威风啊！"唐石霞轻啐他一口，昂头爽朗
地笑着说。她一昂头，却如朝霞万千，让卢筱嘉也醉了。

两人沉默地喝了一会子酒。唐石霞又才堆笑道："小卢，你
把飞机扣下来想怎样？"

卢筱嘉坦然道："你看……我现在扣的是张汉卿的飞机；孙
殿英扣的是我卢筱嘉和货物。按说，这件事儿，已经和你们静园
没关系了吧？张汉卿要是不让孙殿英放了我和货物，我就不给他
飞机，这不是天公地道吗？"

唐石霞哼一声，道："他张学良和我们说——他既没有收到
飞机，也不能得罪你卢公子——让我们底下先撕巴清楚，有了结
果，再去和他谈。"

"扯淡……他就是胡子，这就是胡子逻辑！"卢筱嘉冷笑道，

"要不是我老子和日本人也有关系，找借口抓了高志航，飞机恐怕早就到东北了。要不是飞机还在我手里，你们也不会再和我谈……谈什么？孙殿英是张宗昌、褚玉璞的手下，都是他们安国军的部队。等于是安国军抢了咱们……让咱们谈？就是让咱们认账？认倒霉？就是说，飞机他也要，财宝他也要？这不是黑吃黑吗？凭什么！"

唐石霞苦笑道："我们分析过，他张学良大约现在正指望孙殿英在山东替他们守住大门，怕这件事处理不好，这条恶狗就立刻倒戈投了国民军了——而且是带着财宝投过去——那不更是赔了夫人又折兵？"

"嗯，那我既然拿不到钱，我也大可带着飞机投了南军吧？"卢筱嘉摊开手得意地说。

"可你人在他们手里捏着不是？"唐石霞白了他一眼。

"哦……绑票！哈哈哈……还真是遇见秧子房大掌柜的了！"卢筱嘉佯作惊慌，调侃道，"我卢筱嘉还真不怵这个……袁寒云已经把风声散出去了……我就不信他们真敢把我怎么样。"

"怎么样？盗卖国宝，人赃并获，就地正法！"唐石霞冷着脸怒道，"然后连带我们静园、醇王府全都遗臭万年……你凭什么这么自信？你不知道那些东西烫手，根本见不得光吗？"

卢筱嘉惊得一身冷汗，但嘴上不认输道："我就不信了！"

唐石霞柔声说："卢公子……不如你就把飞机放行了吧，性命总比钱帛重要。"

卢筱嘉气冲冲地站起来，冷笑道："我就知道你们都是一伙的！回去跟张汉卿说……别忘了当年我怎么对他的。他要是有种，就让孙殿英枪毙了我。我管保他鸡飞蛋打……他要是有种，别让你一个女的来和我掰扯，让他自己来见我。"

唐石霞苦笑道："卢公子，我不是他派来的，我也是没办法和你商量对策的。"

卢筱嘉一怔，干脆又打起痞子腔说："你们静园干的是大事业，可别为这件事儿坏了名声。不如你们认倒霉，别蹚这趟浑水了。就算你们财物被孙殿英抢了，不就完了？就别想着开什么东北航运公司了吧？——敢和张胡子家做生意？你们胆子也真大。"

唐石霞黯然苦笑，将杯中酒干了，起身笑道："卢公子，看来人家是刀俎，咱们是鱼肉，只能看咱们谁命比较大了。反正咱们也说明白了吧，死一个，比都死了强，这你同意吧？"

卢筱嘉也站起来，态度软化下来地点点头："放心吧，不到万不得已，我也不会乱来的。咱们都各自去找张汉卿聊聊吧，如果能见到他的面，事情或者就有缓和……他张汉卿什么都比他那个老爹聪明，只有一样不行，他学不会他老爹的装傻充愣，和他说说，或者还有缓和。"说罢，卢筱嘉朝唐石霞点点头，转头找了找方向，带着七八分醉意转身离开，远处角落里孙殿英的两个黑衣马弁立即起身跟了上去，另外两个黑影在唐石霞的眼神指挥下，也暗戳戳地跟了上去。

卢筱嘉摇摇晃晃走到了大堂，却慢慢停下找了找回房间的方向，又似乎要吐。他弯腰作势了一会儿，见无人理会他，就忽然敏捷地一拧身，向门口狂奔而去，孙殿英手下两名黑衣马弁大惊追去，却被卢筱嘉猛然翻身——双手、单脚齐出，猛出一个狮子张口打飞了一个，又迎面一个铁山靠撞翻了另一个……眼见卢筱嘉拧身刚蹿出大门，却被守在酒店外面的两个荣源手下的黑影挡住，这两个黑影一手按着自己腰间，脚踏八卦步伐，步步为营地，将卢筱嘉逼退回大堂来。

孙殿英手下那两个黑衣马弁这才忍住剧痛，咬牙爬起追出来，看见卢筱嘉被逼回，这才惊魂初定，胡撸一把被打出来的鼻血，瞬间怒火中烧。一个马弁愤然抽出短枪，指着卢筱嘉脑袋冷笑道："卢公子，您这是要去哪儿啊？这又唱的是哪出啊？"

卢筱嘉见跑不掉了，狂笑一声，耍起光棍儿，把脑壳儿贴上枪口，笑道："小兔崽子，有种你 TM 就开枪。"一边骂出一串脏话，一边抬手侮辱性地轻轻拍打马弁的瘦脸，一下比一下重，最终打得那马弁几乎发狂，却被另一个马弁死死抱住了，两人恶狠狠地盯着卢筱嘉，却也无可奈何。卢筱嘉不屑地呸了一声，摆出一副无赖的神色，打出一个长长的酒嗝……摇头晃脑地绕开两人，颠着醉步往楼上去，嘴里含糊地念道，"老子去哪儿？……

我上天台……上天台呀……"念罢他竟然旁若无人地在大堂楼梯口大声唱起来，"上天台？……我呸！见罗成把我牙咬坏，大骂无耻小奴才！曾记得踏坏瓦岗寨，曾记得一家大小洛阳来。我为你造下了三贤府，我为你花费许多财。忘恩负义投唐寨，花言巧语哄谁来？雄信一死名还在，奴才呀！奴才！怕的尔乱箭攒身尸无处葬埋！ ①"这戏唱得酒店一阵大乱，陆陆续续一干人或探出头来，或在金亚仙带领下出来维持秩序。

仍坐在角落里的唐石霞却并未回头，她苦恼地使劲儿摇了摇头……听到荒腔走板的醉唱，却又破涕为笑，继而将残酒一饮而尽，无声地大笑起来。那两个荣源豢养的黑影看了眼唐石霞，看她没有后续指令，便无声地退回到阴影里去了。

---

① 京剧《锁五龙》片段。

第二节：整妆备夜

宣统十九年，民国十六年，公元 1927 年，5 月 2 日，黉夜将至。

六国饭店大厅楼梯口，舞会散去，酒吧区的灯也灭了，许多身穿酒店白衣制服的工人开始将桌椅重新归置。大门呼啦敞开，从门外的卡车上下来几个抽烟的便衣老总，指挥着衣衫褴褛的脚行工人将婚礼所需家什从车上卸下来，搬入西餐厅，布置会场。

大堂中央，金亚仙一身正装、腰杆笔直地杵在大吊灯底下。她盯着几个领班加班干活，那几个领班则低眉顺眼地低声训斥着手下的工人"麻利些""手脚轻些""眼睛都看清楚些"……

金翠喜被赵亮扶着，打着哈欠从楼梯上下来。她已经卸了妆，换了家常的褂子，也过足了烟瘾，一副病西施的样子。看见金亚仙立得像观音身后的韦陀似的，便堆了笑，迈开小脚儿，拉着金亚仙到一边儿沙发里坐下去休息。

"姐姐，这又是怎么了？婚礼不是还得有几天吗？这就折腾起来了？"金翠喜大烟的劲头还在，不自主地哈欠连天。赵亮熟练地朝一个领班比画了一下，那人立即去找人给两个女主人奉茶和烟卷儿上来。

金亚仙也真的有些乏了，犹豫一下，还是抽出一根烟点上。看着满脸潮红的妹妹，嗔着地说："刚收了张长腿老娘给的定金，全是奉票，我还不得连夜花出去吗？哼，说到底还不是你没脑子，应下的这两桩破事儿？还自以为聪明似的……说什么——那肃王爷家格格要办中式的，在一楼西餐厅；而张长腿纳白俄姨太太，则办西式冷餐会，在楼顶天台；结果现在可好，今天那一帮子蒙古人上天台跳大神，一眼就相中了咱们天台。那大喇嘛，上来就指挥手下撑起三根玛尼杆……明天还要起敖包、开光、献哈达、跳神……这下好了，人家把天台占了。只好再把西式婚礼搬到一楼西餐厅来……折腾死个人了。"

"呵！今天我也看见了……那些蒙古人像是从林子里钻出来的野人，一个个真是吓死个人了，那大喇嘛也满脸横肉，哪像个出家人？身边那几个护法打扮得都跟花猢狲似的……我也是——关刀捅屁股，开了大眼了！哈哈哈……"

金亚仙听她说得如此粗俗翻了个白眼，皱眉扭转过头，却一回味，又摇着头咬着牙笑。

金翠喜见把姐姐哄笑了，便接着啧啧地咂着舌头八卦道："不过那个蒙古小王爷倒真是长得俊，身板儿也结实，猿背蜂腰的……我看配那个金格格可真是绰绰有余了，你说那金格格，模样要说也说得过去，可怎么做派阴阳怪气的？我看她不像王府的千金，倒像早年韩家潭的相公。"

金亚仙不屑地白了一眼妹妹，调侃道："人家小夫妻郎才女貌的，你这老妖怪少吞口水吧……更别嚼舌根子，让别人听了去可不好。"

金翠喜借着鸦片烟的力气挺着小身板儿不屑地说："在咱家六国饭店怕啥？这里可不就是百无禁忌的？咱六国饭店是……小玉①是怎么说的来着？是——言论自由的地方。"

金亚仙吐出一口烟，紧绷的神经终于放下了，叹口气，看着她妹妹摇头苦笑道："你可真是的……人家一天替你累得要死，你不帮忙就算了，就在边上扯闲淡、看大戏。"

"哎哟姐姐……我可心疼你了……可我哪顾得上？我不是不帮你，你都不知道我今天都吓死了。"金翠喜四处看看，小声对金亚仙嘀咕，"我家唐云山在青岛被日本人抓了，那一批飞机全被扣下了……可吓死我了。"

金亚仙一怔，赶忙说："这可得了？我就说这些事儿太危险，少掺和……"

金翠喜得意地摆摆手，拍着胸脯子笑道："姐姐别急啦，你妹妹我已经搞定了。大帅府的朱秘书来电话说了……没事儿，不

---

① 金小玉：本书作者的另一部作品《六国饭店1931》中的主要人物，本故事中未出场。

过虚惊一场。人是日本人出面扣下的——还不就是给卢筱嘉他爸爸一个面子吗？朱秘书已经关照过了，唐云山在里面好着呢……现在估计正陪着驻屯军宪兵队和税警大队的人一起喝酒、听日本戏呢。"

"好好的生意，怎么弄得这么狗屁倒灶的？"

"嗨……"金翠喜朝门口监工的几个丘八说，"这不是买飞机的财宝落在张长腿和那个什么孙军长手里了吗？"言及于此，她又再压低声音说，"北府出来的东西又见不得光……所以要压一压，如果风声没流出去，张学良自然会要求日本人放人发货。再者，这些北府出来的国宝，是还给卢筱嘉，还是退回北府，甚至就默认孙殿英吞了……恐怕要听老帅的军令，少帅都不敢做主——这事儿，只有老帅才弹压得住。"

"那还有让孙殿英吞了的道理吗？"金亚仙也厌恶地看着门口那几个流里流气的丘八。

"嘿……你别忘了，当年奉军腰杆子硬起来，不就是趁机侵吞了直系四千万的军火吗？老帅当年做得……今天这些人有样学样有什么奇怪？我倒不担心那些……就担心我家唐云山弄不好又是狗咬尿泡——白白欢喜一场——他那个东北航运的襄理，怕是要泡汤。"

"人能安全就好……这世道……"金亚仙正想劝慰也不很需要去安慰的金翠喜，却见大门外莎拉马特在连衣裙外披个斗篷抱着一个大包袱，带着十几个俄国大胖女人匆忙地赶了进来——好像村口一只锦鸡领着一群大白鹅摇摇摆摆地赶了过来——那些白俄女人也真的像家禽一样吵闹嬉笑着进门。这些人不过才落拓几年，就乡巴佬一样对六国饭店的奢华装饰评头论足起来。

金亚仙不满地站起来，她知道这些聒噪就如夏夜蛤蟆坑的大合唱，你一声、他一声此起彼伏地就会越唱越吵闹起来。她朝莎拉马特迎上去，给她一个噤声的手势。莎拉马特赶忙回头调皮地把手势夸张几分传导给那些大白俄们。大白俄们嘟着肥嘴，不屑地瞟一眼对面那个严肃的亚洲婆娘，故意挤出一些讥笑的声音，但声音低得完全不至于引发龃龉的程度。

金亚仙满意地看到喧嚣退潮般被自己弹压了下去，刚舒了一口气。却听见身后楼梯口传来一连串夹杂着济阳土话、天津泼皮话和上海洋泾浜的混合骂人话甩下楼来，而被这些粗鄙、下流又连珠炮似的脏话驱赶下楼的，却是一个坟堆里钻出来似的老古董。这个步伐踉跄、魂飞魄散的老者，一手扶着眼镜，一手捂着胸口没命地往楼下跑——可不正是一代国学大师王国维。而把他赶出房间的，正是印堂晦暗、酒气冲天的败军衙内卢筱嘉。卢筱嘉一扬手把他的皮包摔了下来，又接连两脚，把王国维的两只大皮箱踹下楼梯来，继而恶声恶气地骂道："滚你妈的，老棺材瓤子！你们这帮遗老遗少没他妈一个好东西！告诉你主子！欺负我？没门！亏我还好心好意抬举你们！呸！充什么大尾巴鹰……"

眼见着大皮箱撑不住劲儿，嘭地爆开，东西散落在台阶下面，其中摔出来的遗像、王氏族谱和一方祖宗灵主牌位特别扎眼……金亚仙气得血液倒流，眼前一花，咬着嘴唇硬挺住了身板儿，赶上去扶住王国维，再顾不得安静，厉声喊道："卢公子！这里不是你卢公馆，请你体面些吧！"

卢筱嘉见是金亚仙，本来要让她三分，却抬眼看见半夜的大厅里竟然全是人。他反而狞笑起来，借酒撒疯地抽了自己一个嘴巴，冲愕然的众人张牙舞爪地用济阳话起头儿骂道："馁这帮穷腔棒子愁啥俺咧？！我操！ Fuck！ Merde！ Verpiss dich!……"当他看清观众最多是一帮白俄女人既惊愕又兴奋的大胖红脸时，脑筋迅速转动起来，检索出一句洋泾浜夹杂的俄语脏话来，"伊拉——罗宋阿大！苏卡不列！"

这下仿佛将石头扔进了蛤蟆坑，一瞬间的惊愕和沉默后，这十几位俄国大妈立刻用各声部的花腔和语言对骂了回去，同样集合了俄语、德语、乌克兰语、亚美尼亚语、钦察语、天津话、东北话、上海话……立刻将六国饭店的语言丰富度提升到了一个空前绝后的高度。

遭到迎头痛击的卢筱嘉震惊了——仿佛十余挺马克沁重机枪给他破抹布一样的灵魂进行了重新的洗礼，而在骂人群体中央，那个扔下包袱，掀开头篷，横眉立目的莎拉马特，更像一朵炸刺的昙花般绽放在眼前。他被这些苦难的人痛骂洗净了污秽，斩除了三尸，打通了任督二脉。他感觉一切不爽就要离自己而去了——可悲的具体的表现是——他站在楼梯扶栏处，本想狂笑，却一张嘴，向楼下呕吐起来。

感觉胜利了的莎拉马特和大妈们齐声欢笑起来，眼疾手快的赵亮扶住了晕倒下去的金亚仙，卢筱嘉努力举起一个高挑起的大拇指，他被腌臜物堵住的嘴里还勉强喊出一声："乌拉！"他从重机枪扫射的劫后余生般回过头，想逃回房睡觉去，却迎面被一巴掌打得满眼金星。他这下彻底醒了，一看竟是唐石霞杏目圆睁地堵在他的退路上。

卢筱嘉尽兴地笑着，歪头把满嘴的污秽和血水一起吐在波斯地毯上，仍旧是拿出一副无赖的嘴脸，特意用洋泾浜的口音喝彩道："打得好！ Approach shit！ Miss 唐，you are really a attacker！ ①"

唐石霞骂一声"混蛋"，正要再给他一巴掌，却听身后一声轻叫。她回头一看，原来是罗纯孝一眼看见他亡夫的父亲——王国维正在楼梯下面狼狈不堪地收拾着散乱的皮箱——那些正是她亡夫以及她破碎的小家庭的遗物——老人执意让她继承的代表王氏长房的遗物——亡夫遗像、祖宗牌位、王氏族谱、王

---

① 网球术语，上网抽杀。他夸奖唐石霞是个很好的进攻型选手。

氏祖训 ①……罗纯孝瞪圆了受惊的眼睛，先是下意识地想跑下去帮忙，随即又被地上的牌位和祖训吓得退了半步，求助似的看向唐石霞。

唐石霞朝罗纯孝示意她赶紧躲了，杀伐果断地说："这里有我呢，你回楼上去！"罗纯孝如蒙大赦，滋溜一下就逃回楼上去了。唐石霞一把推开卢筱嘉，给了他一个决绝冷峻的眼光，这眼光就把那个撒酒疯的瘪三讪讪地逼退，转身逃到暗影里面去了。

楼下王国维却也仿佛看到了自己的儿媳妇，按着楼梯扶手，托着眼镜，扭着倔强的脖子强站起身来就要赶上来，嘴里喊着："是囡囡娘吗？"

唐石霞连忙迎面挡住，这才看清王国维的眼镜不知怎么断了一条腿儿。她心生一计，朝王国维身后喊一声："别动王师傅的东西！我来收拾！"

王国维原本也没看得真切，又被唐石霞挡了去路——一听她吆喝，更是担心皮箱散落的东西，既担心给人添了麻烦，又怕折了自己的体面，更心疼东西……于是立刻转身俯身下来和唐石霞一起收拾起东西来。

唐石霞一边儿小心地收拾东西，一边儿赔着小心抚慰王国维，劝他别和一个烂醉鬼、臭丘八、下流坏子置气。谁料王国维虽然

---

① 《海宁安化王氏祖训》提纲挈领一条是：故我祖不容于不法，法之维何？事亲则法。

是有些局促，但却完全不在意似的笑笑，叹口气说："唐姑娘，这没什么。我自小是从兵荒马乱里挣扎出来的人，比不得你们高门大户的贵人们……现如今的世道，我们老百姓哪年不受几回兵灾匪祸的？遇到这种吃瘪的事儿，家常便饭而已。因此你看……我们穷人的东西都是皮实的……它摔不坏的。若是这样就生气了，中国老百姓早都死绝了。"

唐石霞无语了——果然看到东西没遭受大的损失，王国维就很满足了，而自己身心所受到的屈辱也就无所谓了。

那边儿金翠喜手忙脚乱地摸出苏合香丸给姐姐含在嘴里，接着指挥手下人员把金亚仙抬回后面救护休息，又连忙赶过来关心王国维和唐石霞。嘴里连珠炮地一边儿吩咐伙计过来搭把手儿，一边儿咒骂卢筱嘉混账王八蛋，同时还能用吴侬软语般的腔调问王国维有没有扭到腰，唐石霞有没有打疼了手。然后不由分说请二人临时到沙发区休息，吩咐伙计把自己女儿金小玉的房间收拾出来，好让王师傅休息。王国维原本推辞，金翠喜赶忙道歉说："您在我们店里遭受了这样的闲气……我真是罪该万死了，您就可怜可怜我，赏脸先住下，否则不用荣公爷问我话，我就只能一头碰死在这儿了……"

王国维莞尔摆手道："言重了，言重了……我随便什么地方忍一夜就行……您姑娘的闺房，怎么可以……"

"哎……不是的，我女儿不像我们娘儿们，她也是新派，在广州读大学的，屋子里雪洞似的干净，绝不会腌臜了您的。"

唐石霞今天也没地方安置王国维，并且很受用金翠喜的殷勤，便顺水推舟地谢了老板娘，算是替王国维接受老板娘的歉意和好意。她接过一个殷勤的领班送来压惊的人参汤，用汤匙吹了吹，就要亲手喂王国维喝。王国维受宠若惊，赶忙接过来，自己喝。金翠喜看王师傅喝了参汤，也没有生气的意思，便吩咐手下人伺候着，自己颠着小脚儿，亲自带人收拾房间去了。

大厅终于又安静下来，只剩下蹑手蹑脚地搬运东西和收拾波斯地毯上呕吐物的声音。王国维立刻趁机抓住唐石霞问松翁是否知道他来了，什么时候会来见他。唐石霞脸上堆着笑宽慰着王国维，嘴上应付着，却不敢落半句瓷实话儿。

两人还在嘴上打着太极，西餐厅里面传来一串婉转悠扬的俄罗斯民歌的女生小合唱。唐石霞立刻被这歌声救了，她立着耳朵朝王国维笑道："听，真好听啊……"

王国维放下喝完的景泰蓝参汤炖盅，略一沉吟，精神也舒缓下来，用食指轻轻跟着拍子敲着桌子，笑道："是啊，好像是斯拉夫人嫁娶时的民歌……"

唐石霞一听，眼睛一亮，不由分说拉起王师傅就往那边去。王国维只得扶着眼镜跟着走过去。只见西餐厅的中央被十数张桌子围起来充当成一个临时的作坊，一众白俄女人正在缝制婚礼需要的幔帐和新娘们的礼服和头饰——俄国婚礼礼服也是一种花团锦簇的堆绣，白底儿，红花，蓝丝线，像是纯洁、奔放和神圣的混合体。这些俄国大妈一边忙着手里的活计，一边儿哼唱着悠扬的民歌。唐石霞赞叹地捧起一副头饰，上面绣满繁复的金丝藤蔓和十字纹，本应是华贵珍珠的装饰，因为破落了，只用大量的玻璃珠和彩色赛璐珞代替……但好在手艺还在，因此仍是雍容华丽的气派。莎拉马特看到唐石霞喜欢，热情地过来，帮她戴在头上。两人照照镜子，对着镜子玩得不亦乐乎。

王国维迎面就闻到一股子强烈刺鼻的樟脑味，他立刻明白了这些白俄女人身上穿的、手上缝的都是她们最后压箱底的宝贝存货，兴许是在高加索或乌克兰的什么地方藏了多少年，又经历了漫长的西伯利亚铁路，经历了赤塔的战火和库页岛的流亡才辗转来到这里的——或许这将是她们的传统在流亡路上最后的绽放。老人于是找把椅子坐下，陶醉于眼前生动且淳朴的白俄妇女们，迷醉于眼前飞针走线下的异域服装风情，感染于唐石霞和莎拉马特少女共同的喜悦和娇憨……他看到桌上刚好有写菜单的便签和铅笔，心中一动，一手扶着眼镜，一手抓着铅笔头儿，顺着悠扬的旋律将歌词一段段翻译了下来——

鳗鲡之水清兮　鳗鲡之水浊

漾漾涟漪兮　今夕何夕

良人于郭兮　顾盼以求

良人于户兮　顾睐以求

舞之于郭兮　纳之于门 赠之以乌骓

良人曰：不求乌骓 愿得佳人

鳗鲡之水清兮　鳗鲡之水浊

漾漾涟漪兮　今夕何夕

良人于郭兮　顾盼以求

良人于户兮　顾睐以求

舞之于郭兮　纳之于门 赠之以琳琅

良人曰：不求琳琅 愿得佳人

鳗鲡之水清兮　鳗鲡之水浊

漾漾涟漪兮　今夕何夕

良人于郭兮　顾盼以求

良人于户兮　顾睐以求

舞之于郭兮　纳之于门 赠之以佳期

良人曰：愿得佳期 与子同归

鳗鲡之水清兮　鳗鲡之水浊

漾漾涟漪兮　今夕何夕

良人于郭兮　顾盼以求

良人于户兮　顾睐以求……①

---

①《水上的藤蔓》：俄罗斯婚礼民歌。

唐石霞一眼瞥见王国维，头戴着斯拉夫人的婚纱头冠过来，王国维写一页，她便读给莎拉马特听，莎拉马特听得陶醉，却老实地摇头说："听不懂……"

唐石霞笑得花枝招展，得意地说："王师傅翻译的你们的民歌，听到就是你的福气啦……想听懂中国话，那还得下大功夫呢。"

莎拉马特哼了一声，好像不满王国维一下子就把她们的民歌抢走了，不过她却不恼怒，反而不再理会研读歌词的唐石霞，却殷勤地跟王国维要过瘸了腿儿的眼镜，双手灵巧的蝴蝶一样在缝纫工具和彩线里翻飞一番，就用丝线给断掉的眼镜腿的位置补了一个络子，络子一边儿系在眼镜框上，另一边接了一个松紧的橡皮筋。她递过来帮王国维亲手戴上，王国维试了试，非常合适，不禁大为赞叹莎拉马特的手巧。眼镜能用了，王国维也有了兴致，干脆陪着唐石霞一个个欣赏俄国大妈的绣工，她们在赶制五个新娘和二十几位伴娘的传统礼服，五个新娘的头饰和婚纱要各个不同——这如此绝望的炫耀，不能丢了这些白俄最后的面子。

王国维拿起一顶刚绣完的 Kokoshnik 头饰①叹息道："这种头饰源自布里亚特人的服饰，更遥远大约是丁零人的传统……正如他们的民歌……也暗合我们诗经古文天然无邪的风格……"

---

① 俄罗斯和乌克兰妇女传统的球状冠冕。

唐石霞笑道："布里亚特人？那不是林中居民的后代？"

王国维点头道："正是……天下百川渊数，其实很难说得清楚。"

唐石霞又戴上一副头饰眼睛闪着喜悦的光笑道："王师傅您看这个风格是不是和咱们女孩子的'旗头'也有些像？这个好像是钿子头呢……"

王国维莞尔点头："确实有三分像……反正头饰翘而翼然，能够将你们女孩子喜欢炫耀的珍珠宝贝都绣在上面，目的原是一样的——都是孔雀开屏般的炫耀嘛。就好像他们古代罗斯男人，也和咱们大清一样有剃发的习惯，只不过咱们是剃前面，后面拖一根长辫子。罗斯人则是剃掉中央，留两根短辫子，最初也都是为了顶盔掼甲的便宜。"王国维一边说，一边在自己留辫子的光头上比画着，但他的样子，怎么也和顶盔掼甲的武士联系不起来。

唐石霞频频点头，赞叹道："什么东西到了王师傅这里，就都成了学问了。"

王国维自嘲地一笑，说："这都是些没用的学问。我听说上个月，另一个留辫子的辜鸿铭先生去见了张作霖，张作霖当头就问他——听说你名气不小，都能做些什么？那辜汤生倒也爽快……转身拂袖而去……哈哈，想来我等这些老顽固，都是无用之学，如今已无立足之境啰。"

唐石霞哼一声，冷笑道："他们懂什么？就知道钱袋子不如印把子，印把子不如枪杆子，却不知，枪杆子到底不如笔杆子的道理。"

王国维释怀一笑，点头道："话虽如此，但是笔杆子也是大有不同的。像我和松翁这样的学问……大抵现在是没有用的了。"他略一沉吟，忧心忡忡地说，"不过，俄国和日本倒是很重视这样的学问呢。我跟你说同样我手里这块花布头巾……到了普尔热瓦尔斯基[①]笔下，就是中央亚细亚和古罗斯人的风俗。到了日本人大谷光瑞[②]嘴里，又会变成泛阿尔泰人萨满-神道教习俗的遗存——说到底，满蒙藏回最后会不会是在枪杆子底下丢出去我不知道，我看从笔杆子底下就已经先丢出去了……"

唐石霞皱皱眉头，点头道："我明白了，当年我大伯死在伊犁将军任上，他生前哀叹外国人总是嘴巴大，我们嘴巴小……打又打不过他们，讲理也讲不过他们……他就这么憋屈死了。现在我们国家还是这样只知道钱袋子和枪杆子，慢慢可不就成了别人的傀儡了……"

王国维点头苦笑，将头饰还给白俄大妈继续堆绣。看着这些白俄移民清唱着优美的旧歌，缝绣着古老的头饰，不像是婚礼的

---

① 普尔热瓦尔斯基（1839—1888）：俄国探险家，著有《蒙古，党项人的国家，以及北西藏的荒漠之地》。
② 大谷光瑞（1876—1948）：日本僧人、探险家、考古学家、人类学家，但同时也是大东亚主义理论的缔造者之一，也因此长期担任日本战时内阁。是一个以才智和文物贩卖资助侵略战争的人物。他是罗振玉和王国维的故交。

筹备，倒像是给一个死去的旧时代缝制下葬的寿衣。他被樟脑味刺激的脑海里忽然闪现，童年他父亲给他讲述祖先王禀将军，靖康之难时在太原苦杀四门，浑身被十余创，策马杀出重围，在敌人的注视下，身背宋太宗灵位，毅然投入黄河的壮举。他习惯性地扶了扶眼镜——没摸到眼镜腿儿。老人颓然坐下，脑子里却是一首南明抗清烈士夏完淳的诗句："一身存汉腊，满目尽胡沙。"

于是王国维看向近在眼前的青年唐石霞，那姑娘正在灯下端详一副头饰，和莎拉马特一起"咯咯咯"地笑着……王国维一下子神色舒缓了，陷入一阵困倦，就连金翠喜叫他上楼休息都没听见。他的梦——那一方不知哪朝哪代的牌位，随着俄罗斯的民歌，随着蜿蜒的大河，漂流远去了。忽然胸口一阵发甜，偷偷地在手帕里咳出一口鲜血来……

唐石霞和金翠喜扶着打盹儿的王国维回房宽衣睡下，还特意帮他起泡的嘴上涂了药膏，最后伺候老人漱口完毕，两人这才松了口气，关灯退出，彼此道了乏，各自回各自房间。

唐石霞的套间里此时却暖暖融融地热闹，切切嘈嘈地拥挤——桌椅上全是西洋细点、酒水饮料……衣架上全是堆绣，大小箱子全都打开着散了满地——美国杂志、法国香水、意大利披肩、比利时糖果、英国帽子……随意扔在宽大的席梦思床上、波斯地毯上、靠垫儿上……口红印的酒杯、骨瓷茶杯东一盘、西一盘地歪在茶几上、软凳上、美人靠上……娇声细语的调笑也是东一堆，西一堆的，这边溥仪的大妹韫龢正兴致勃勃地帮着金碧辉试穿蒙古王妃格式的礼服，金碧辉浑身僵硬得像个东方布娃娃——嘴里也抱怨着"硌得慌"……岁数不大却显得很老成的韫龢却不住地劝她"再忍忍吧、再收收大马金刀的做派、再柔软些、再尊贵些……"

床前的小茶几前，金宪东拿着新款相机正在教二妹韫颖摄影——介绍着延时自拍的功能。可女孩子有些手笨，金宪东就颇有些不耐烦了，掏出一个打火机咔嚓、咔嚓几下子点燃，点上烟卷，韫颖看着打火机也稀罕，也要过来玩。随手就把相机"吧嗒"摞地上了——心疼得金宪东赶忙收拾起来，细细地检查镜头、漆皮儿……

人最多的一堆儿围坐在一块波斯地毯上，居中的庄士敦师傅嘬着威士忌，满脸微笑地听着身边绣墩上的罗纯孝在给大美妞王敏彤、小不点儿格格韫欢和蒙古小王爷甘珠尔扎布读着一本杂志。那小王爷没再穿蒙古王爷的右衽长袍，却是一身簇新但没有标记的日式军服，愈发显得英俊利索。唐石霞嗔着瞪了罗纯孝一眼，过去就要拉起小不点格格韫欢："你们疯就罢了！还拉着小妹妹……看看这都几点了。"

谁知韫欢扭股儿糖一样抱住罗纯孝的大腿，嚷嚷着："NO！我要听罗姐姐讲故事！"

唐石霞假装生气道："哈！不听话要罚跪的哦……"

韫欢扭头做个不屑的表情，大声回嘴道："我们老师说了，要爱的教育，不许体罚……Corporal punishment is wrong ！ ①"

除了没明白的小王爷，一众格格闻言全都"咯咯咯"地笑了起来。大家一起看向庄士敦，韫龢点头道："庄师傅……您看，这就是您推荐的小学教导出来的反叛！我看长大了，您要负责给她找个洋女婿了。"

庄师傅抿嘴微笑，颔首道："没问题，韫欢，你喜欢什么样的小伙子？要不要也嫁给一个王子？"

"不要！我喜欢牛仔！还喜欢印第安人！"

众人又是大笑，庄士敦摇头苦笑，听到印第安人，他有意无意地看了一眼小王爷，然后立刻收敛回来，笑着对唐石霞说："看来我也帮不上忙了，怎么现在英国学校学的也都是美国玩意儿……"

唐石霞被吵得脑袋疼，拿起一个有口红印的空水晶杯，也不论是谁的，从庄士敦手里接过威士忌瓶子，也给自己倒了一杯，喝了一大口，在自己被强占的床上扒拉开一个地方坐下来喘息。

于是，小王爷和格格们又各自忙碌起来——韫龢接着帮蒙古新娘金碧辉试装，韫颖接着找金宪东要新鲜东西玩，罗纯孝也喝

---

① 意为"体罚是错误的教育"。

了口伯爵茶，接着朗读起来：

　　……世界上有些人读破万卷书，有些人游遍万里地，乃至达尔文之创进化说，恩斯坦之创相对原理；但也有些人伏处穷乡僻壤，一生只关在家里，亲族邻里之外，不曾见过人，自己方言之外，不曾听过话——天球，地球，固然与他们无干，英国，德国，皇帝，总统，金镜，银洋，也与他们丝毫无涉！他们之所以异于磨坊的驴子者，真是"几希"！也只是蒙着眼，整天儿在屋里绕弯儿，日行千里，足不出户而已……

　　唐石霞叫了一声"停"，站起身来，伸手管罗纯孝要过杂志，看了一眼作者名字："哈……我就知道，啊……朱自清！这事儿要是让荣公和胡师傅他们知道了……看看不揭了你们的皮去？！"

　　"那妹妹你怎么一听就知道是……朱自清的？"罗纯孝抿着嘴儿，挑战似的反问她。

　　唐石霞"哼"一声："我自然知道，我还知道他的《毁灭》是静园和北府都禁止大家读的……"

　　"哎呀……那是几年前的老皇历啦，现如今我们北府里谁还管这个？也就你们静园那几个老顽固没事儿撑的……"韫龢岁数大一点儿，最有主见，站起来抢过文章，看一眼笑道，"我觉得这文章写得很好，我都敢读给我阿玛听——你看这一段——

旅行也是刷新自己的一帖清凉剂。我曾做过一个设计：四川有三峡的幽峭，有栈道的蜿蜒，有峨眉的雄伟，我是最向慕的！广东我也想去得长久了。乘了香港的上山电车，可以"上天"；而广州的市政、长堤，珠江的繁华，也使我心痒痒的！由此而北，蒙古的风沙、牛羊、天幕，又在招邀着我！至于红墙黄土的北平，六朝烟水气的南京，先施公司的上海，我总算领略过了。这样游了中国以后，便跨出国门：到日本看她的樱花，看她的富士；到俄国看列宁的墓，看第三国际的开会；到德国访康德的故居，听《月光曲》的演奏；到美国瞻仰巍巍的自由神和世界第一的大望远镜。再到南美洲去看看那莽莽的大平原，到南非洲去看看那茫茫的大沙漠，到南洋群岛去看看那郁郁的大森林——于是浩然归国；若有机缘，再到北极去探一回险，看看冰天雪海，到底如何，那更妙了！

——你们听听，文字也好，道理也通，说的都是我们的心里话呢。川岛姐姐，你说呢？"

金碧辉放下手里的牛角假发髻，冷笑道："朱自清吗？我不喜欢这个人……文字还好，就是很装，管不住自己的腿，偏偏去秦淮河逛花船，却又要骂人家是妓女，是性剥削……这不是伪君子假道学吗？什么左翼，什么同情大众……还不是一肚子花花肠子。我觉得郁达夫反倒还真诚一些。"

唐石霞挑大拇指赞叹说："我同意金妹妹的主张——是真名士

自风流，一面要写女人，一面又假装君子，一面又躲在一边呀摸人家，最后还是不肯承认这点子龌龊……我也看不上这样的男人。"

金宪东哈哈大笑说："你们两个女孩子才真好笑……难道鼓励我们男人都去游花船、喝花酒就对了？"

金碧辉给她兄弟一个老大的不屑，翻眼睛道："当年鉴湖女侠流寓东京，和蔡元培、黄兴那班反贼，在秦楼楚馆慷慨作歌、仗剑起舞……那才是我的偶像。"

金宪东拍一下大腿，笑道："哈哈，好耶好耶，这些反贼全成了偶像了，你再说……我看咱们列祖列宗棺材板全都按不住了！"

"哼！如今我们岂不是反贼吗？"金碧辉冷笑一声，转头过去，对着镜子想把牛角假发髻安装好。

一群半大的格格哑了，似懂非懂，全都看神仙打架似的……谁想那蒙古小王爷却起身不住点头赞叹道："哎呀，早知道天津这么好，我早就来了。奉天、彰武、库伦全都闭塞得很，根本不会有这样的书……也不会有这样有趣的人，说这样好听的话。"

唐石霞笑笑，把杂志递给一脸热切的小王爷，笑道："王爷您可说笑了……您不也是前年刚从日本学了军事回来的吗？"

"日本不行！没意思！"小王爷摇头道，"军校更是无聊，每天除了刷马就是刷马，除了走队列就是走队列……何况我身边同学连一个日本人都没有，不是蒙古人就是满洲人……我去了一年，日本话都没学会几句……成天关在兵营里……刷马！老子草原上难道没有马给我刷吗！"

一群女孩儿被他逗得咯咯咯地笑，只有金宪东点头说："对，确实如此，日本军校确实没什么意思……所以我才……"结果这话换来他姐姐又一记凌厉的白眼，他尬笑闭嘴，把后面的话生生噎了回去。

小王爷却似乎得到了鼓励，指着杂志上的话说："你们看，我觉得我就是朱自清说的磨坊里的驴子……虽然去了一次日本，也并没有什么见识……"

罗纯孝也笑道："可不是吗……我说王爷千岁，你往后面看，朱自清先生说了，这游历也是要有导游的——你看这段，有了向导，才能带你穿越时空的边界……'假定地球的历史为二十四点钟，而人类有历史的时期仅为十分钟；人类有历史已五千年了，一千年只等于二分钟而已！一百年只等于十二秒而已！十年只等于一又十分之二秒而已！这还是就区区的地球而论呢。若和全宇宙的历史相较量，那简直是不配！又怎样办呢？但毫不要紧！心尽可以旅行到未曾凝结的星云里，到大爬虫的中生代，到类人猿的脑筋里；心究竟是有些自由的……'朱自清在后面说了……要懂这些道理，需得读这些书：《最近物理学概观》《科学大纲》《古生物学》《人的研究》……"

韫欢小大人似的频频点头，用稚嫩的嗓子喊："好的罗姐姐！我要看这些书！我明天早上起来就看这些书！我去看星云，去看中生代的大爬虫！"

小王爷一脸神往，兴奋地用孔武的手臂抱起小格格飞转了一圈放下又转一圈，笑道："对！我也要看这些……原来我之前都白活了！天下原来还有那么些新鲜事儿！书本子原来也不都是枯燥无趣的，也有那么多有趣的书！"

唐石霞和金碧辉相对看了一眼，不禁愕然。庄士敦则哈哈大笑，点头赞许。他起身拍了拍小王爷健壮的肩膀，诚恳地邀请道："甘珠尔扎布阁下，你说得对，你还很年轻，应该到世界各处看看，我看你很应该和你的新娘一起来一次结婚旅行，环游一下世界。旅行增长的见识，对你，和对你的人民，百分之百都有好处。"

小王爷猛然醒悟般瞪圆了帅气的丹凤眼，握着庄士敦的手感谢道："您说得对！结婚旅行！我怎么没想到呢？"他转头兴奋地向金碧辉喊："よしこ（芳子）！我们去结婚旅行吧！"然后又摇晃着庄士敦的手恳切地说，"Sir，请您来当我们的向导！"

庄士敦眼角闪过一丝狡黠，微笑地朝小王爷点头，又意味深长地朝金碧辉和唐石霞笑笑："我的荣幸，也很期待，我想那一定会是非常精彩的旅行。"然后他看看腕表，拍一拍手，招呼各位格格，"我的公主们！太晚了，我们得走了……"

于是，在一阵齐声的抱怨叹息声中，韫龢和韫颖一起拉着韫欢，罗纯孝和王敏彤也收拾了格格们的手提袋子，像一群女童军跟着教官一样，跟在庄士敦身后，回他临时借住的公馆去了。

金宪东也打了个哈欠告辞。他把照相机揩拭一下，安稳地在沙发上放好，然后起身用胳膊搭着他姐夫的肩膀，两人一人一根烟叼上，二流子一样嬉笑着告辞——嘴上说是一起回到利顺德大饭店去了，估计路上就会拐弯到某个牌局或是别的什么沙龙里去了。

屋子里只剩下唐石霞和金碧辉，唐石霞挥手叫准备来收拾残局的黑影子们都退下去。惆怅地喝了一口威士忌，又看了看朱自清的文章，她高声念了题目：《海阔天空与古今中外》，哈哈哈……我说妹妹，我这妹夫……"

金碧辉知道唐石霞的意思，摇头"哼"一声，气恼地将假发髻丢在梳妆台上。

唐石霞也读起文章来："我总之羡慕齐天大圣；他虽也跳不出佛爷的掌心，但到底能翻十万八千里的筋斗，又有七十二变化的！——妹妹，我这妹夫，似乎不是有金箍棒的孙行者，倒好像是带刀侍卫贾宝玉啊？"

金碧辉瞪了一眼闺蜜，很不快地走过来抢过酒杯一饮而尽，昂然道："我才不管他是孙行者还是贾宝玉，我要的妆奁就是一副蒙古王妃的头面招牌，我才不用他带刀，我自己有刀！"

唐石霞被吓了一跳，不知怎么回话。金碧辉垂下眼睛审视了一下这个姐姐，换回亲热的笑脸说："好了好了……今天够累了，咱们也睡觉吧……"

唐石霞连忙点头，她把金碧辉送出门，把耳朵贴在门上，听这个妹妹走在走廊上，传来轻吟的诗歌——正是朱自清《毁灭》中的一段：

我宁愿回到我的故乡

我宁愿回到我的故乡

回去！回去！

归来的我挣扎！挣扎！

拨开烟尘而见我自己的国土

什么影像都泯灭了

什么光芒都收敛了

……

唐石霞听得心里难受，又有些害怕……她就伏在门上叩着门等着。良久，外头一阵吵闹……一个黑影现身出来，轻叩了半下儿门，轻声回话说："唐姑娘……外头张学良求见……看样子，是刚从前线败下来的……"

唐石霞收敛了嘴角流出得意的笑意，作势厉声骂道："什么混账东西！叫他滚！"

"唐姑娘……他……少帅好像大烟瘾犯了……"

唐石霞转头，眼光一闪，凌厉地落在沙发里的照相机上……

第三节：窥帘留枕

宣统十九年，民国十六年，公元 1927 年，5 月 3 日，宜纳采求婚，上午辰、巳时分。

六国饭店二层，金老板自己的套间客厅。客厅沙龙中央垂着一座华丽不亚于饭店大堂的水晶灯，小了一倍，却更加精致，也多了些颜色。五颜六色的还有周匝窗棂子里镶嵌的玻璃，都是七彩的，让透进来的轻光，全都会说话似的暧昧和古灵精怪起来。家具中西兼有，西式的给人用——舒服；中式的摆放古玩——体面。中堂是袁寒云的两个大字"雅集"，左边题是"癸丑春右军兰亭"，右边是"壬戌秋东坡赤壁"。墙龛里供着一个白玉观音，点着长明灯，香火不断。但佛像四周全被各种请回来的符咒、香囊、法器堆满了——有无生老母的、有天后娘娘的、有痘疹娘娘和眼光娘娘的、也有碧霞元君的……乃至城隍奶奶不一而足，甚至还有个半新不旧的兔爷在里面凑趣——早被香火熏黑了半个脸。

莎拉马特一身干净簇新的连衣裙，手绢扎了长卷发，抱着一捧新摘的蔷薇，带着清晨的露水和初夏的清香，撩开一层层细珠门帘往套间最里边走去。套间最里边的洞房门虚掩着，屋子的灯和她昨晚离开的时候一样，长夜未关。虚浮的半空中，一个垂老的海宁乡音在缓慢吟哦——

> 今年花事垂垂过，明岁花开应更鲜。
>
> 看花终古少年多，只恐少年非属我。
>
> 劝君莫厌尊罍大，醉倒且拼花底卧。
>
> 君看今日树头花，不是去年枝上朵。[①]

　　王国维又陷入了漫长折磨的梦魇了。他眼睛是张开的，死勾勾地盯住屋顶那一盏白瓷莲花的顶灯，仿佛是照路的灯，让他一步步向天上赶去——"这是医院病房惨白的样式吧？好一个雪洞似的病房哩，甚好……甚好……那我躺在这里，指定是我病得很了……这样甚好，是我病了。那么潜明一会儿就会带着囡囡们来看我了吧。是时候把王家的族谱传给他了，我也真的累了，是时候把家让潜明担当起来了。这孩子是新派，能带着他的弟弟们、孩子们，过上好日子……哎呀……他要是来了，囡囡的娘可别和她婆婆再起口角……哎……要是莫氏在，必不至于有这样的事情。想来看在我躺在这里的份儿上，不会闹起来的。莫氏可

---

① 王国维《玉楼春》。

怜……要是到了下面，她向我问潜明兄弟可好，我可该如何回答她呢……我就说：别看我了，看看囡囡们吧……囡囡啊……我怎么没嘱咐人去街角买些桂花糖回来呢……一会子闹将起来，可拿什么哄她们？潜明我儿……我大限将至，没什么指望了，你们还有指望，你要好好领着兄弟们生活。"

　　门吱呀一声开了，花朵一样的莎拉马特抱着一桶鲜花进来，硬生生将王国维从垂死的梦魇中解救了出来。他梦中的白色病房一点点融化成现实的客房，头顶莲花白的吊灯也有了些真实的反光，四面落地大白的墙上，也并没有挂着圣伊丽莎白医院的十字架，而是一个女人的照片，落地的柜子上也并不是药剂，而是洒落灰尘的书籍和报刊。他点头同意莎拉马特拉开厚实的窗帘，让阳光射进来——哎，原来躺在床上死去的是长子王潜明，是囡囡们，是发妻莫氏……而自己才是苟活的孤鬼。他长叹一声，怀念地又看一眼莲花灯，但毕竟醒了，便摸索着戴上眼镜。他这才看清，也才想起，自己是睡在了六国饭店老板女儿的房间了。他立刻下意识地找到墙边自己的若干行李，然后放下心来。用厚实的眼镜片又看了一眼墙上的照片和书柜里的书，照片不是房间主人，而是大名鼎鼎的奇女子——曾写"秦关百二竟无人"的吕碧城[1]；书籍报刊很杂，有张恨水的鸳鸯蝴蝶系列，也有林纾的《巾帼阳

---

[1] 吕碧城（1883—1943）：女诗人、女作家、中国女子教育先驱。是当时北洋女子学堂的创立者，因此算是本书中众多女士的校长，也是榜样。

秋》，更多的则是《新月》《雨丝》，乃至《新青年》……

莎拉马特将鲜花插进玻璃花瓶，按王国维吩咐帮他漱了口，揩净了脸，又扶着老爷子去了厕所，趁机就麻利地把床铺好了。她等王国维有了几分精神地从厕所出来，笑着请他到客厅——大娘和姑姑等着他一起吃早饭呢。

"咱天津卫没什么出息的，样样都比不得上海、京城，却只有这个早点，那是当仁不让，妥妥的第一。王师傅您来咱们六国饭店，我们孝敬您西餐不敢吹是最好的，中餐更不敢吹出色，只有这个早点……必须是南波湾（number one）……可偏还不是我们自己家的……是我一早儿打发亮亮从万国桥对面华界买回来的……您看，都是热乎的、脆生的，有了这个才敢搅了您的清梦，您老赏脸都尝尝，保证您从此爱上这口儿……"金翠喜一边儿手上张罗得不亦乐乎，给王国维面前摆上面茶、炸果子、炸糕、牛肉火烧、切糕……一边儿嘴上连珠炮似的抖包袱。王国维微笑着不住颔首，有些犹豫该从哪里下手，因此只是接过一大碗豆浆，喝了一大口，顿时豆香充盈了通体，感觉食指大动，胃口大开。不由夹起一根油条赞叹道："劳二位费心了，还真是对了口了……要说咱们中国人，还是这自家食物养人。"

"可不是嘛！一方水土养一方人……咱们中国的胃，也就克化得动咱们中国的粮食。您别看我们开的是洋饭店，也常常学着鬼子们茹毛饮血的，可最后，还是稀粥面条儿养人不是？别的不说，其实一生病，您就看出来了。我那闺女按说从小吃惯了黄油面包的，可一旦生了病，还不是总念叨……妈妈，我要喝小米儿粥、吃八宝菜……"

王国维并不想聊什么儿女的话题，便礼貌地点点头，低头吃饭。一边儿的金亚仙看金翠喜和王国维搭不上话，只是赔着笑笑，自顾自地看手里那一本烫金的日历。她翻了几页，等他们有了气口儿，故作赞叹地说："哎哟哟，你们别说，这老毛子别的都粗得很，这日历倒是做得很是精致，你看看，都是烫金的，还印了这些个人物……王师傅，您见多识广的……帮我看看他们都印了啥？"

王国维闻言赶忙放下油条，掏出自己的手绢擦干净手，这才双手接过日历，换上眼镜，略一看就明白了，送了回去，笑道："这就是俄国人东正教的日历——是儒略历，也就是当年罗马帝国用的历法——现在怕是不准了吧？不过俄国人故意用这个历法，就是彪炳他们是罗马国的正统、继承了罗马国正朔的意思。说起来这东西和咱们的皇历是一样的。只不过他们把重要的日子都安排上各个圣人的名字……你看到的烫画儿鎏金的人像，都是他们东正教里的圣人……哦……圣人，大多是殉了教的前辈。就好比咱们每天翻的皇历上面，印上关公、杨六郎、岳爷爷……差不多的意思吧。也是不忘先辈的用意。"

"王师傅您懂得真多……这东西真是不错。翠喜，我看我们六国饭店很应该出钱也印一批……"

金翠喜讶异道："嗨……我还是钱多得烧手呢？印这个劳什子洋皇历？这里面洋鬼子我一个也不认得……"

金亚仙白她一眼嗔叹道："你这鼠目寸光的货！谁让你印老毛子的皇历，皇历自然是印咱们的神仙……你想想，你如果请张天然大师也学着把教会的历代仙师像印在上面……他们教友众多，随着这皇历的传播，这一发散出去，不但便于他们传教，也便于咱们扬名啊。这不是一举两得？"

金翠喜闻言一拍大腿，点头道："还是姐姐聪明……我正找不着由头儿还张道首的人情呢……这还真是一举两得的美事。"

王国维微微皱了皱眉头，点头微笑。见金亚仙看自己，只得笑道："这确实是广告的好办法……你看这洋皇历里面的圣人，其实也是选择过的，这些圣人不是教士，就是军人……而在俄罗斯，军人和教士，无不是出身贵族的，因此，俄罗斯这个传统，也算是一种爱国主义的教育。其实这也不是俄罗斯国的发明，弄这种宣传的最早是普鲁士人，当时普鲁士刚刚统一，因此普鲁士宰相也就将普鲁士民族的英雄全都印在皇历上，到处分发……老百姓每天耳濡目染，渐渐就被这些英雄故事统一在一起了，这才觉得自己是德国人，也就才有了德国。"

金翠喜左耳头进，右耳朵出。她堆着笑看着老学究撮着短髭，捻着兰花指将一整个炸糕消灭干净，一边殷勤地递上餐巾请他揩净油手，一边奉承地跟着说："王师傅是有大学问的人，回头还请您给这日历校验校验，题个名字……那可就有了价值了。"

王国维谦虚地一笑，又呷了一口豆浆，然后放下，端起茶碗随口笑道："你这里进出的个个都是名家——随便写个'旦逢良辰 顺颂时宜'的套话也就可以了……"

金亚仙听着有空，便给姐妹一个眼色，就听金翠喜赔笑道："王师傅，我们妇道人家不懂事儿，有个事情还真的想跟您讨教讨教。"

王国维听着似乎有正事儿，吃人家嘴短，便放下茶碗，做出倾听的样子。金翠喜赶忙说道："王师傅，您是大学问家，也是大教育家，我呢，有个女儿，正在读大学。我们家虽然比不得别人高门大户的，但对这孩子一直也是娇生惯养的，有些任性——这孩子本来一直在工部局学校上学，前年闹着和几个同学一起跑去了上海……我原想上海也蛮好，可谁知今年上海乱极了，不但闹瘟疫，还闹暴动……说是死了好些个人。我呢，已经不知道劝了多少回让她回来——就是不听，现如今信都不回了，还干脆跑去了广州。这可把我们都吓死了，眼下大家不都说那广州都……都是赤化分子吗？那可是南方革命军的大本营啊。"

王国维眉头一皱，这个婆娘碎碎叨叨和添油加醋的操心让过去几个月上海碎片化的记忆又在老人心头碾过一遍：满街的红十字和白布口罩下冷邦邦的面孔、街角一溜排满担架上的瘟疫遗体、挣扎哭喊的噍类、零落的枪声、横暴的街头流氓、水沟中忽然变成血红的污流……但老人没有发作，同样身为父母，他能同情这个婆娘的忧心忡忡。因此王国维只是点着头，表示听懂了。

金亚仙插话道："王师傅，我妹妹的意思是……南方，特别是广州，怕不是女孩儿家应该去的，以后别人说你赤化了，可还怎么做人？"

王国维点头看一眼金亚仙，觉得这女人很有见识，喟叹曰："乱世如我等为人父母者，最是不幸。自川楚、长毛两次教乱以来，华夏板荡，两广荼毒尤甚……环顾中华，哪里还能放得下一张安静的书桌呢？这时候求学已经是笑话了，何况女孩子？召她回家来就算了。"

"哎……原本就是让她认几个字、能比我们多些见识就行，若能修身养性就阿弥陀佛了……谁知道现在学堂可'好'了，哪里是什么修身？上来就要给你换脑袋！哎哟哟……换了脑袋，真是六亲都不认了。我哪里还是她的娘亲？若叫她回家，简直就成了仇人了。"

王国维嗯一声，宽慰道："都一样，我家那几个不成器的东西也都是这样，前些年也上街来着……现如今，革命、造反竟然都成了好词儿了，是如今他们的'摩登'。依我说，既然令爱是工部局学校的底子，想来也是笃定了不肯回天津的，那不如干脆多花几个钱，送出洋留学反而省心些——等到她真学通了西学，真有了见识，才能知道那些皮毛都是害人的东西。"

金亚仙不住点头笑道："谁说不是呢……我们娘们儿也是这么合计的。因此才特意安排了几个日本回来的学生给她认识……嘻！谁知道，就是这几个日本回来的学生把她裹挟到南方去了……您说说……我们真是悔之晚矣。哎……一个个看起来都是斯斯文文的，怎么都喜欢革命呢？"

王国维皱眉"噢"一声，点头道："大正以来，东洋人心激荡，学风不正，确实多了许多急功近利的东西。"

金亚仙笑吟吟地和金翠喜对望一眼点头对王国维说："王师傅所言极是，我们也觉得怎么现如今东洋回来的都跟乌眼鸡似的，反而西洋、美国回来的，倒是还体面务实些呢。因此……我们倒想问问您，清华学堂庚子留学生的机会……"

王国维也已经听出来七七八八了，不由得摇头道："我虽在清华，却在国学院。庚子留学基金的事情并不很清楚。不过据我所知——近来，各界要求清华招收女生的呼声甚高，但曹校长[①]还未下定决心呢；而留美基金确有女生名额，不过很少。而且似乎是隔年才有一次，每次不过几个人……嗯，癸亥年有一批5人……上次是乙丑年，也是5个女孩子。那么算来今年也应该有

---

① 曹云祥（1881—1937）：清华学校第五任校长，任期卓有贡献，被誉为"清华之父"。

一批，大约也是 5 人。早年也有过 10 人一批的，但今年什么情况，抑或如何申请，鄙人就都不清楚了，不过我可以回去问问吴玉衡[①]，他大概是在委员会里面的。"

两位金夫人闻言心已经凉了一半儿，怅然对望一眼。金翠喜吞了吞口水，叹口气自嘲道："哎……烦劳您问问也好……嗨……原想庚子年的赔款基金和这孩子倒原来有些渊源呢……"她刚要继续扯淡，却被金亚仙眼神制止了，不尴不尬地用团扇挡了嘴，也把陈年的八卦噎了回去。

这时，赵亮举着一卷报纸"噔噔噔"地跑了进来，咋咋呼呼地说："大娘！姑姑！开封丢了！张发奎[②]过黄河了！"

三个未老的老人闻言大惊失色，面面相觑，怅然若失。

一身男装的金碧辉穿过走廊，她笑吟吟地举着一张同样的报纸，推开厚重的绒布大门。她皱了皱眉，挥手驱赶着迎面而来满屋子的大烟膏子味道。她心中一怔，环顾一圈，还是在昨夜梳妆台上找到自己待嫁的头面装饰，抓起来凑到鼻子前面略一闻，厌恶地撂了回去。她恼怒地冷哼一声，赶到窗前扯开厚实的绒布窗帘，再打开窗户，让春夏之交可爱的阳光和空气闯了进来。

---

① 吴宓（1894—1987）：清华大学国学院创建人，是王国维和陈寅恪的毕生好友。
② 张发奎（1896—1980）：国民党主要将领，时任北伐军第十一军军长，为第二方面军上将总指挥。

清爽新鲜的空气一扫陈腐淫靡的气息，阴影里的罗汉床上传来一声叹气，一床苏绣的夏被丝滑地蹬落在地上，露出一如昨晚装束的唐石霞——这美人慵懒地掩面抵挡着晨光，却贪婪地吸着新鲜空气。她眯着眼看清来人是金碧辉，便又叹口气，翻身回去不理她，伸手去抓夏被，却找不到了——只好烦躁地卷起身形，像婴儿在子宫里的形状。

"呵……姑娘可真是出息了，这真是'焚膏油以继晷'了！"金碧辉背着光，抽出一把椅子大马金刀地冲着唐石霞坐下，用报纸卷成一根棍子，在手掌上敲打着。

唐石霞默然不语，俄而自嘲解围道："焚膏继晷……祭什么鬼？"

"什么鬼？大烟鬼！大色鬼！"金碧辉恶狠狠地说。

唐石霞没想到金碧辉动了真气，不敢再油嘴滑舌，也不敢再装睡，起身赔笑道："妹妹别生气，我可没抽，这不是招待客人吗！"

金碧辉冷笑，将报纸摔到罗汉床上，怒道："可真是贵客登门蓬荜生辉了！败军之将！看着满屋子晦气！"

唐石霞叹口气，扫一眼报纸上的内容——《奉军北退，"仁德将军"张学良约法三章》，唐石霞自然已经从败军之将那里得到第一手消息，并不意外，只是点头而已。

金碧辉幸灾乐祸地调侃道："真是可喜可贺！你的副总司令，

被白崇禧①和张发奎尊为'仁德将军'了！他还有脸来抽大烟？要是我，早就一刀抹脖子了。"

唐石霞白了金碧辉一眼，看报纸上的内容，朗声读道：

第一件事：我们剩下很多粮食。行军打仗，我深知粮草的重要性，决不能留给敌军的。但现在国家危难，民不聊生，这些粮食我不忍白白烧掉。烦请贵官把这些粮食拿去赈济百姓，以赎你我内战之罪恶。第二件事：黄河铁桥我应该炸掉的，我知道如果不炸你们会追击上来。但是我没炸，因为桥梁那是国家财产，你我不应随意毁坏。希望贵军也能好好保护。第三件事：我军有些伤患官兵，都是我的生死兄弟，但他们伤势太重，不便移动，恳请贵官本着人道主义观念，加以医救，不胜感激……

"哈……不烧粮食，不炸大桥，顾念伤兵，这不是很好吗？"

"切……妇人之仁！他有心要做张鲁，也得看对面的是不是曹操。"金碧辉摸出烟卷，叼上一根，又甩给唐石霞一根。借着给她点烟的机会，金碧辉凑过去揽着唐石霞坐下，恳切地说，"姐姐，不是我们家和张作霖有仇我才劝你，你也得长个心眼儿……你看看这局面，张家还能靠得住吗？"

---

① 白崇禧（1893—1966）：国民党重要将领，时任北伐军代理参谋总长，率北伐军一直打到山海关。

唐石霞吐出一口烟气，眯着眼目送烟气在阳光中溃散，嘴里呢喃说："我这边儿消息，顾维钧[①]很快就会在内阁总辞职——给张作霖让位子，不管怎样，法统已经在手了。再者安国军政府麾下百万之众，还是海陆空的现代化军队，怎么算也还是中国最强，即便一时守不住中原，退保北方总是不难的，我不信南军还真能推到北京来？就算能推到北京，也必定过不了山海关的。"

金碧辉摇头，指着报纸上革命军站在奉军被毁的坦克前合影的照片笑道："什么现代化军队？自从郭松龄反奉，奉系根基就完了。在南方作战靠的是孙传芳的五省联军，中原现在靠的是张宗昌的直鲁联军，东北军现在能打的不是咱们满人就是达斡尔人……姐姐，你得告诉皇上，不能再抱张作霖大腿了……他都自己当总统了，这位子，难道还能让给你坐不成？难道还等着当一回'懿德亲王'[②]吗？"

唐石霞脸色微变，讪讪笑着，习惯性地摆出滚刀肉的无赖嘴脸撒娇道："妹妹，你这话我听进去了，上面也不会不知道，可是……咱们总不会比郑师傅他们还明智吧？我只是个听喝儿的，只管办差，哪还有我回话的份儿？"

金碧辉恨得牙痒，怒道："你不是孙悟空吗？滚刀肉吗？

---

① 顾维钧（1888—1985）：中国近代著名外交家，在 1926 年 10 月至 1927 年 6 月曾以内阁总理身份代行国家元首权力，之后将权力移交给了张作霖。
② 袁世凯复辟，曾封溥仪为"懿德亲王"。

九九八十一难吗？我看你连猪八戒都不如，就是个唯唯诺诺的沙和尚！"

唐石霞苦笑道："哎哟哟……好妹妹您才是真大圣，我就是个假行者……好妹妹，我一宿没睡，听那个小王八蛋倒了一晚上苦水，我现在真是哑巴吃黄连……您就行行好，让我洗个澡，换身衣服，吃口东西，再陪你商议国家大事儿，行不行？"

金碧辉恨铁不成钢地抿抿嘴，像是把一万种万马奔腾咽了回去，冷笑道："我还得忙着嫁人，没空给你招魂儿。"说罢转身风一样的走了。谁料想到门口却听得外面一阵嘈杂——卢筱嘉被拦在门外，却死皮赖脸地要闯进来。金碧辉隔着门听了片刻，勃然大怒，回头看一眼横陈软榻上的唐石霞，心念一转，满腔愤恨一瞬间化作兔死狐悲的惆怅，又趴门上听了片刻，叹口气道，"是卢筱嘉……他说要见你，要见张学良……这六国饭店，还真是没有秘密啊……"

唐石霞绝望地抓了抓不存在的夏被，用空气盖在自己头脸上，想缩回透明的子宫躲起来。这种幻想片刻就被现实击溃了，她无奈地挣扎起来，对着镜子看着自己吓人的苍白。她懊恼地尖叫一声，随即用双手在脸上"啪啪"拍几下，抓起法国香水狂喷，然后假装复活了似的，撑着"红云"的笑脸对金碧辉笑道："请卢公子进来吧……他在外面闹起来，可不体面。恶人自有恶人磨啊……"

"嗯，我看是一物降一物。"金碧辉一梗脖子，拉开门厉声喝道，"闹什么！唐小姐请他进去。"

卢筱嘉浮浪地朝金碧辉展颜一笑，和一把刀似的女人错肩而过。他远远看见唐石霞端坐在窗口前一侧的美人靠上的逆光剪影，立刻站住，学着摄影师用手比画出一个取景的相框，把唐石霞和初夏光影，以及满屋子的富贵凌乱都框进去——他热爱这女人被时光镀金的剪影。

唐石霞看猴子戏一样等着他表演，他果然夸张地摆出一副魔术师的做派来，鞠躬弯腰，转身忽地拉开大衣柜门——没有……又转身俯身床下——没有……又侧身瞄一眼洗手间内——还是没有……

唐石霞明知故问地笑道："卢公子找啥呢？你是要凭空地大变活人吗？"

"走啦？不能够啊……"卢筱嘉故作惊讶地笑道。

"早走啦，天不亮就走啦。"唐石霞悻悻地说。

卢筱嘉从怀里抽出一张报纸，摇一摇，笑道："这么早？仁德将军是又去砸报馆了吗？哈哈哈哈……"看唐石霞愠怒不理他的做作，换了一副低调的嘴脸，假装正常地凑过来，一眼瞥见唐小姐身边就是同一张报纸，叹口气道，"除了袁寒云，数张汉卿脸皮最薄，除了袁寒云，数我脸皮最厚……这事儿搁在我身上，那都不叫事儿。他估计得气个半死，还得被他老子骂个半死。说正经的……这么早就走了？不可能啊……要我可舍不得走啊。"

唐石霞盯着这个二流子，笑道："您这是说正经事？"

"哎……我不对。"卢筱嘉一抹脸，变成肃然的表情，一伸手做个请说的动作。

"说什么？你还没给我道歉呢。"唐石霞鄙夷地扭过脸儿说，"昨儿晚上发了什么酒疯都忘了吧你？"

卢筱嘉表情一僵，摸着昨天被扇过的脸颊愕然道："忘了……真忘了……我……"他试探着拱手说，"对……对不起！"

唐石霞忽然暴躁起来，手掌又想扇出去，怒道："你欺负我们还不算完，居然还敢作践王师傅？你……"

卢筱嘉像是真的豁然觉悟了，"哎呀"一声惨叫，反手就给自己来了一记清脆的耳光，回手又是一个，然后闭眼懊恼道："混了账了……哎哟喂，臊死我了……我想起来了。"

唐石霞被他吓了一跳，心里却多少满意了些，冷哼一声，往后靠靠身子，俯视着恶衙内佯笑道："你跪下认错，我就告诉你昨晚的情报。"

卢筱嘉一听，假装为难道："唐小姐，男儿膝下有黄金啊……我卢筱嘉……"

唐石霞脸色一冷……正待抢白他。

卢筱嘉却已经单膝跪在她面前了，嬉皮笑脸地说："我卢筱嘉只跪三样人，上跪天地神明，中跪父祖双亲，下跪……红颜知己……我前日看法国电影，人家求婚，就是要这么一跪的……"

唐石霞这时的面孔已经不用拍打就满是绯红了，她啐一口，紧张地四下瞄一圈儿，小声嗔道："别闹！我让你道歉呢……你这是道歉吗？"

"我错了……"卢筱嘉满脸真诚，作势还要掌嘴，但手掌停在半空，问道，"我自己打你解恨吗？要不你亲自打？再来个Approach shit？"

唐石霞又好气又好笑，嗔笑道："我就知道你都记得！你怎么这么无耻啊？"她毫不客气地抬手作势要打，手却也停在一半儿，换成食指狠狠地戳在卢筱嘉脑门儿上面。

卢筱嘉借势往后一躺，一出溜又站了起来，凑过来摇头晃脑念经似的吟诵道："我是无耻之耻，你有无色之象、无垢之心，苔痕上阶绿，草色入帘青……圣人曰——何陋之有啊。你我一丘之貉尚在，汉卿六尺之躯哪里去了啊？"

唐石霞听得一脸雾水，觉得这王八羔子似乎在骂自己，却又没有证据。眼前人影晃得脑袋疼，闭着眼沉声道："你坐下！好好说话……"

卢筱嘉闻言立刻赔笑拉过一把椅子坐下，八尺身形躬如小狗，阳光之下，笑靥灿烂如花。

"哎……"唐石霞叹口气道，"也没什么好消息。汉卿新败，心情很是不好。从大势上说，开封一旦失守，山东华北已经门户大开，张宗昌实际上已经败了，孙殿英所部却还是生力军……这时候，汉卿不可能为了我们的事情得罪孙殿英他们的。"

卢筱嘉并不意外，哂笑道："这我知道，可是……飞机还在我手上。大不了我把舆论造出去呗……"他用手在报纸上用力指点了一下，笑道，"这条消息算个添头儿白送……只要我不乐意了，后面针对他，针对你们静园的重磅消息，我可还有好些呢……"卢筱嘉直面唐石霞冷锋一样的眼睛，苦笑道，"我也没法子……我知道他们奉军最爱砸人家报馆，枪毙人家记者……我呢，还就喜欢结交这些人，文人嘛，都有骨气……可也都爱钱。他们还最见不得国宝流失、卖国求荣这样的事情。"

唐石霞无可救药地盯着这个男人，恨声一字一顿道："你怎么这么无耻！"

卢筱嘉垂头不语，玩着自己的手指头。

唐石霞环顾四周，冷笑道："我猜猜，你的撒手锏一定是'天大丑闻——废帝弟妹与张少帅秽乱宫闱'？"

卢筱嘉抬头，心情复杂地看一眼唐石霞，似乎诚恳地请求说："所以，咱们一定要想办法说服汉卿……他我是了解的，他有良心，又要面子，不至于对咱们下死手的。"

唐石霞淡淡一笑，摇头道："是啊，汉卿是个有良心的。你知道他这次为什么会战败？这么没有斗志，这么快就退兵了。他昨晚和我哭了一晚上，不是为了战败哭……是因为，他在去前线的路上，在陇海线上，看见一个老太太，就在他火车窗底下抓土吃……他说，放眼一看过去，满荒原都是流民，一阵风，就倒下几个。咱们中国内仗打了十六年了，老百姓太苦了。真的，他哭了一晚上……不是因为打败了，不是因为丢了枪炮，更不是为了什么金银女人。他是个有良心的人。"

卢筱嘉愕然，叹口气，佯笑道："郭鬼子死后，他就没魂了……还真是个仁德将军啊？大烟抽多了吧？软蛋！"

唐石霞冷哼一声，盯着卢筱嘉审视道："像你这样的丧家狗凭什么说他呢？"

卢筱嘉点头道："是。败军之将不足言勇……我不但仗打败了，还没良心对吧？对呀……我就是这样的。我不像他，我爹没他爹厉害，我们的地盘，也没奉军的地盘结实。哎，说是天下膏腴之地，可是金角银边草肚皮啊……我是丧家之犬没错，你见过温良恭俭让还特有良心的野狗吗？我TM不是也得活下去吗？"

"你还是不服气吧？所以非要将他一军？还非得争个长短？"唐石霞沉声道，"我看不妨退一步……眼前你就吃点儿亏呗。你知道吗？日本换了新首相，是老帅的故交。而且奉军虽然一时失利，实力还在。你不知道吗？张作霖就要担任陆海空大元帅了，其实就是国家元首了。马上就要重组内阁，汉卿今儿早上急着赶去北京就是商量这事儿去的，人家马上就是太子爷啦……你眼前让他一步，既然他是有良心的，日后腾出手来一定会拉你一把的。说不上东山再起，可荣华富贵什么的那都是小事儿吧？"

"切……我还真没了东山再起的心了。死心啦……"卢筱嘉苦笑道。他慢慢消化着眼前的局势和新政府会带来的变局。

唐石霞加大力度劝慰道："而且他也不是没有防备，他说了，第一，飞机你也扣不住几天的，日本人那边儿的关系和你们家现在能有多瓷实？第二，只要媒体一进来，他立刻会让孙殿英把国宝全数退回醇王府。至于你说的那些丑事儿，你不就是含血喷人吗？不没证据吗？他本来就是这个风流名声……他不会在乎。你也就能害死我而已。结果就是国宝完璧归赵，飞机照送东北，我身败名裂，你鸡飞蛋打……而且，你这么照死里得罪汉卿和我们静园……有这个必要吗？"

见卢筱嘉沉吟不语，唐石霞笑道："你也别想别的路子了……说白了飞机现在是被日本人扣了，但是只要张作霖出任海陆空大元帅，就成为国家合法元首——你觉得这飞机还能到别人手里吗？日本人绝不会让这些飞机落在南方赤党的手里你清楚吧？你没别的路走……"

卢筱嘉摸出一包烟卷，看一眼唐石霞，先递给她一根，然后划着洋火儿点上。两人各自长长吐出一口烟雾，唐石霞再次审视一眼卢筱嘉，那男人终于哑然失笑道："你说得对，我输了。"

唐石霞松了一口气，笑道："想通了？"

卢筱嘉点点头："如今我没资格上牌桌啦，其实衰寒云也劝过我。我既然没指望赢，白白地祸害你干啥……你放心吧，我不闹了。就是有点不甘心啊……刚刚退下来，就这么容易被人踩在泥巴里啦。"

唐石霞轻拍拍他的手背，笑道："别灰心，这世道，你这样的人，机会有的是。"

卢筱嘉摇头："落地凤凰不如鸡啊……至理名言！"

唐石霞眨眨眼错开话题道："说起来，你原来想用这批财宝干啥呢？买官儿？做生意？不会是想买军火拉个山头当司令吧？"

卢筱嘉眼光里烟火消退干净了，只留下与年龄不符的温情，他忽然来了兴致，从对面桌上拿过来一个地球仪，扒拉几圈，找到一个地方指给唐石霞看。他缓缓地说——

"你知道吗？当年我在上海，和一个来自南美洲的叫作'金鹿号'的远洋船船长玩过一天一夜的牌。第一天下午的时候，我先输给了他十五万，后来我又翻本儿，反倒赢了他十万。临近午夜的时候，他不但没钱了，连船和货物也都输给我了。

"然后，我就按规矩，开了一瓶最好的白兰地，打开一盒最棒的古巴雪茄请他享用。他却指着桌上一个地球仪……和这个差不多，比这个大些……他说：'船和货物都不是我的，虽说输给你也是没办法，但我希望你给我一个拿回来的机会。我驾驶的'金鹿号'是横跨太平洋各个航线的独立远洋船，十几年来我几乎走遍了太平洋上的所有港口，去过最人迹罕至的孤岛，见识过种种光怪陆离的物产，涉猎过千奇百怪的风俗，其中，最美、最新奇、最恐怖的岛不下几十个……不如这样，我拿这些岛屿的故事下注，你赢了，我就讲一个故事，你输了，我就赢回一万元。'当时全屋子的人都笑起来了——觉得他疯了，我却对这个小胡子船长生出一些好奇。即便是当年，一万元也是大数目，不算现金，整船加货物，他输给我接近百万，是什么让他觉得可以凭讲故事把这些钱赢回去呢？

"当我们各自抿了一口白兰地，等哄笑声渐却后，我掏出手枪，指着他一只手说：'我同意，但如果故事我不满意，或者现场有人觉得不满意，我就打你一枪。而且，你得先讲一个。'没想到他很痛快地答应了……"

卢筱嘉使劲儿地转动了一圈地球仪，一个个指向大海上散落的微不足道的岛屿们，像是在努力回忆那些陌生有趣的故事。他卖了卖关子，朝唐石霞挤挤眼睛才接着说——

"结果呢，我们又玩了整整一夜，我们喝干了三瓶好酒，雪茄烟也被消灭得差不多了，有些观众还撑着，大多数都东倒西歪的睡去了……当然后面的赌局互有胜负，我一枪也没开，他也已经成功赢回了货物，而我在天色大亮的时候，还是'金鹿号'的主人……不过我已经跟着他神游了几十个太平洋上的岛屿，认识各种肤色的土著，了解了无数神奇的风俗或传说……最后他瞪着通红的眼睛说：'累了，不如这样，一把定输赢吧……'我想也没想就同意了。结果还是我运气好，我又赢回了船和货物，在他沮丧万分的时候……我决定放他离开了，算是他一整夜给我讲海岛故事的回报。而我从那时候，就笃定了一个决心，那就是，作为一个顶天立地的男人，要不就登顶时代的巅峰成为一个伟人；要不就看遍全世界的云，成为环球最自由的人。"

说罢，卢筱嘉缓缓将转动的地球仪递给唐石霞，唐石霞微笑接过来，地球仪使她眩晕，她不自主地举着地球仪躺倒了下去，看着全世界在她眼前匆匆掠过，就像时光白驹过隙……

俄顷，她把地球仪抱在怀里，似笑非笑地冲着卢筱嘉嗔道："你就是个骗子吧？我才不信你讲的鬼话……"

卢筱嘉哈哈笑着往后一靠，被身后的照相机硌了一下，他取出来有些惊喜地赞叹道："呀！ leica I a elmax ！这是好东西啊。"

"卢公子倒是识货，德国的玩意儿，贵得要死。"唐石霞盯着相机，脸色微变。

卢筱嘉眼睛再没离开过相机，他颔首微笑点头道："如果我能看遍全世界的云，那么可以当一个摄影师也算是一个不错的归宿了。"

唐石霞忽然正色道："那好，相机送你，你就不许再闹了，好不好？"

卢筱嘉喜道："好啊……反正我也输了，多得个相机，也算小有收获。"说罢，他打开镜头盖，准备给唐小姐拍照。唐小姐嗔道自己熬了夜，不上镜——伸手挡在镜头前。卢筱嘉便对着窗外海河风景对焦，玩了半晌，回头发现唐小姐眼神古怪地盯着自己。他故意打趣道，"怎么？舍不得？反悔啦？喏……还你，君子不夺人所爱。"

唐石霞却真的一把夺过相机，拿稳在手里笑道："好！……这可是你自己不要的。"

"哇……你这个女人不要太贪心哦！"卢筱嘉仿佛菜市场里被霸气女摊主欺负了的吃亏小男人。

唐石霞笑起来，把照相机藏在身后，照样躺回去，在眼前转动地球仪。卢筱嘉凑近过来，轻声笑道："唐小姐，想不想听海岛的故事？"

哈欠连天的唐石霞目含春水，点点头，把身边的靠垫丢一个给他。卢筱嘉便凑过来也歪着，开始指指点点地球仪上的海岛，讲述着它们奇奇怪怪又孤孤单单的名字和来历……

春夏之交的阳光一晃，照在地球仪上，不一会儿就又挪开了……

第四节：分曹射覆

宣统十九年，民国十六年，公元 1927 年，5 月 6 日。阴历四月初六，乙巳月，庚子日，上上大吉，宜结婚定盟。平旦时分。冯玉祥已于昨日帅国民军师出潼关，与北伐军夹击直鲁联军，中原鏖战在即。

海河惨淡，春雨迷蒙，远处一声汽笛，簇新的万国桥像是慵起的佳人，缓慢地扬起玉臂，伸了一个懒腰。咯噔一声，电机蜂鸣，巨大的桁架结构双向左右大开，近百米桥身南北舒展盛开——刚刚鸣笛的钢铁巨轮，慢吞吞地，不容阻挡地，穿过了万国桥①水域。

火急的绣花鞋装着金翠喜的小脚儿颤巍巍地踩在水磨石台阶上——这中年妇人让亮亮扶着自己往顶楼赶，一边娇喘，一边埋怨。胸口喘的还是隔夜的鸦片烟气，嘴里埋怨的是老天爷、龙王

---

① 万国桥最初是 1902 年工部局修建的人力旋转开启的钢架桥。1927 年 10 月落成双向电动开启的钢桁架大桥——沿用至今，现在叫作解放桥。这里将大桥提前了几个月出现。

爷不给面子，明明请一贯道道首张天然求过无生老母了，怎么还是不给面子，不给晴天，还偏偏下起雨来。这样连日在顶楼搭建的花棚彩楼，岂不都坏事儿了……

冲出阁楼，带着土腥味的春雨一点儿也不冷了，反而带来些浓郁的芳香——已是荼蘼开始酝酿的时节了，风慢慢地在楼顶徘徊，一下下地把一团团的花瓣筛下来了。高昂的玛尼杆前明巴依和莎拉马特簇拥着金亚仙并肩站在零星的雨中——老明巴依光着脑袋，象征性地给两位女士撑了把不中用的阳伞，他们听金翠喜急火火地赶上来，立刻转头给她一个噤声的手势，然后三个人各自指了一个方向。金翠喜听话地刹住身形，站在门口屋檐下，好奇地探头四下张望，只见屋顶四角，各站着一个肥大的喇嘛。风大时候，就把低沉的诵经声送到耳边来了。先是一阵法鼓敲在心坎儿上，跟着一声沉闷的法螺声像是回应海河上的鸣笛，一声磁性的巨镲则像透支了雷公电母的能量，在浓密的春云糜雨中扯出一片清明来，一声，雨疏风骤，再一声，花摇云动，最后一声鸣磬——好似急急如律令——厚重的云像是得到了开步走的号令，也像那艘笨重的钢铁巨轮一样，以缓慢而不可阻挡的气度，向海河上游方向挪动了，终于——东南方天边昏晦消散，竟然就拉扯开半天晴朗的希望来。

响一声铜镲，金翠喜就低头跟着念一声"阿弥陀佛"，几声之后，妇人满心欢喜，连赞称道"活神仙"。四位法师依次收了神通，默默地将各自法器堆放在玛尼杆底下，放松地聊起天，不经意地往这边一看，似乎才发现这几个人在围观，也不诧异，只是笑笑，仍自顾自地聊着。金翠喜不住点头，和金亚仙说："看看，这都是活神仙，回头一定请来给咱们念一次经……"

金亚仙只是笑笑，吩咐莎拉马特和明巴依捧上早准备下的热奶茶和起酥饼来请法师们享用。她拉着金翠喜凑过去给法师们见礼，抽空笑道："法师们住进来每天早上都上来念经做功课的……我都听了好几天了。你要请，就请人家多住几天好了。"

金翠喜笑道："难怪这几天事情都逢凶化吉的……生意客满了，唐云山也放了，原来是有活神仙住在店里啊。阿弥陀佛！阿弥陀佛！"

金亚仙笑道："是啊……你原本给十三格格订的那么多花烛彩绣烟花爆竹不是都用不上了吗？结果一股脑都给张长腿包圆了……"

"是啊？都是佛祖保佑啊……阿弥陀佛！阿弥陀佛！"

法师们和两位女东家见过礼，笑吟吟地坐下喝茶吃点心，因为语言不通，因此各坐了一堆儿，法师们得着莎拉马特的伺候，和明巴依用各自的阿尔泰单词勉强尴尬聊起来——无非是点心不错，奶茶真好之类的客套话。一个喇嘛吃饱喝足，摸着肚子傻笑。他看见莎拉马特端着一摞珐琅茶碗的样子单纯活泼，灵机一动，要过三个茶盏，倒扣在地毯上，又掏出一大把邦提克珠子和羊拐松石啥的，冲女孩眨眨眼，手上熟练地和莎拉马特玩起三仙归洞的戏法儿来，又指一指女孩身上挂的老银币和琥珀、发晶的挂坠，要和她赌个胜负。他哪里知道这个莎拉马特本是个茨冈人，她们家族原本是看手相、玩塔罗牌、变戏法儿、布仙人局……种种手段的祖宗。可莎拉马特却扮猪吃老虎——大惊小怪地装傻且笑开了花，哄得喇嘛们十分开心——最终她在明巴依鄙视的目光下，把大喇嘛们身上的小法器接二连三地骗到手里……

听着那边欢声笑语，金翠喜也因为阴霾消散而去了心病，兴致勃勃地也要了一个珐琅大碗盛满的奶茶，一边儿啜饮，一边儿拉着金亚仙贴身坐下说着别人的闲话。

"姐姐啊，好歹歇歇脚儿，一会儿不定忙成什么样子呢。你说，这顶楼就得来百十位，一楼更是根本没法算计，流水席，冷餐会，军政商三界，从前清到北洋、从东洋到西洋……兹要是在天津卫的，谁敢不来？"

金亚仙骄傲地翘翘下巴，笑道："我家公子就不来哦……楼顶这一场满蒙大婚，他不可能凑这个热闹。楼下张长腿本来是非要他参加的，他一句话就给噎回去了——礼到人不到——他说三不去：第一，怕老婆们骂，姨太太们不让他去，怕他跟张宗昌学坏；第二，怕作诗，倒不是怕自己作诗，是怕听张督办作诗；第三嘛……怕吃饭，说是六国饭店的西餐，不敢吃……"

金翠喜头两条听得花枝乱颤，后一条气得一拍大腿："怎么把咱们也骂了？别人不捧场，你家公子怎么也这么说，这话要是上了报……咱又成笑话了。"

金亚仙笑道："我看虱子多了不咬……谁让你图便宜，换了这一帮子白俄厨子的？咱们西餐厅还怕上报？自打张伯驹奚落过咱们一次，也不怕别人再说了。我想，一来我家公子能这么说，也是拿咱们当自己人的意思……该捧场他哪回不出力来着？二来啊，我觉得，咱们做生意，有人骂也比没人理强，真弄成个'狗不理'，反倒麻烦了不是……而且，他那个尖酸的嘴，骂过的，没有不火的……你说是不是这个道理？"

金翠喜哼一声，骂道："虽如此，我还是得把这群白俄厨子换了！上回姥姥①吃了，也说是真不行，油腻、糊嗓子……"金翠喜又抿了一口奶茶，忽然神秘地笑道，"还有几个人不来了……你猜猜都是谁。"

金亚仙揉着太阳穴，苦笑道："妹妹你就饶了我吧，可别让我费脑子了，这脑子累得都转不动了……不会又有什么变化吧。"

"呵……都是大人物——头一个依旧是中国银行的财神爷卞经理，果然还是怕张长腿管他要钱；这倒也在意料之中了，另两个，哼哼……一个是皇上……"金翠喜故作神秘地伸出一根

---

① 金姥姥彩云：《六国饭店 1931》中的人物，金翠喜的妈妈，本故事中未出现，人物原型是赛金花。

手指，又伸出第二根手指，"一个是少帅。"然后，意味深长地点
点头。

金亚仙幸灾乐祸地呵了一声，哂笑道："呵呵哒……得……
这楼上楼下的两边儿算是全白忙活了。"

金翠喜把伸出两根手指的小手摊开，钻石和祖母绿的戒指狠
狠闪烁了一下，金翠喜摇手道："那也未必……少帅不来理由倒
也简单……这不是顾维钧要辞职了嘛……老帅要登基，少帅马
上就是太子爷了，哪儿还抽得出时间凑他败军之将张长腿的这种
热闹——何况本就是敲竹杠的局。不过来不来也无所谓，等到老
帅登基做了大总统，那这些人还不都是从龙的功臣了？到时候还
不都是个个升官发财？现如今这个狗肉将军帮着老张家看大门
呢，指定是要重用的，我看就连那个不懂规矩吃生米儿的孙麻子，
也能连升三级。"

金亚仙不屑地"哦"一声，点点头，不屑地笑道："切……
连升三级没钱也是假的。总统？不是我瞧不起这些人，民国
的总统，不好坐！也就我们袁老爷稳当坐了四年，剩下的还
不都是走马灯一样的。你看我给你数数……黎元洪两头儿加
起来凑了两年，徐世昌还行，是两年多吧……剩下的呢？段
祺瑞、冯国璋、曹锟全是一年……这都算好的，剩下的都是
按月计算的，还有个什么黄郛，二十天！叫周……周什么来
的（周自齐）？还不到一星期呢！这大总统的位子比秋后的蚂

蚱还短……从去年到现在……换了四个了。我倒想看看张胡子能不能镇得住这个位子——那话怎么说的来着——小丑备物终必亡。^①"

金翠喜没听懂地"啊"了一声。

金亚仙微微一笑道:"就是德不配位嘛!"

金翠喜眼珠一转,笑吟吟地咬耳朵道:"那可真是德不配位了……有什么德?你可知道那天夜里少帅来过,在谁屋里待了一宿,天不亮就溜了?"

金亚仙不屑地摇摇头,低声笑道:"留神吧,这话要是传出去,咱们生意就不要做了。"

金翠喜冷笑道:"怕什么!平津两地,谁还不知道我金翠喜是什么人,说穿了,都是裤裆底下那点儿破事儿。这还没当太子就这么着,等上位,也是个隋炀帝……我算弄明白了,现如今这世道,别看外头体面,还不都是男盗女娼——今生还就该我这样的人长命富贵,来生我拜无生老母求解脱。哼……退一万步说……静园干吗在咱们家包房?不就是咱们家'做这个事'方便嘛……"她嘴里说着"这个",便把戴满戒指的两只小手挑着兰花指做戏一样一凑,活像是这个季节里美娇娇的一只蝴蝶。

------

① 出自左丘明《左传》。

"哎……你看唐姑娘神仙一样的人品，可惜生在这个世道里。真是'小怜玉体横陈夜，已报周师入晋阳①'……不说别人，我自己从甲申年开化党政变②以来，虽然亲历多少次丧乱更迭，可我看见这样的人物被荼毒，还是免不得兔死狐悲的难受……"金亚仙握着义妹的手笑道，"所以，反而还是和妹妹混得最好，当垆卖酒——反而活得踏实心安。"她看一眼金翠喜似懂非懂的样子，接着笑道，"妹妹，依我看，小玉跑去南方未必是祸……谁知道未来天下吹的什么风？没准最后真是南军胜了，得了天下，你家小玉没准还能成个革命家，将来大登殿的时候——反倒能救你一条老命，不用像那些白俄被吊电线杆。"

金翠喜豁然点头，叹息道："哎！就说姐姐有见识，我也这么想过。可惜我就这么一个孩子，要是……"她看一眼对面玩得正欢的大喇嘛们，低声说，"我要是像肃王爷一样也有一堆孩子，还有一堆票子的话，我也学他，男孩儿是东洋放几个、西洋放几个、南洋放几个……女孩儿是直系嫁他一个，皖系嫁他一个，奉系嫁他一个，革命党嫁他一个，嘿！共产党都嫁他一个！管他最后谁输谁赢……反正我这六国饭店，永保安宁！"

---

① 选自李商隐《北齐二首》。
② 1884年朝鲜发生了开化党政变，袁世凯率清军协助朝鲜迅速平定了叛乱。此战为袁世凯脱颖而出的成名之战，一时间他成为朝鲜王室的恩人，但此战也为后来的中日甲午战争埋种下了祸根。

金亚仙难得地拊掌大笑，引得一众人纷纷侧目过来——莎拉马特又趁机偷了大喇嘛两颗珠子。金亚仙有些尴尬地又端正起来，捂住脸上笑出来的红润，依旧低声问道："那我问你，皇上又为啥不来了？前些天康圣人的追思会就放了大家鸽子，今儿个又是这样……这可不像他了啊？最近一次露面还是利顺德的慈善会演吧？"

"哼……还不也是因为张作霖要登基了？你想想吧……张家登基坐殿，他之前下的本钱，是不是就都打了水漂了？还记得之前，静园这些人，有的没的就吹嘘张作霖见了皇上就是三拜九叩吧，就是要奉主回紫禁城吧，要恢复优待条约吧……这下，哼，狗咬尿泡了吧。"

"哦……"金亚仙刚收住的笑，又被幸灾乐祸激活浮现了回来，她眯着眼睛一想，明知故问道，"皇上不就为了住回皇宫里面吗？上回不是说张作霖都亲口答应了？这应该还可谈吧？"

"嘿……"金翠喜白一眼揣着明白装糊涂的姐姐，指着在地毯上旋转如飞的三个扣碗儿笑道，"那还不是上坟烧报纸，两边都是糊弄鬼呢！你这话是听皇上身边胡师傅那些人说的吧？那是回宫派的算计……皇上身边三波人，回宫派，留洋派，还有……"她暗暗瞄一眼大喇嘛那些人，"还有就是真正的复辟派。这个回宫派最简单，就盼着回到北京紫禁城里去养老，不行回颐和园也好……想着让民国政府履约，照旧养着他们，又安全又体面还有捞不完的好处；而那个庄师傅，还有唐姑娘，这都是留洋派，总想着干脆丢开这里，和皇上去外国……最后有几个，比如那个阴阳怪气的郑海藏，那就是个铁杆儿复辟派。"

金亚仙平时虽然看不上这个妹子，听了这段话却佩服她分析得透亮，不由颔首，认真问道："那荣公爷呢？"

"那不是什么派的……那才是皇上真正自己的人，自己没门没派没主张，皇上要啥他干啥。"

"哦……那……这个肃王爷一家子呢？"

"嘿……这些人当然也是复辟派了，可是，你别忘了这些孩子也都姓爱新觉罗……说白了，他们复辟派不齐心，从来都是各干各的。除了肃王爷家抛头颅洒热血的……你知道还有个恭王爷①，不也拍过胸脯，说什么'他不死，大清不亡'吗？可你看看，皇上听了这话开心吗？跟他去过一天旅顺吗？没有嘛……说难听了，你虽然眼下坐着位子，可说到底都是一个爷！"

"哎……"金亚仙颔首哂笑，"对，这作料、戏码必定都是一样的。"

金翠喜见姐姐难得首肯她的见识，喜滋滋地笑道："皇上也难做，这三波人，再加上身边儿各式遗老遗少，身后多少黑白势力——军头儿、政客商人、党棍、西洋人、东洋人、记者、佛

---

① 溥伟（1880—1936）：末代恭亲王，宗社党骨干，但与溥仪有一定竞争关系。

爷、道士、洋和尚、狗腿子、混星子、骗子手……要恩典的、打秋风的、敲竹杠的、蹭事由的……百样事端，千般人品……哎呀呀……没个三头六臂，早就被骗得精穷了。"

"我看就是有了三头六臂也不管用，得自己有个主心骨，那你说……皇帝自己心里究竟是咋想的？"

"嘿……你这是套我说掉脑袋的话了。皇上咋想的？你说说，要是就惦记着回宫，或是留洋那么简单的事情，还用得着把北府的家当都搬空了？把自己弟弟媳妇都搭进去斡旋？"

金亚仙默然不语，默默吟诵道："君子所行者远，则必有所待；所图者大，则必有所忍……①"

金翠喜不理姐姐的走神儿，自顾自地笑道："也可笑我家唐云山，还巴巴地跟着荣公，想混个东北航空公司的襄理……这回，我看连荣公都要鸡飞蛋打了。"

金亚仙眯了眯眼，问道："云山什么时候回来？那飞机还扣在青岛吗？我家少爷嘱咐我今天一定抽时间安排他和卢筱嘉见个面，还说别让别人看见。我看这几天卢筱嘉也蔫了……看样子他是吃了这个哑巴亏了？他可不像是省事的人啊……"

"嗯……飞机运走了，高志航跟船走的，不过没发塘沽，是直接去葫芦岛了。唐云山就被打发回天津了呗……而且北府的那

---

① 出自苏轼《贾谊论》。

些东西，还在魏博县扣着呢……张学良把筹码都抓在自己手里了，怎么分，就看他高兴了。我看卢筱嘉这次别想翻本儿了，我看你也劝劝你家公子，如今张家气运正旺，不要为了别人触他们的霉头。"

金亚仙点头沉吟道："嗯……可那东北航空运输公司还做不做了呢？"

"谁知道呢？如今牌桌上就他一个人了，再招呼谁上桌，还不就是看他坐庄的高兴？"金翠喜冷哼一声，盯着自己的三寸金莲，摆出一副今朝有酒今日醉的无奈。

金亚仙忽然想起什么，哎呀一声道："哎……忘了招呼王师傅了，今早还没叫他起来吃早饭呢，这可怠慢了人家了。"

"不用……那老爷子今天一早就起来了，静园那边传来消息，今天皇上不来，楼下是郑师傅和庄师傅代表，楼上——是荣公爷和罗雪斋代表，德公公也要来两边照应着。这王师傅巴巴地等了这些天，可不就等着见他亲家罗雪斋一面嘛……"

"嗯……这么说，皇上又让松翁出来了？"

"嗯，这些师傅们，格格们，贝勒爷们，还不都是上头一句话，说掌嘴就掌嘴，说禁足就禁足……对了，一早儿荣公爷电话过来说……"金翠喜展开一张单子交给金亚仙，嘴上凭记忆复述道，"荣公定了两个包间，让咱们从天妃楼定两桌燕翅席……说啦……不吃咱们的西餐。干鲜果品不论，压桌的菜点名要他们的扒通天鱼翅和曾蹦鲤鱼……别的要些时令新菜和海鲜。另外特别嘱咐说楼下的包间要咸鲜浓郁些，楼上的要新鲜清淡些……还有就是……三鲜汤要加酸辣。主食点心楼上要牛羊肉烧麦，楼下要狗不理的三鲜包子……酒，楼下用芦台春，楼上用罗松翁的女儿红。嗯，就这些嘱咐。"

"呵……这荣公还真是事无巨细啊。"金亚仙瞄了一眼纸条，就记住了，掖在口袋里。

"可不是，我看他要是做生意，一定和你一样，是把好手。"

"哼……不过都是奴才命罢了，都是伺候主子练出来的本事。"金亚仙站起来，叹口气，准备下楼去开始一天的忙碌。

街道上一队军乐开道，唱的是："三国战将勇，首推赵子龙，长坂坡前逞英雄……"然后耳听的是一阵爆竹席卷了街道，一群孩子兴奋地跟着迎亲队伍在后面欢呼着。本来在工部局仓库里吃灰的五辆西洋马车被油漆一新，拉车的骏马戴着鸵鸟尾羽的头冠，满车上都插满了鲜花，车后面拖挂着铃铛，一路喧闹而来，每辆车上分别坐着一位身穿白袍头戴 Kokoshnik 的白俄新娘，这些白俄女郎似乎很喜欢这个节日般的闹婚，一路咧嘴笑着，在身边伴娘的协助下，从口袋里抓起一把把掺和了花瓣和彩纸的碎片随手扬出去。马车队后面，是两队英武的哥萨克和卫拉特骑手，而骑手中央被拱卫着的，却是一匹黄骠骏马，马上端坐的是一个身材完全不输老毛子的方脸儿山东大汉，这人戎装笔挺，头戴白缨军礼帽，斜挎红绸绶带，腰间挂着鎏金西洋指挥刀，胸前挂满勋章——正是被称为五毒将军、三不知将军、长腿将军和狗肉将军的安国军副总司令张宗昌。黄骠马后面紧跟着一黑一白两匹骏马，白马上是歪戴旱獭军帽的白匪军中将谢米诺夫，黑马上则是十四军军长——豹头狼眼的麻匪首领孙殿英。再在他们身后，则神神怪怪地跟着一支队伍，队伍里有怀抱令箭的宪兵，也有举着回避牌子、黄罗伞、大纛、大旗的卤簿，却还夹杂着五六个身穿东正教僧袍的洋和尚不情不愿地跟在队伍后面。他们手捧着经卷和焚香提炉，举着请出来的涂金的耶稣画像、玛利亚圣像，在雨后初晴的春日阳光下烁烁放光。而队伍的最后，是几十名勉强还能撑起体面的白俄流亡者，他们浑浑噩噩地跟随而来，前一阵子帮着做女红的大婶儿们，全都赫然其中。

迎着队伍的饭店门口，这乱世的烟火、爆竹的余烬纷纷落下——烟灰下面，竟然露出一个和欢乐格格不入的老头子来。他正是瞪着大眼，眼巴巴儿等着亲家到来的前清遗老——王国维。王国维和一身体面盛装的明巴依老人并肩站着，他们被赵亮等一干顽童肆意燃放的烟花爆竹搞得震耳欲聋、灰头土脸——像是两个刚出土的旧世界古董——一个是阅微草堂里志怪的僵尸、一个是第比利斯农庄遗留的死魂灵。满脸玩世不恭的谢米诺夫一眼瞅见人群中的两个老人，眼睛一亮——以为二老是特意来迎接他的。

谢米诺夫便策马到新郎官张宗昌身侧，凑过去指着王国维说了两句什么，张宗昌朝老人们瞥了一眼，皱皱眉，又点点头。谢米诺夫于是勒住马绳招手让副官接替他，自己翻身下马，喜洋洋地向着两个老古董过来展开拥抱。

王国维虽说并不是在这儿等谢米诺夫的，他本是等他的老亲家罗振玉，但一下子被谢米诺夫抱了一个结实，便想起来今天还有一个引荐这白俄将军与郑孝胥见面的"大事儿"，便轻轻拍拍这热情过度的白俄壮士，请他一起进去说话。谢米诺夫原本要拉着明巴依老爷同去，谁知老明巴依有任务在身，走不开——他要打发租来的马车结账回去，还要把五位白俄新娘姐妹花送进二楼的休息间去换衣服。

谢米诺夫笑呵呵地反客为主地拉着王国维先入饭店，迎面却看见一群人仿佛割庄稼一样地倒伏下去，道喜的呼喊一时沸腾起来，晋察冀齐鲁豫乃至黑吉辽各地方言唱响一片，跪倒撅起的后背有呢子军服、西洋礼服、长衫大褂……甚至还有零星几个补服，补服上还拖着一根和王国维头上差不多的花白辫子……居中端坐受拜的是一个穿红戴绿、喜气洋洋的老太婆——张宗昌的老娘，神婆祝氏——左边儿堆笑扶着她的是同样穿红戴绿的金翠喜，右边帮她捧花儿的是大花蝴蝶似的莎拉马特，老太太身后还有一老一少两个随从，一个满面红光的老头儿和一个端着茶盘烟具的俊俏小丫头。而最惊人的是，老太太前面放着拼在一起的三张西餐方桌，桌子上成捆的奉票、交通票，成卷儿的大洋，大锭的金银元宝，半米高的金佛堆积如山……边上一名英武的青年，不断展开礼单唱诵："卢龙地方巡阅使金质章恭贺大洋八百块！济阳三军镇守使马捷成恭贺五万元！兖州农工银行襄理张文凤携夫人恭贺金镶玉佛一座，隆聚纱厂董事长冯思明敬贺玉如意一对儿，滦州矿务局……"

王国维下意识地往后躲，谢米诺夫则扶着老头从侧面溜过去，他促狭地笑道："五个新娘，这个冯老板才送一对儿如意，我看他要倒霉了！"

王国维满耳聒噪，耳朵有些缺氧，于是颠三倒四地扶了扶眼镜儿，被谢米诺夫夹着，躲进了一楼另一侧的酒吧区——酒吧区后面的雪茄吧，被郑孝胥包了，临时放了餐桌，代表静园正式宴请谢米诺夫。

酒吧区竟然也是人头攒动，数十名中外记者抽烟喝酒说俏皮话，一个安国军参谋像是刚从祝老太婆桌子上随手抓了一捆奉票，大概其抓出一沓沓的，看见记者就往怀里塞，嘴上大笑着说："同喜，同喜，上天言好事，闷声发大财！"忽然发现给了一桌后，风格似乎有些不对，犹豫一下。那桌记者是日本人，微笑道："我们滴，三楼客人的是，钞票，还给你吧。"这参谋哈哈大笑，又抽出一沓送过去："好朋友！好朋友！都是一家人！三楼也是一家人！一起发财！"几个日本记者哈哈一笑，接过票子揣起，一副不要白不要的神情。

这参谋一眼又看见一桌记者朝他微笑，他打个哈哈笑道：“呦，这几位是《大公报》财经版的嘛……那一定也是三楼的客人咯。”

那几位记者微笑颔首，这参谋一样把奉票塞了过去笑道：“见者有份，我们都是粗人，招待不周，难免多有得罪，来，来，来，今天大喜的日子，礼多人不怪！”

王国维顺着这参谋往里边看过去，赫然见到卢筱嘉和孙殿英手下两个马弁坐在角落里，似乎卢筱嘉被控制住了，也似乎在等什么人，他一脸无奈，目光与王国维一对，有些羞愧地躲开了。王国维和没见到一样，胸中的缺氧和低血糖的眩晕就像不久前在火车上的遭遇一样，可笑的是，造成上次困境的罪魁，这次却已经成为他的扈从，牢牢地撑着他，一路分开微醺的记者们，走到酒吧后面的雪茄吧。

隔音的丝绒大门一开一合，两样世界被隔开了，外面是蛤蟆叫坑，里面却是雅乐绕梁。两名下人正在从容不迫地在桌上布菜，四干四鲜四蜜饯四冷荤四甜碗都是用食盒子从天妃楼直接带来的，大菜、主菜则是天妃楼的寇师傅屈尊来六国饭店的后厨亲自翻勺。而能请他过来，则是荣公和德公公才能有的面子。

　　而这个已经十四年深居简出的德公公①，身穿一身低调的青色长衫，身上也无文玩挂饰，他赫然歪在桌边的小榻上，两个弱弱的女孩儿在给他捶腿、填烟丝、冰葡萄酒。他则眯着眼儿摇头晃脑地跟着留声机哼唱《锁麟囊》，一眼看见王国维进来，赶忙起身相迎——他哑着嗓子，按着一个女孩肩膀起身相迎，满脸堆笑道："哎哟哟，王师傅，咱家给您请安啦！"

　　王国维心里一凛，没想到在这儿遇见这个主儿，不敢怠慢也迎上去作揖："德公公，久违啊。您身体一向可好？"

　　德公公拍了拍胸脯笑道："有劳王师傅惦记着，咱家是苦出身，可又是童子功，不怕您笑话，犬马的贱命一条，生来就是给主子使唤的，不敢生病。这不近来又和张天然修了道，精神越发的好了。您看……我今儿寅时已经起来啦，打拳、浇花、打坐……然后就到静园，给主子扫院子，你知道的，静园门外每天是张军门打扫，院子则是咱家领的差事儿……怎么说呢，主子永远是咱主子，做人得知道本分。咱们越是这样子，外人就越是不敢欺负咱们主子。"

　　王国维赶忙颔首，拱手称赞："德公公高义，有古道之风，天下人心若都如此，太平就有希望了。"

　　德公公得了称赞，得意地掩嘴而笑，看见大个子白俄谢米诺

---

① 小德张（1876—1957）：清廷末代太监总管，权倾一时。清灭亡后隐居天津，靠旧日贪污来的银子做起寓公，先后娶了五房姨太太。

夫，问道："呦，这位洋大人是？"

王国维赶忙让出身形介绍："这位将军是俄国义士，俄皇遭乱民颠覆以来，谢米诺夫将军毅然起兵勤王，十年来，从黑海到库页岛，几万里征战不息……可叹，可敬。"

德公公登时动容，一手拉一个团坐在茶几边，喟叹道："嘿！这么说，谢将军原是李存孝①一样的孤胆将军啊！"

王国维见谢米诺夫一脸茫然，替他笑着回答道："正是，谢将军勇冠三军，麾下有一支铁甲战车部队，纵横天下，百战百胜。"

"哦，厉害！……哎……说起来，咱家十三岁进宫供奉，能得老佛爷垂怜，还就是靠一出《雁门关存孝打虎》唱出来的福气。不过当然了，我是戏台上的假存孝，这位可是修罗场上的真太保！"德公公眯着眼朝王国维点头笑道，"皇上近来烦恼，天下败坏成这个地步，百姓苦啊……你看看……"他指着两个弱弱的女仆笑道，"这是刚买回来的苦命孩子，我不买她们，就得饿死在三不管儿……哎，原本都是好人家的孩子，打仗、逃荒、没饭吃。王师傅啊，这人啊，一旦没吃的，就不是人了……可怜啊。外面还有人骂我，说我好色、纳妾无度……哈哈哈……我一个半拉子人，还好色……"

---

① 京剧《十三太保》中李克用的第十三太保干儿子，勇冠三军。

王国维一句话也不敢接，只是赔笑点头。

德公公一伸手还没比画，一个女孩就熟练地打开纯金的烟盒，迅速拿出三支香烟，赫然在另一个女孩儿张开的嘴、吐出的嫩舌尖儿上分别"润"了一下，先送到德公公嘴边，划着洋火给点上，又低头垂眼地把另两支奉给王国维和谢米诺夫，王国维目瞪口呆地摆摆手，谢米诺夫却猎奇般咧嘴笑着接过来，也伸头让女孩儿给他点着了，不动声色地瞟了一眼德公公，吐出一串烟圈。

德公公那边儿说起京剧就收不住——已经从李存孝说到了《挑滑车》，又从《挑滑车》说到《哭灵牌》，他忽然失笑道："王师傅，您别笑我村野，我怎么听说白俄内战，乱民反贼自称红军，保皇王师却自称白军，可有此事？"

王国维笑道："似乎有这个说法。"

"哎呀呀，您看看，这自然不妥。咱家自打学了道，也粗通些道理了。您说说，这王师'白盔白甲白旗号'的，虽说是给俄国皇帝戴孝——哀兵必胜吧，可是别忘了，白色西方属金，但赤色南方属火，火克金，这可怎能取胜啊？"

王国维哑然失笑，点头顺着说道："是啊，难怪谢将军虽然忠勇无敌，却也吃了败仗……"

"嗯，因此上，要有个黑盔黑甲的将军，才能刹住赤党的威风锐气，这是……水能克火的道理呗！"

这话说得王国维一脸苦笑，谢米诺夫却似乎听懂了，笑道：

"赤党，就是红色的党？就是火一样的吧？"

德公公点头称是，有些惊讶地看着这个中文流利的白俄。

谢米诺夫笑道："那我们要喝一杯庆祝一下了！"

德公公一脸茫然，问道："啊……这是为何？"

谢米诺夫笑道："我们安国军总司令叫作张作霖，我听大家都叫他'雨帅'，一场大雨，还不就把赤匪的火浇灭了嘛！"

德公公哑嗓子忽一下子爆出群猫闹春般的狂笑来，不断点头，用手指点着谢米诺夫称赞道："对！对！这就叫水克火！我要奏请皇上，封他一个北方真武神将，荡魔除妖！"

三人有的没的说着闲话，却见大门推开一条缝儿——一时放进一阵外厅的聒噪。一条黑影闪了进来，溜边儿闪到德公公身后，耳语几句。德公公大怒，把手里烟卷儿狠狠掐灭了，起身道："带路，咱家去看看。"

黑影前头带路，德公公扶着两个女丫鬟后面跟着出门去了。王国维不喜热闹，端坐不动。谢米诺夫却是个好事之徒，也想跟出去，见王国维不动，便也忍住了。

门外，德公公脸色一沉，只见六国饭店虽然喜气洋洋，笙管齐奏、锣鼓喧天，送礼的嘉宾络绎不绝，但眼见的很多统一青衫、光头、脚蹬快靴的生人三三两两结伙混进大厅，全都找位置袖手站好，不一会儿，已经混来了几十条大汉。

德公公微微出汗，对黑影道："要出大事儿……你们袁八爷来了没？叫他来见我。通知荣公和唐姑娘，咱们的客人，进来的都请到三楼包间内和雪茄吧里，别乱走动。"

门厅口外一阵礼炮声，震得每个人身形一晃，只见张宗昌哈哈大笑进门，拱手向各界宾朋还礼道："今儿个，三喜临门，第一个是俺老张纳妾，但这只是给请客找个小小的由儿头，毕竟你们也知道俺啥人品；第二个是预祝老帅就任全国兵马大元帅；第三个嘛……嘿嘿……我老张先卖个关子，一会儿跳完舞，就宣布！现在……请各位入席喝酒，咱们先看节目！再跳舞！"

说罢，乐声大起，闪光灯齐闪，哥萨克人齐齐抽出马刀，张宗昌打头，领着一众宾客簇拥着他老娘为核心，在马刀下，走向西餐厅。

德公公看那些青衣人位置丝毫不乱，略放了心，蹙眉展开，冷哼一声，微微点头。

雪茄吧里，留声机转动，唱道：

春秋亭外风雨暴，

何处悲声破寂寥，

隔帘只见一花轿，

想必是新婚渡鹊桥。

吉日良辰当欢笑，

为什么鲛珠化泪抛，

此时却又明白了，

世上何尝尽富豪，

也有饥寒悲怀抱，

也有失意痛哭号啕，

轿内的人儿弹别调，

必有隐情在心潮……①

---

① 京剧《锁麟囊》选段。

第三幕

离殇

第一节：计搭连环

宣统十九年，民国十六年，公元 1927 年，5 月 6 日。阴历四月初六，乙巳月，庚子日，上上大吉，宜结婚定盟。正午时分。

大厅门口，乌泱泱，张宗昌的客人们全都进了西餐厅。前厅才略一安静，黑衣人开门让路，荣源、郑孝胥，罗雪斋被女儿罗纯孝扶着，以及庄士敦夹着一卷儿大公报，领着漂漂亮亮的几个小格格们一起款款进门，他们并不停留，看也不看大厅的花团锦簇以及左手西餐厅里面的喧嚣，昂头直向三楼走去……护送他们进门的是一个黑衣中年人，他迎上另一个黑影，两人相互耳语几句，朝坐在红皮沙发上的德公公这边儿看了一眼，一溜小跑赶了过来。

那黑衣中年人也不顾身边有人，朝德公公打个千儿，半跪在地上嘴里不住请安。

"袁八儿……"德公公板着脸，改口道，"袁八爷，今儿个是两狼山还是鸿门宴哪？"

叫袁八儿的中年人一听话头不对，登时双膝跪倒，垂头道：

"公公这话费解，小的惶恐，请公公指示。"

"袁八爷，你今儿带了几个人来办事儿啊？"德公公一伸手，立刻一支烟卷儿送到手里点着了。

"前儿您交代的时候吩咐过，除了日常倒班儿的 6 个人，今儿都加双岗，加上小的我，一共是 13 个人。"袁八儿打着小心微微抬头，赔笑道，"您还是叫小的袁八儿吧，您叫那个，小的心里瘆得慌……"

德公公"嗯"了一声，笑道："不对吧？我看你们那个进德武术会象字辈儿①的崽子们都来了吧？别跟我说你小子不知道……"

"是，不敢瞒您，进来了 37 个，外头还有 23 个。是小人那个大侄子带来的，领的是褚大帅的钧令，今儿听张督办手下吴秘书长调用。嘿……什么都躲不过您老的法眼……"

"废话……这班崽子脚上的快靴还是咱家送的呢！"德公公忽然翻脸骂道，"你们这是要翻天哪？知道今儿来的都是什么人吗？"

"小的不敢……您别发火儿，吴秘书长说不会出事儿，更不可能与静园的各位主子相干……我原本是不愿意的，可您也知道，

---

① 青帮家谱分为前二十四、后二十四和续二十四字。以近代文明的青帮帮主级别人物举例，袁克文是凤毛麟角的"大"字辈，而上海三大亨中张啸林是接着的"通"字辈，杜月笙是更小一辈的"悟"字辈。天津"大耍"袁文会拜"通"字辈白云生为干爹，因此也是"悟"字辈。这里用的"象"字，是后二十四字里面的帮众。

我那大侄子也不听我的话啊。您借我一百个胆子，也不敢忤逆您；可是小的就算长了一百个脑袋，也不够张督办砍的啊……"

"呵……长出息了，学会攀高枝儿了。"德公公咬着后槽牙骂道，"要不是看在你两个哥哥当年追随毓大人[①]，一个战死在紫竹林，一个自杀殉了毓大人，我能把你们叔侄推荐给白云生[②]？把荣公的差事儿交给你办？如今是翅膀硬了？"

袁八儿登时叩头如捣蒜，哀求道："德公公明鉴……今儿的事儿但凡有一丝一毫对主子们不利，小人三刀六洞，剖腹剜心，绝不活着……您体谅我们叔侄带着脚行、花会、宝局、茶围、武术会[③]这千把人，嚼咕性命全攥在张督办和褚大帅手里，这是亲自下的钧令，小人岂敢不从啊。"

德公公就默默哑摸着烟卷儿，看着他捣蒜般磕头出血，最后，等他磕乏了，才又问道："张宗昌、褚玉璞让你们办什么事儿？"

袁八儿不敢隐瞒，凑近了低声道："张督办和褚大帅筹措军费，奉票儿眼看着地方上不认了，就琢磨着自己发行省票……结果和银行谈不拢，多次请他们赴宴，他们也不来——不给他们面

---

① 毓贤（1842—1901）：晚清酷吏，先后巡抚山东、山西，以为民心可用，一手扶植起了"义和团"。

② 白云生：天津青帮头子，自己在军警联合警查处任职，在黑道却广收门徒，于黑白两道巧取豪夺，比上海青帮手段更为下流、残忍。

③ 脚行是水陆搬运工人，花会类似彩票，宝局就是赌场，茶围是娼馆、大烟馆，武术会是当时天津盛行一时的行业"武馆"，以上都是鱼龙混杂的社会底层流民聚集讨生活的地方。

子。这不……这次想趁着楼上楼下两个婚礼，商界七七八八的头面人物和家眷都凑齐了……于是张督办说要来个'关门放狗'，他在这里软禁这些经理和女眷们，华界那边褚大帅已经带着炸弹去银行公会大楼逼卞白眉签字去了。"

德公公仿佛听到了天方夜谭，烟屁股烫了手才甩飞出去，一边揉着手指头，一边抽了没有眼力见儿的侍女一个嘴巴。他站起来，热锅上蚂蚁般地转了三转，又看了看楼上楼下、门里门外袖手不语的青衣人。他知道张宗昌这次已经狗急跳墙，而这泼天大案根本不是他——甚至静园能罩得住的，全天下恐怕只有张作霖或是外国公使团出面协调了。

事已至此，他不怒反笑，叫袁八儿起来说话，他问道："袁八爷，看来你是把我们都押了天门了。咱家问你，静园的人现在可以自由进出六国饭店吗？"

袁八儿脸上一时没了奴颜婢膝，咬着后槽牙一字一顿道："张督办吩咐了，许进不许出，进来都是客，吃喝流水席，连排折子戏……但没他亲自放话，一个喘气儿的都不许出去。放跑了一个人，我们袁家人就全下油锅炸了。今儿来的弟兄，全是抽过红签儿的。小人今儿早上起来，就是死人了。但您老也放心，小人只要一息尚在，绝不让主子们受一点儿危险，受一点儿委屈……主子们该行礼行礼，该办事儿办事儿，该吃饭吃饭。张督办说了，静园也是他的主子，他也是从权，事不成，他回山上落草，事成了，他奉主子回宫。"

"呸！"德公公一耳光打在袁八儿脸上，但那袁八儿皮糙肉厚，反而震得手掌生疼。德公公知道整个饭店里的人已经成了张宗昌的肉票儿，但事大了也有好处——一般事儿越大，麻烦越少。天既然捅破了，就是神仙打架了，他也就没干系了。于是他往楼上一指，道，"走，跟咱家见荣公去，看他老人家要不要你的三刀六洞！"

承德道上，人车正常来往，并不繁忙。二十多名青衣大汉挥舞着竹扫把，将刚才婚庆游行的花瓣、纸屑扫到洋灰路面两旁，两名安南巡警夹着可笑的交通指挥棒站在街口，微笑着看着这些壮汉缓慢而细致地劳作。这二位心情很好——口袋鼓鼓囊囊。对面的马路边巍峨的六国饭店似乎一派祥和，里面异国风情的音乐不断传出来，有人高声歌唱，有人放声欢笑……忽然，二楼的一扇窗被人打开，有个中国胖婆娘朝他们挥舞着她手里的丝巾，这二位巡警相视一笑，也摘下斗笠向她挥舞——这个愚蠢的婆娘，很快就被一双有力的大手拖了回去。

而这时外面平静的六国饭店内部却已经像炸开了锅一样了。那个胖婆娘被抓进去的二楼大套间内原先金老板自己的陈设、床柜都被清了出去，满满当当地塞下六张麻将桌儿，一众身穿洋装的富商、银行家和他们的内眷面色如土地各自围坐在麻将桌前，却没人有心情开牌。而围着他们歌舞的，是一对儿大红大绿的二人转戏子，还有一对儿是莎拉马特和赵亮有样学样的凑热闹……而四个狂魔乱舞的中央，端坐的正是张宗昌的老娘——祝老巫婆①——她日常装扮就是随时可以登台请神的。祝老巫婆满面春风，看着疯了一样的莎拉马特满意颔首，而胆战心惊地作陪的，正是六国饭店的两位掌柜——金翠喜和金亚仙。随着老巫婆手里打的拍子，二人转的戏子扯开喉咙就唱——

哎……

神鼓一打鞭子翻，大门一关咱请神仙……

东方请来青龙仙，青纱满地遮了天；

西方请来白虎仙，一声断喝破三关；

南边请来凤凰鸟，百鸟朝凤献金丹；

北边请来玄武仙，十万阎魔化飞烟；

中央还有黄大仙，大仙搬兵又搬山；

搬兵胡黄与白柳，搬山长白在云端；

大风起兮云飞扬，要压五岳镇人间……

---

① 如果说五毒张宗昌身上还剩一点儿人性光芒的话，那就是对他从小相依为命的寡母祝氏始终非常孝顺。祝氏自小从山东闯关东到东北，在中东铁路工地沿途靠跳大神勉强生活，其艰辛困苦可想而知。东北跳神能歌善舞，想来张宗昌身上那些怪异的艺术细胞，应该是从这里耳濡目染而来。

戏子唱着,跳出门去(门外其他房间也同样坐满了次一等级的肉票儿),祝老巫婆一边抽起烟锅儿,一边慢悠悠地宣布着事情:"列位,今儿是我家灯官儿①大喜的日子,谢谢列位来捧场。我家生在村野,也不知道列位喜欢啥,那就请列位客随主便,这个灯官儿呢,原本就是站在我左里厢——唱《送灯》的童子,老年间,我把灯给老爷太太送去,灯官儿把赏钱取回来,俺们也好过年。今天我那孩子高兴,说是雨帅登基,这就要拜帅征南,我儿子如今也是个兵马副元帅,出兵前,娶几房姨太太,一来图个喜庆吉利,二来也请各位谋划军费。要是我家灯官儿真的吃了败仗,赤党杀入北京、天津,你们的生意铺子遭殃不说,妻子儿女也必定不能保全。"说着,她一把抓过莎拉马特,哭丧着脸对大家说,"你们看,这孩子以前何尝不是白俄大户人家的千金?如今流落成这样,要不是我这干妹妹心善养着,还不知沦落成啥样。都说南方赤党有苏俄枪炮,锐不可当,可我们不怕他们,我儿子铁甲战车天下无敌。可话说回来,那玩意儿,跑路喝油,子弹炸药,全都是现大洋跟洋人买的不是?"她见桌上各人都是魂不守舍,没人愿意听她一个老巫婆念经,也不恼怒,笑道,"我知道各位深明大义,这些大事儿只有雨帅、少帅和我儿子他们去张罗,我呢,就是帮我儿子张罗张罗,别让列位受了委屈。我看

---

① 张宗昌的小名儿。

咱们闲着也是闲着，不如打打牌散散心，不愿意打牌也行，我如今也入了会，拜了无生老母——这无生老母最是慈悲，如今战火快烧到河北省了，我听火线上回来的孩子跟我说，遭兵祸的老百姓最是可怜，因此，我发起个募捐，回头捐给道首张天然，算是咱们大家的功德，明个儿就见报，你们扬扬名，也积攒了福报……”

话音一落，两名跳神的戏子和莎拉马特端起托盘，挨桌收钱，各桌大户表情和遭遇了土匪是一样的，心底咒骂，表面也只能乖乖割肉。

祝老巫婆笑着，故意大声对金翠喜说：“翠喜，亚仙，你们别笑话我们，你们看在眼里——也做个见证。我儿子如今怎么也是国家的副总司令，三番五次下帖子请，托人求，结果这些财主，好脸儿也不给一个。我儿子要发省票，那是为了自己吗？那是为了国家的战争，是保咱们北方人的财产。咱们让他们担保，担保的也是国家的储备，又不用他们个人花钱！难道他们国库的银子是真的，我儿子这个国家任命的司令就是假的？他们看不起咱们穷出身，却又要咱们穷棒子流血牺牲，换他们太太平平儿地坐在北京天津城里鱼肉百姓？哼，我老婆子受了一辈子白眼儿，最不怕这个，今天我就帮我儿子当一回秧子房掌柜，咱们穷人家孩子在前线流血，我今天就拿他们炼油！我儿子难道是好惹的？他已经让褚玉璞给他们银行大楼全装上炸弹了……不给咱们省票担保，咱就让他们全升天。哼……褚玉璞可是个杀人不眨眼的，上个月在南开广场，枪毙了 15 个赤党！就你们这些吸血的蛀虫，我看一起枪毙，老百姓一定拍手称快！"

这些话，听得金翠喜和金亚仙两姐妹脸红一阵白一阵，担心饭店里出事，却丝毫不敢挪动地方，只是苦笑陪着。

楼顶玛尼杆下长调闷声远扬，盛装的蒙古新娘、新郎携手跨步越过火盆，在老喇嘛的引导下，焚香祷告，金碧辉上前，对着婆家的金炭盆，报告自己的到来。火焰在祈祷声中轰然点燃。随即一声呼啸响起，雄壮的马头琴唱响，新郎甘珠尔扎布挽着金宪东的手，与另外十几名蒙古、达斡尔、满洲的汉子围着大火盆旋转着跳起舞来。参加婚礼来的各族亲贵纷纷上前，将手中的黄油、白酒、羊毛或棉花扎满的羊脯子丢进火堆，火焰和舞蹈同时更加热烈起来。

老萨满敲响太平鼓，沉声唱道：

永恒的敖包上面，升腾着火神，燃烧吧，生命的火焰，有火的地方，就有蒙古血脉的繁衍……

——《蒙古 祭火歌》

荣公和德公公远远站在天台入口的角落，两人神情凝重，都在为张宗昌狗急跳墙的事情忧心——可别殃及他们这些池鱼。忽然德公公纳闷道："荣公爷，不对啊，十四格格那个日本干爹，怎么露了一脸儿人就不见了？"

"说是吹了风，头疼，下楼歇着去了。看起来不怎么高兴。"

"不应该啊，难道他知道狗肉张的计划了？"

荣源略一想，摇头道："可能是，以他那个唯恐天下不乱的搅屎棍心态，遇到这事儿，不会不高兴，反而会第一个喝酒庆祝——我看就是闻到味儿下楼凑热闹去了。"

"荣公爷，张宗昌这是将了张作霖一军啊！"

"可不是嘛……张作霖要登基当大总统，张学良却丢了河南，前线现在全靠张宗昌给他顶着，可是张宗昌没钱顶不住了，我听说张作霖只给了他 80 万奉票儿，可是现在，北方 3 省 2 市，谁还肯收那玩意儿？张宗昌这是摊牌啦。今天这个篓子，只有张作霖能兜住，他要是不兜着，中国、交通两大银行明天就会罢市挤兑，奉票就彻底完了，华北也就丢了。可如果张作霖帮他兜住了，张宗昌就是实际的华北王，军权财权一把抓，政权也就不在话下了。他张作霖等于认了一个一字并肩王啊。"

"荣公爷您说说，说来也奇怪，这奉票怎么忽然就毛了呢？不是有两大银行中央财政的担保吗？"德公公纳闷道。

"嗨，南军夺了上海啦。之前北方银行多次挤兑，都是靠着卞白眉从上海输送银子压下去的。这回，北洋财政是断了根儿啦。除非外国人出手，否则，河北、山东，都丢定了。张宗昌别看他跳得欢，秋后的蚂蚱啰。他这次摊牌，张作霖再不会让他回东北啦。"

"哦，原来如此啊。您说这下白眉，倒让我想起一个笑话，还是北府张头儿和咱家说的……他说，凭他是多肥的奶妈，也奶不活这么多混账的野种……"

荣源白了德公公一眼，骂道："粗俗！"随即回味一下朗声大笑起来。摸出白金烟盒，德公公立刻掏出洋火给荣公点上，试探着问："北府的张头儿，还在魏博困着呢吧？昨儿个我调人用，那个赛白猿唐唯禄的徒弟也问来着，那个孙殿英也太不给面子了吧？"

荣源"哼"了一声，佯笑道："唐姑娘已经说服卢筱嘉不闹了，他认了倒霉，那东西和人就都算安全了。张学良现在一脑袋官司，哪还顾得上这个事？张宗昌再这么一闹，我看也有好处。北府这趟事儿，黄是黄了，咱们至少不会有啥损失。等这几个姓张的闹完家务，自然就会放还。那孙麻子就是条饿狗，眼巴巴等着主子扔根儿骨头，看见骨头，才会放开咱们脚脖子。"

德公公"哦"了一声，连连点头，不再追问。眼前一对新人正在蒙古喇嘛的祝福下祭拜长生天，耳朵里却听得楼下的音乐声越来越大，荣源皱皱眉头道："走，下去看看，格格们越闹越不像样子啦！"

荣源和德公公带上阁楼的门，隔开两边风马牛不相及的音乐，顺着查尔斯顿舞曲走下楼梯，迎面就看见罗纯孝带着几个小格格在疯玩，庄士敦和罗振玉两个和蔼的老人在一边儿品酒微笑。另一边儿则是一脸凝重守在电话边儿的唐石霞。唐小姐看到荣公下来，赶忙迎过来，低声道："饭店内外的联络都断了，咱们电话早上被切了，我和吴秘书吵了半天的架，才同意给接回来。电话里少帅说——情况知道了，潘复^①已经奉命从北京赶过来了。说事情很快会妥善解决，让咱们不用担心。别的什么也没说。"

荣源毫不意外地点点头，耳中聒噪，给了德公公一个眼色。德公公一挥手，几个黑影立刻闪现，端出汽水果品让孩子们吃喝，并直接放低了音量，罗振玉也立刻招呼女儿回来坐下。

荣源看一眼庄士敦，对唐石霞说："庄先生呢？"

"庄先生能出去的，他们不敢拦。"

荣源长舒一口气，苦笑道："不用跟张宗昌这类人生气，先静观其变吧。回头把这笔账，想办法加在张学良的账本上就是了。"

唐石霞颓唐叹息："荣公，我等不顾廉耻，蝇营狗苟，却都不过是'为大盗积者也'……自打我们随他出宫，这样的屈辱、无奈，还要有多少次啊！"

---

① 潘复（1883—1936）：北洋时期政治家，张作霖时期出任内阁总理。

荣源板着脸，不理这姑娘的牢骚，良久，眼中闪起一丝戾气，沉声道："你守着电话，有任何消息，即刻报我知晓。我这就下去，找张宗昌当面理论，在这六国饭店里，我倒要看看这厮敢如何剥我面皮。"

荣源昂首当先，身后跟着同样杀气腾腾的德公公，德公公身后则是袁八儿率领的五六个黑衣保镖。他们走到楼梯口，本来挡在楼梯口，两个一脸横肉的青衣大汉立刻躬身行礼，更不敢拦阻。荣公嘴角微翘，大马金刀地走到二楼，往里面瞟了一眼，这里更是戒备森严。不但有青衫大汉们在关口守着，还有些直鲁联军手枪队的下级军官，虽然都穿着便衣，但满面征尘和倦色难以掩盖，他们三三两两地围在走廊里，劣质烟卷烟雾缭绕，让你根本判断不出客房里面究竟是什么情况——只是偶尔有诡异的太平鼓和摇铃的请神调飘出来。

荣源"哼"一声，直奔一楼大厅，还没到楼梯口，已经听见各国语言的喧闹声响彻大厅。一众原本拿了钞票，混在酒吧区抽烟的各新闻社记者发现事情不对了——老实的三五成群地聚在一起狐疑议论，躁动的围在酒店前台要求打电话，莽撞的已经聚在门口想要闯出去——特别是几个西欧绅士，趾高气扬地对着门口几个青衫大汉怒叱。

那几个大汉眼观鼻鼻观口口问心，毫不理会。有三个欧洲记者互望一眼，就开始上手推搡，其余中外记者一看有人先动手了，感觉有了希望，叫嚷着过来围观。

眼看人在门口越聚越多，忽听门外一声怪里怪气的大笑，一个一身肉膘的胖子带着两个手下摇晃着进了门，挡在众人前面，一脸凶神恶煞。那三个西欧记者退了半步，虽并不害怕，但确实也有些忌惮。

那胖子向众人拱手，长笑道："今儿是督军老爷大喜的日子，别敬酒不吃吃罚酒的，在下袁文会①，献丑给大家表演个节目吧。"说罢，他一挥手，手下两个人各自掏出一条拇指粗的铁链，两头各挂着一枚西洋钢锁。这两人把铁链子给众人亮一亮，一个人转身走到门口，抖动铁链一头将锁挂在门上，然后从容地掏出一把三棱攮子，"扑哧"将自己脸颊捅穿，根本不管汩汩冒出的鲜血，将另一头的锁"嘎巴"一声锁在了自己脸上。在男记者的惊呼和女记者的尖叫声中，袁文会笑嘻嘻地过去检查。

在众目睽睽之下，那袁文会不屑地"嗤"了一声，伸手就把大门拽开了——只见门扇带着银白的铁链子，甩出一溜鲜血打开了。众人又是一阵尖叫，但惊呼开始变成怒吼。却见袁文会从容地掏出一枚大洋，随手扔给面无表情、满脸是血的手下，笑道：

① 袁文会（1901—1950）：天津青帮头子。同是青帮悟字辈，如果上海杜月笙还保有民族气节和抗日尺寸之功劳的话，天津袁文会则是毫无品行的民族败类，一生坏事做绝，良心丧尽，死有余辜，遗臭万年。

"你不行，决心不大。咱换一个地方玩玩……"

那人接了大洋，向袁文会行个礼，站到一边处理伤口去了，豁开的脸上竟然有一丝笑意。这笑意更让众记者胆战心惊，却见另一个手下嘿嘿一笑，走过去关上门，从容地打开锁，伸袖子蹭掉血污。然后把自己的铁链也拴在门上，伸手向同伴要来攮子，也在袖子上蹭干净了——反手一咬牙，刺穿了自己的琵琶骨，然后"嘎巴"一声用锁给自己锁上了。他并不停，回头向大家露出一副诡异的微笑，然后瞪着死鱼大眼，缓缓地伸出一条长舌头，然后不动声色地把舌头捅穿了，把另外一条铁链子锁在了自己舌头上。然后这人，忍着微微的颤抖，从从容容地往门口一蹲，双眼直勾勾地瞅着众人，像是在说——随你们进出吧。

这下惊呼也没了，众人鸦雀无声，袁文会微微一笑，挥手让手下从咖啡厅搬来一把餐椅，大喇喇地坐下，温和地向众人宣布道："见笑啊见笑，我们粗人不会细致的把戏，这些三不管儿的土特产请各位中外大人们掌掌眼……看看我们天津卫的绝活儿硬不硬！您老要是不喜欢，随时可以走……我绝不拦着，走一位，我就给我这兄弟换个地儿上锁。我也纳闷呢，咱们一块儿数数，这一个人身上，最多能上几把锁？"他得意扬扬地一仰头儿，却正看见荣源带着德公公和他八叔从楼上下来，他一咧嘴，假装没瞅见。但这场面却让荣源惊得顿时没了煞气，一时愣在楼梯上，不知道是该接着下去找张宗昌理论，还是退回三楼算了。

众记者也是面面相觑，却听西餐厅婚礼现场一阵大乱，两名衣冠楚楚的日本外交官交涉失败，骂骂咧咧地跑出来，一看门被这样怪异地堵住了，也是胆战心惊，对望一眼，跺脚大骂道："这是强盗！绑票！"又指着门口的袁文会叫嚷着，"这是流氓！你们中国把权力给了这些野蛮的流氓！野蛮！义和团一样的野蛮！"

"误会！误会！误会！"一阵洪亮的叫喊响彻厅堂，一只大黑熊一样的张宗昌手里举着酒杯，脚下迈着醉步追了出来，他一边长伸双臂拦阻两名日本外交官，一边满意地看到袁氏叔侄——两个流氓已经把六国饭店全部控制住了。于是他高举酒杯，朗声笑道："二位使者！诸位记者！以及，列位高朋！我老张今日大喜，承蒙各位过来捧场，没有别的意思，更没有恶意……这个饭店暂时是封闭起来了，但绝不是要对各位不利，倒是想请各位看戏。要说呢，老张俺今日有三件喜事儿，这个六国饭店是个三层，因此，我也学日本的军事，来他个三三制！"他一挥手，从西餐厅呼啦走出一众手下，领头的是五名彪悍的哥萨克军官和他的五位白俄新娘，但这十个人全都身穿哥萨克骑兵大氅，每人手里提着一把明光晃晃的恰西克马刀。他们像孔雀开屏一样站到张宗昌身后，引出六名安国军士兵，抬着三只大箱子。

张宗昌一挥手，那三只大木箱在他和众记者中央打开——满满都是新印刷的、油墨芬芳、断口簇新的钞票，上面赫然印着北洋商保银行的名头，正面印的是长城，反面则是现在被褚玉璞放满炸药的银行工会大楼。

张宗昌抓起一捆簇新的省票，放在鼻子前面一闻，陶醉地笑道："老张三个喜事儿……第一，祝贺老帅登基当了全国元首；第二，俺老张今天当新郎！娶了这五个俄罗斯的美娇娘；第三，就是今天是咱们直隶、山东、河南发行新的省票的日子。这三件好事儿，今天来的都是贵客，都沾沾喜气。因此六国饭店三层楼，我也安排了三种节目……三楼俺的包间里，麻将、天九、扑克牌……样样俱全，想去的，这箱子里的钱，随你抓，一手不够，两手抓，一次抓的输完了，下来再抓。赢的，算你的，输了算俺的！第二楼，是中式的宴席、堂会，京剧昆曲二人转，轮番表演……我还特地请了天仙园的姑娘们作陪，绝对让列位吃好、玩好；第三个节目嘛，喏，俄国的西餐、舞蹈！咱们一起唱、一起跳！酒对酒！刀对刀！摔跤对摔跤！今天来的，都是老张的长辈、老师、兄弟姐妹！咱们乐呵一天！等到天也黑了，酒也醉了，人也晕了，也乐呵够了，俺的大事儿也办完了。那时候……各回各家，而俺老张，就要出征！列位莫要怪俺！俺也是倔驴脾气，不达目的誓不罢休！对！驴脾气——正是——远看老张一张皮，近看跑断了四个蹄，买驴别怕俺叫唤！一叫天下不憋屈！"

张宗昌半醉半醒的一阵发言愣是将全场惊呆了，他见状哈哈一笑，一挥手："咱们开席！ Броманс！（兄弟！）舞起！"

话声一落，哥萨克们一声欢呼，马刀刀光闪起，手风琴扯起旋律，头巾和裙摆如胜利的旗帜般飞扬，白俄们唱响《西伯利亚步枪手之歌》，然后就在大厅、西餐厅和酒吧区舞蹈起来。大厅中央，哥萨克的马刀舞不断由独舞变成男女对舞，又继而变成群舞，挽起的刀花仿佛从赤塔席卷到海参崴的白毛风，时而将这些英姿勃发的儿女们映衬成不败的战神，时而又将这些穷途末路的流民们无情吞噬……大厅里的外交官、记者、官僚和他们的女眷们瞬间被斯拉夫人爆裂的激情淹没、裹挟，有些相互扶持着躲到角落去了，有的则被斯拉夫人拖进舞池，也跟着僵硬地舞动起来，那两个日本外交官，跟着跳了几下竟然入戏了，哈哈哈哈地也跟着旋转起来。

看到这一幕，荣源感觉有些晕眩，耳边却听到一个尖刻的声音，带着明显的醉意评述道："土匪有土匪的好处，没什么顾忌。贵国管这个叫——光脚的，不怕穿鞋子的。我觉得很有道理，要是我国军人，也能像张宗昌将军一样有魄力，也能把我们日本的财阀都像今天一样控制起来，让他们为我们的圣战输血，那离伟大亚洲的崛起，就不远了。"荣源一转头，看到正是川岛浪速一双血红的三角醉眼。荣源越发觉得血糖骤降，德公公更是早就快晕倒了，他赶忙吩咐袁八儿，一起搀扶着荣公，分开混乱的人群，就近向雪茄吧逃遁。

张宗昌一眼瞥见这几位遗老落跑的背影，又看看门口怪猫一样蹲坐的袁文会，感觉快意极了，仰天大笑，抓起一把把他自己发行还没人担保的省票，撒向半空——钞票在六国饭店大厅上空散开，落在豪华的水晶灯上，然后落叶般无力地回到地面的团花地毯上。

雪茄吧厚重的丝绒大门里面仿佛盗墓的现场，灯光幽暗，古董斑驳，烟熏缭绕，人物啜泣。荣源被德公公搀扶着，撑着公爷身份的架子赶入门内，立刻挥手让黑影子合上门，屏蔽了外头的聒噪，门被关上前，川岛浪速身形一闪，挤了进来，黑影犹豫了一下，见荣公没有反对，便任凭他进来，自己退了出去。

德公公扶着荣源居中坐定，等眼睛适应了黑暗，看到哭泣的人是老学究王国维，郑孝胥在边上捏着根纸烟自顾自抽着，一个精明英武的白俄将军却在殷勤地给王国维递手帕子，似乎正在安慰他。德公公殷勤地摸出一个鼻烟壶，帮荣公挑出一撮，放在鼻子底下使劲儿一嗅，登时辛辣通透，从囟门往下打了个激灵，连打了三个喷嚏。德公公的两个侍女赶忙奉上热手巾板儿，协助荣公清洗了面皮和大褂儿。这边儿荣公爷打一个喷嚏，那边王国维就打一个哆嗦，三个喷嚏下来，王国维也借三个哆嗦止住了悲戚。想起规矩，站起来跟荣公爷见礼。荣源不耐烦地挥手免过，嗤地笑道："还真像是被绑了票了……怎么说也是大喜的日子，怎么哭起来了？”

王国维叹口气，眼角瞟了一眼桌上的大公报。郑孝胥长叹一声，劝解道：“国事不堪啊……怪我，带了份儿不合时宜的报纸进来，王师傅心重，看了揪心，就哭起来了。”

荣公爷“哦”了一声，德公公立刻把报纸取过来，女孩们把灯也端近了。荣公爷瞟了一眼，都是南北混战的时事新闻，疑惑地看一眼郑孝胥，郑师傅一笑，道：“第二版，冯玉祥部将石友三①烧了少林寺，王师傅说——千年古刹，毁于一旦！我又多嘴，告诉他不但少林寺，如今南军控制的地方，一律灭佛，僧尼还俗，寺庙充公，开封1400多年的大相国寺，也让冯玉祥改成自由市场啦……”

荣源皱着眉头听完，同情地看看王国维，点头赞叹道：“王师傅是纯人，把这些看得比咱们都重。自古乱世灭佛，也没什么稀罕的……不过大相国寺和少林寺确实可惜，都是传承了上千年的国宝，说毁就毁了……他们骂咱们大清国丧权、李鸿章卖国，可你们看看，民国十五六年了，这点儿家当，快让他们折腾干净了。”

---

① 石友三（1891—1940）：最初是冯玉祥麾下骁将，后来在内战中反复无常，落下个倒戈将军的名声。最后因为当汉奸，被手下将领诱捕活埋。国民军火烧少林寺的原因，其一是少林寺自建武装，与石友三作战；其二是少林寺鱼龙混杂，被很多会道门分子当作传道基地。冯玉祥在北方禁佛效果显著，北方佛教从此一蹶不振，确实移风易俗了。

王国维本来已经收住悲戚，这一番话又让他叹口气，泪水滚滚而下。荣公爷摇头，把手里的热手巾还给侍女，给个眼色，那女孩立刻明白，照样在脸盆里投了一方热手巾，伺候王国维擦脸，也把王国维一肚子话堵了回去。

郑孝胥喟叹一声，替他说道："适才王师傅说，江西龙虎山的天师祖庭也没啦……这些事儿，仿佛又是北京事变、辛亥革命……又是仓皇辞庙日嘛。他说……没这些东西，以后咱们的孩子们，就没了家了。"

荣源闻言也动了感情，看一眼德公公，惆怅道："少林寺——那是禅宗祖庭，还是你们学武人祖宗的根儿，我看那三姓家奴冯玉祥，火烧少林寺多半也是为了这个吧。除了这些……"他接过德公公帮他处理好的一根雪茄，放在鼻子底下嗅着刚烤出来的香气，悠悠地说，"我喜欢的，是少林寺有块碑——混元三教九流碑，你可知道？"

德公公知道也说不知道，笑道："公爷您给咱家讲讲呗……"

荣源也有意显摆，笑道："你也是受了点传修炼的，怎会不知？这三教自然是儒释道，儒教明伦，佛教见性，道教修身保命——这就是咱们中国的魂儿……他冯玉祥据说是个二毛子基督徒，干的是八国联军都没干成的事儿，怎能不让人痛心。"

"不！"一边儿看热闹的谢米诺夫忽然朗声插话，"冯玉祥，他是赤匪，怎么是基督徒？我才是基督徒，我们基督徒是传教的，可不烧庙宇，但他们赤匪要烧，他们杀神父、烧教堂。现在的'苏俄'不许我们神父穿僧衣，不许为俄罗斯的死者告解，让我们的人民灵魂再也得不到安宁……冯玉祥，拿的是苏联的钱，干的是赤匪的事情，是与我们古老而伟大的灵魂对抗的魔鬼。"

他这话一出，一直冷冷的郑孝胥和川岛浪速不由同时起身称赞道："说得对，他们这是要亡天下，亡千年传续的世道人心！"

二人说罢，三人相对大笑。荣源精神大振，满意地一拍大腿，将才抽了两口的雪茄往茶几的炭盆里一搁，长身而起，一把拉起犹自哀怨的王国维，转头笑道："德公公，既然是群英会就别弄成绝缨会啦，掌灯、开筵，你再不上芦台春，我看这三位英雄就要摸黑唱三岔口啦！"

德公公"嗻"一声，转头一挥手，大灯嗡的一声点着了，灯光照在一张大八仙桌上，冷盘果品才亮了个相就开始撤，给大菜腾地方，食盒依次打开，热气腾腾的鲍翅宴依次呈现，顿时喷香满屋。

"今儿个谢将军，呃——谢米诺夫将军是主客，我是替主子爷特地摆酒，给将军接风洗尘。"荣源招呼着大家分宾主落座，笑着让谢米诺夫坐了首席，请川岛浪速坐了二席，口中道，"川岛君是老相识了，您也有大学问，就请挨着王师傅坐吧，郑师傅您酒量最好，我今儿倒要看看您能不能把俄国将军喝满意啰……"

德公公在最下手副陪位欠身儿坐了，眼里盯着手下两个女孩儿手脚是不是利索，这两个女孩儿一个帮着大家斟酒布菜，另一个文弱弱地抱起琵琶，轻声拨动起来。

川岛浪速笑道："原本我应该是在楼上那一桌儿的，可没想到张宗昌今儿搞出这场大戏来，我是个好事之徒，一楼近便我看热闹，也方便和荣公、郑师傅讨教问题，上回没说透的话，今儿可以接着说完。"

"楼上楼下都一样，您今儿也是大喜，嫁女儿，我们先得贺您三杯！"荣公举杯，闻了一下，举杯干了，笑道，"芦台春，直来直去的爽快，有些冲，列位如不习惯，可以换女儿红。"

众人皆是举杯干了，只有王国维喝了半盅，勉强端起又放下，德公公眼尖，连忙吩咐侍女给换了女儿红。德公公一边给各位添酒布菜，一边抽冷子说话，免得冷了场。德公公将扒通天鱼翅给众人小碟儿里分上一羹匙儿，指着这菜笑道："列位，咱天津卫九河下梢儿，万国码头，因此本地的大菜并不比京城里的差——咱这儿不但是食材更新鲜，做法儿也是自成一派，讲究一个软而不绵、嫩而不生、脆而不艮、烂而不塌、苏而不散，入口那是沁浓软糯，满口留香……"

荣源微微试了试菜，微微额首，笑道："小德子，你说得对，也不全对……你可知道为什么我每回吃天妃楼，必定要吃这个扒通天鱼翅吗？"

德公公笑着捧哏："荣公爷您给咱们讲讲这里面的道理呗。"

"这津菜高手做这道菜，有一手绝活儿，叫作乾坤大翻勺，妙处就是上下翻飞，左右开弓，材料在锅里几乎不沾锅底儿，却能在快火上反复烹调，受热均匀，既能让这盆菜满盈锅气，最后出锅却依然行列分明，秩序井然，一丝不乱。"他说到这儿，瞄见郑孝胥微微颔首，登时笑道，"郑师傅，想来您能知道这菜的妙处？"

郑孝胥举杯哑摸了一口烈酒，微笑道："天津靠海，自然是海鲜当家。这老子《道德经》说得好——'治大国如烹小鲜'，就是因为这鲜软的材料，最忌讳猛火爆炒，否则碎成一团，就不可收拾了。而我听着荣公所言，合着天津卫的厨子，专会什么'乾坤大翻勺'？就是说，翻来翻去，也能让这秩序不散咯？"

王国维正低头寻思怎么文雅地把烂烂糊糊的鱼翅送到嘴里——他如今岁数有些大了，还是这样软烂喷香的食物对口儿。听到秩序不散的言语心中一动，抬头瞪眼点头，又惨然摇头，对荣源叹气道："若是这十六年的北洋衮衮诸公，能有一丁点儿这个意识，也不至于让天下崩析，百姓倒悬了。"

荣源呵呵一笑，指一指德公公笑道："小德子，这事儿你晓得，你说说这道菜的来历吧。"

"嘛……"德公公笑道，"这事儿还真没什么外人知道，当年太后命咱家随着庆王爷来北洋看操演，袁世凯当时请我们吃的就是这个天妃楼——压桌的，就是这道'扒通天鱼翅'啊，嘿嘿……庆王还真是吃了他这个乾坤大翻勺的亏呢。"

王国维瞪着眼干了酒，怒道："当时怕百姓受苦，才接受的《优待清室条约》，如今弄成这样子，优待条约也废除了！无耻！"

荣源指指眼前的八珍豆腐和火笃面筋两样最绵软的，示意放到王国维近前，嗤笑道："狗屁的优待条件，答应每年给的银子十成没有三成，袁世凯活的时候，还要买他娘的爱国公债，宣统八年，光是利息，就一次性免除了300多万！还不知足！后来袁世凯死掉了，乾坤大翻勺似的换人，都要来咱们这里借银子、免利息……冯国璋、徐世昌，还有安福系的，都是一张嘴就是几百万，一张嘴就是几百万……哪里是民国优待皇上？明明是皇上养着这帮贼寇看家护院。"

郑孝胥不动声色地举杯向一脸惽然的谢米诺夫敬酒，荣公这才意识到自己又说多了这些无意义的旧账，他哑然失笑，自嘲道："万里的江山、亿数的子民都丢了，说这些也真无趣……来，谢将军，你是好汉，我也敬你一杯。"

于是，三人互相干了酒，其余三人陪了半杯，川岛浪速嘿然发笑，举杯敬酒道："列位，今天在座，既有伟大沙皇的忠贞勇士谢米诺夫将军；也有枕戈待旦、忠于王室的大清皇帝的忠臣；在下呢，也是我们大日本天皇陛下的忠臣。因此，这是我们今天共同、难得的缘分。"

　　众人纷纷应和，谢米诺夫也听懂了忠勇二字，狠狠点着他微微秃顶的脑袋。大家随即干掉了杯中酒，川岛浪速却从容地举起了第二杯，接着说："咱们各自出身于三个国家，是邻居，也是朋友，过去曾是敌人，未来却可以是亲人。我们彼此战斗过，也彼此扶助过，用古人的比方，有吴市长歌的伍子胥，也有秦庭痛哭的申包胥。在下要说的是，今日之世，正如春秋之时。我等既同有赤子之心，就当共秉承匡扶天下之心。何为匡扶天下之心？就是亡国可以，不能亡了天下道统，当今寰宇，人类最大之敌人，就是赤祸！而赤祸尤甚之处：一在东欧，一在远东，而苏俄已成汪洋赤海，其共产国际大有吞噬世界之心。今日我们尚能在此地举杯畅饮，确实借了满蒙为北方的防波堤，而南方战事正酣，赤潮兵祸已过山东！正是我等携手，奋起共进之时。"

　　众人闻言，纷纷点头称是，谢米诺夫更是起身慨然宣誓，愿意率领手下哥萨克精锐，从南到北，由东向西，从大兴安岭到喀尔巴阡山凿空红色壁垒。

　　郑孝胥哈哈笑着把他拉回座位，满上酒，对了一杯，点指着王国维笑道："将军气概干云，可我们王师傅也不亚于你，早年间他就有首诗气压诗坛数十年——'千秋壮观君知否？黑海东头望大秦'①。今日盛会，得川岛君和谢将军点化，郑某人茅塞顿开，

---

① "十二西域纵横尽百城，张陈远略逊甘英。千秋壮观君知否？黑海东头望大秦。"
　　王国维《读史二十首之一》。

前儿皇上也说，如今目光更不在九州之地，时世纤毫微动，莫不是大世界之风鼓动的青萍。我们的确应该有整个东亚的格局，乃至世界的眼光。"说着，他举杯敬给川岛浪速，笑道，"上回讨论意犹未尽，今天还请川岛君解惑……"

两人相视一笑，举杯各自抿了一口，郑孝胥敛颜说道："中国军阀分三等，一等军阀打仗靠借款，二等军阀发债，三等军阀才抽厘金。"他笑着指一指外面说，"这张长腿，今天在这儿唱这么一场大戏，不过是想让天津的银行给他的债券担保发省票，而南军和冯玉祥也是苏俄借款武装起来的，这才猪突猛进……"

川岛浪速收起笑容，狐狸似的眼回望郑孝胥的狼眼，抿着杯中酒等他说重点。

郑孝胥坦诚道："我想请教的是——南军已经占据上海、江浙，也就是说中国的钱袋子已经落到您说的赤匪手里了，这是否意味着奉系已经无力守住中原了？只有退回山海关外这一个结局？"

川岛浪速点点头道："天下方乱，群雄虎争，正是我辈逐鹿之时也……上次会面后，既然郑师傅、荣公都关心金融财政问题，我就回去做了些功课，果然有惊人发现——列位可知一个月前，南军其实已然变色了，其所谓北伐，可以说已经变了味道……四月十二日，第二十六军在上海屠城，你们一定知道，但为什么会这样呢？那是因为上海财团担保，已经从五国银行手里赎回了'善后大借款'抵押的关税、盐税。列位……这可是袁世凯

1915 年跟五国银行做的抵押，也是北洋财政的根本。郑师傅也说了，一等军阀靠借款，借款所抵押的就是中国的盐税和海关关税，明白了吗？原来北洋是中国的正统加法统，现在虽然张作霖草草登基，只能算是勉强抓住了法统，但是真正重要的正统，也就是财政钱袋子——却已经输给南军了。"

　　这话一说，在座的除了谢米诺夫一头雾水，所有人心中一凛。全都放下酒杯，瞪大眼睛听川岛浪速分析局势，他说："但这个巨大的好处，并不是白给南军的——条件就是让他们去除赤色，摇身一变，成为新的卢永祥、孙传芳，继续保护列强在江浙沪的利益——屠龙者终成恶龙。也因此，这才会弄出国民政府两个班子——南京一个，是拿上海铜板的；武汉一个，是拿苏联卢布的。在下判断，如果苏俄继续支持武汉，则南军内部，很快就会有一场恶战。如果苏俄不再支持清党后的南军，那么，南部中国不过是多了几个新的军阀而已——或是汪精卫，或是蒋介石、白崇禧，又有什么不一样？而天津、上海的钱袋子，早就被下白眉在底下打通了……因此，所谓北伐，变味了。今天张宗昌这个婚礼，其实就是奉系对金融界做的一场政变，逼着天津的钱袋子继续为奉军控制的北洋政府担保，可奉军手里已经没了关税和盐税，拿什么担保？铁路？矿山？"他看一眼谢米诺夫，笑道，"铁路北段现在是还在谢将军的铁甲军团手里，可没了银子，说没也就没了……因此，外面这出闹剧，是安国军企图保住中原最后的狗急跳墙。"

郑孝胥苦笑道："原来不是张宗昌纳妾，是奉系和银行公会抢婚，老丈人是洋大人的五国银行，如果南军北军的钱是花同一个老丈人的，连襟儿之间也就不用打了——南北议和也就顺理成章了。哈哈哈哈，合着一场大战，决战却是在六国饭店里打完的——真是叹为观止。"郑孝胥失望地和荣源对视一眼，叹气道，"可南北媾和，这可不是什么好消息啊！"

川岛浪速笑道："非也非也……我断定张宗昌这场闹剧，虽然能一时得逞，但必然失败，而且是坏了张作霖的大局。先说他能一时得逞……这理由德公公最能知道。他这次用的是青帮的人马，可这不是掩耳盗铃吗？不过上海上个月的屠城，也是青帮人马下的黑手，因而，这些买办赚钱胆子大得命都可以不要，可他们却最怕恶人。因此，这次，恶人一吓，潘复再来一压，我看卞白眉一定会暂时妥协，多了没有，上百万的担保还是拿得出来。"听到川岛浪速也知道了潘复奉命来津，荣源略一皱眉，捻起一根烟琢磨起来。

川岛浪速正在兴头上，口若悬河地说："那我再说说张长腿为何又一定会失败。他有三个必败——第一，就算拿到一百万担保，兑水发行了一千万元，可也是杯水车薪不是吗？弄不好，吃一个败仗，第二天就全是废纸了；第二，大家注意到了吗，张宗昌要银行公会担保发行，可不再是奉票，是直隶省票！这可是要自立山头的冒进，张作霖的安国军，和南军一样，也分裂了！"说着，他看见大家颔首微笑，便举杯找荣源对了一杯，笑道，"这第三就是荣公上次给在下留的作业了——张宗昌之所以敢于这样做，侧面说明了，张作霖没有要到日本的支持。张作霖没钱的话……必然照例退回东北，把华北、山东的烂摊子扔给张宗昌、褚玉璞，由他们自生自灭。"

荣源赞叹一声："好，川岛君高论堪比当年诸葛隆中对。我等茅塞顿开……可是……即便如此，张作霖想要退回关外，独善其身的力量大概还是有余的吧？"

这时，郑孝胥和川岛浪速两人异口同声地说："关东军要强化拓垦！如此——张作霖会是关东军最大的障碍。除掉障碍最简便的方法……"然后三人相视大笑，异口同声用《借东风·探病》念白口气道："天有不测风云人有旦夕祸福……万事俱备只欠东风……"

王国维几杯酒下肚，从开始说金融就昏昏欲睡，却被那三人的笑声惊醒，一晃悠差点儿从餐椅上跌落下来，却将身后的琉璃水烟灯拽倒在地上摔了个粉碎，吓得他跳了起来。众人也是一惊，却被王国维拘谨尴尬慌张的样子逗得哈哈大笑。德公公连忙扶住王国维，扶他到一边儿胡床上重新坐下。

郑孝胥收了笑容，假惺惺地眯着眼掐指一算，朗声道："我等才说东风——便有惊雷，这可是风雷激荡的益卦！大吉大利！

所谓，风雷激荡益增添，主阳客阴勇争先，有惊又险凶化吉，大事当在——戊辰年（1928年）……"

在王国维槽然惶恐坐下时，恍如隔世地看着众人已经闻言拊掌大笑，荣源颔首赞道："郑师傅今日神课可以胜过陈师傅了！"

郑孝胥笑道："荣公谬赞。陈师傅善于龟筮，胡师傅善于扶鸾，我自然不及，但我素有应变掐算的捷才……王师傅大梦先觉，这一摔杯，金瓯打破，破了潜龙勿用的囚笼，我等心心念念之事，定然当有贵人襄助，就要飞龙在天了。"

川岛浪速笑道："郑师傅言也凿凿，却不知贵人当应在何人身上？"

郑孝胥微笑用自己的狼眼盯着川岛的三角眼，伸出三根手指笑道："喏……谢米诺夫将军当然是第一个啦；第二位，川岛先生这是明知故问了，您当然就是第二位了；这第三位嘛——主阳客阴，这第三位贵人怕是个女子。贵人……旧日宫里的女主子才叫贵人，五行中央味甘，色黄——我看这个贵人不是姓糖（唐），便是姓金！"

所有人闻言不明所以，只有荣源、川岛浪速和郑孝胥本人哈哈大笑起来。荣源起身，郑重地将三人右手一一抓过来握住，慨然赞道："就如冰川溶解，我们必将为最后的余党抱在一起，与天劫战斗，绝地求生——'岂曰无衣，与子同袍'！"

郑孝胥点头道："'王于兴师，修我戈矛。与子同仇'！"

川岛浪速接道："'与子偕作'！"

谢米诺夫虽听不懂，但完全沉浸在慷慨的喜悦中，他张张口，声音却淹没在另外三人的誓词中："'与子偕行'！"

四人哈哈大笑，又准备满酒痛饮，却听见王国维半蹲半坐在胡床上，讷讷地开口问道："荣公，在下想上楼，与松翁见上一面可否啊？"

荣源正在兴头上，闻言嫌弃地"哼"一声，不麻烦地挥手说："德公公，你派个人，送王师傅上楼找罗振玉去……外面乱糟糟的，别再出了前天的洋相，失了咱们静园的体面。"

德公公闻言亲自扶起王国维，嘴里道："嘛……咱家陪着王师傅上楼吧……"

第二节：合卺定盟

宣统十九年，民国十六年，公元 1927 年，5 月 6 日。阴历四月初六，乙巳月，庚子日，上上大吉，宜结婚定盟。未正时分。

东风乍起，似暖还寒，似乎是清晨响铜法器的威力被嘈杂的海鸥声消解了，天色还比午时暗了些，空中又带出贵如油丝的湿气来。六国饭店，适才喜庆喧嚣的天台变得安静超然——而欢喜依旧——因为逃席而来的罗纯孝，正带着几个莺莺燕燕的小格格在对着迷蒙的天色和海河，吹着泡泡。宛如春之祭的舞蹈——江山信美，万物蓬勃，何止落花流水去，一样青葱打头来。罗纯孝用从酒宴上偷拿来的冰桶装满自制的肥皂水，又拿餐叉、吸管儿、枝丫和铁丝衣架做成大大小小、奇形怪状的泡泡模具，迎着微凉的风——跑起来——让阳光给泡泡涂上七彩的颜色，让春风展现出它的线条，让小女娃娃们恣意欢蹦乱跳……

王国维——猫冬一样躲在阁楼门的阴影里的老学究——恍如隔世，泪如奔流。那小女娃的笑声，正如囡囡一样娇哆欢笑，那蹦跳的身影也一样憨圆幼小。他知道抬头三尺，就是儿子温和的目光，他是在严寒中耐不住丧女伤痛，抑郁而逝，而他人走了，却将这伤痛加倍留给了父亲。这样的伤痛在这样的大地上无处不在吧，这样的伤痛他不愿意像自己太太一样转加在眼前这个看似无忧无虑的儿媳妇身上，他只有将悲恸转化成希望，尽管他知道这希望也是毫无意义的——就算带罗纯孝回家承担起长房香火的延续，也不过是又一个悲剧的开始吧。王国维无比羡慕起梁启超——他能在佛学中体验无我的超然；他也羡慕伍连德，能在刻苦工作的牺牲中忘我……而他，坐不定禅，也不愿再去钻研、教授那些毫无意义的学问，他的道，在这个朝气蓬勃的春天，如万年冰川残余的最后一块倔强老冰，终于融化成泪。

追随着彩虹泡泡飞奔着的小格格韫欢最是眼尖，一眼瞄见阴影里有个身形佝偻，拖着花白辫子的老怪物——正是罗姐姐嘱咐过要帮她盯着的——要抓她回去压在高塔底下的老怪物，小格格立刻立功般地尖叫一声，拉着姐姐们往回就跑，一起跑到高耸的洋铁皮水塔后面躲了起来，姐姐们不明所以，兴奋得像在捉迷藏，罗纯孝却立刻明白了缘由——从不真实的春之梦般的欢乐中，回到上海公寓里不堪的往事中——死掉的丈夫犹自抓着早夭的女儿们的小照，木讷无语的公公和恶语相加的婆婆，当时她能做的就是逃掉，可如今这楼顶，却被公公王国维守住唯一的出口。她怒火中烧，恨不得跳下楼去，这是给公婆最棒的报复吧！或者，走过去，坦言她的态度，她却不敢。或者假装看不见，在这六国饭店，这老人还能把她像村里的族长一样押赴祠堂？对了，她父亲还在楼下吃酒，她父亲能救她，还有唐小姐她算是主子，能管束这老人；还有金碧辉妹妹，今天是她大喜的日子，不会让老人闹事，一定能为自己撑腰。于是，呆立的罗纯孝眼光一下子灵动起来，蹲下对着精灵般的小格格韫欢耳语几句，那小格格立刻兴奋起来，像得了先锋印的罗成，狠狠地点点头。然后小格格蹦蹦跳跳地朝门口跑过来，嘴里唱着英文童谣：

Ring around the rosies

A pocketful of posies

Ashes, ashes

we all fall down[①]

王国维还没能从幻镜中苏醒，又被儿歌催向更深层的迷茫，这孩子的洋装简直和囡囡的一模一样。他看孩子朝自己这边跑来，慌忙用袖子揩去脸上的狼藉，想像从前一样抱住这孩子——哎呀，口袋里似乎没有准备糖果哩。正当老人发愁没有糖果，那顽皮的孩子已经冲他吐了吐舌头，一低头钻进门里去了。儿歌继续在楼道里飘扬，王国维猛然感觉脸上一凉，天空又下起雨来。

---

① 英国儿歌《玫瑰花环》："玫瑰做的花环，用一口袋的花朵，灰烬，灰烬……我们都将倒下。"此歌谣常作为儿童启蒙歌谣，但据说此儿歌源自人们对瘟疫的恐惧。

于是，春雨中，老人完全困在尴尬的入口，进退不甘；另一边，几个女孩儿兴奋地躲在水塔底下，毫不在意雨水弄湿了她们的洋装和发梢儿——仿佛正在经历千载难逢的冒险——像一群被堵住的鹧鸪，假装害怕那只垂老的猫儿，因为只要他往前一步，她们自可轻笑着飞向九霄。

"观堂……你来了！"

王国维这才恍然回魂，回身眯着眼往阁楼深处略显老态的身影寻声望去，有些埋怨地回答道："松翁，您总算肯见我了。"

屏风一遮，德公公客气地朝两位老者微笑颔首退身走了，一挥手把侍立的两个黑影子也叫走了——这是二老的家事，他懒得知道。

脚上一双锃亮的英国皮鞋，一身素白的长衫上犹自罩了一件洋红色、狐裘掖边儿的保暖坎肩儿——松翁罗振玉一手轻摇着一把白鹅羽扇，另一只手习惯性地捋着花白了的美髯，他一脸关切地看着王国维对着面前蒸腾的茶水发茶，脸上还有些斑驳的泪痕。罗振玉顺着王国维发茶的眼神看过去，落在的是仇英的百子图屏风上，心中一怆然，叹气道："观堂，情深不寿啊，潜明已犀麈归枢 [①]，你我又何必总做临殡之叹呢？三姑说，她公

[①] 典出《世说新语》：王长史病笃，寝卧灯下，转麈尾视之，叹曰："如此人，曾不得四十！"及亡，刘尹临殡，以犀柄麈尾著枢中，因恸绝。

公添了咳血之症——观堂啊——你还是春秋鼎盛的年纪，除了潜明，还有5个儿子，长房嫡出也还有2个孩子，而慈明、登明还读小学，你如此形状，岂不是置潜明于不孝？如此，他也不能安心。"

说罢，罗振玉按下羽扇，到博古架上抽出两匣新书，轻轻摊放在王国维面前，用仿佛释然的语气叹道："你来得正好，你看看，贻安堂经籍书店总算履约，百折千难，这书总算刊印出来了。"

王国维从屏风上收回的眼光顿时一亮，像哭过的孩子得了糖果般欣然赞叹道："松翁，这是《番汉合时掌中珠》[①]的抄本！这套是君楚[②]（罗福苌）的《西夏国书略说》，六年了，终于刊印出来了啊！松翁，中国学术之纲目——独以松翁之力，不但多了一门敦煌学，如今，又多了一门西夏学。这两本书出世，君楚不朽矣……"

罗振玉拂须苦笑，道："功夫主要还是他哥哥带着他下的。开一门大学里的科目，眼下对皇上又有什么裨益？倒是库里倒腾

---

① 《番汉合时掌中珠》：西夏学者编定的中文对照字典，1909年于黑水城出土，却落在俄国人手里，视作禁脔，几经周折罗振玉才在日本搞到部分残本，如获至宝，潜心研究，花费多年心血才使其重获新生，而西夏王朝在文明史中的地位，也得到重新的研究。

② 罗福苌：罗振玉次子，字君楚。因誊抄古籍，积劳成疾而死。

出来 8000 麻袋 ① 的废纸,身价忽然就上去了——这就是这傻孩子用一条性命换来的价值。"

王国维仔细翻看着新书,习惯性地在油墨微瑕处用指甲做了记号。罗振玉摇头道:"观堂,我很不放心你。你又是这样——扼腕捶胸、搔首问天的了……我们相识有三十年了吧,我初见你时,你就是如此——那时候维新失败,新党惶惶奔走,令尊担心你,硬把你送进我的东文学社,我们一面读书,一面准备响应康梁起事,大有'风萧萧兮易水寒'的决心……"

王国维的回忆把他从西夏历史中硬拽了回来,摘下小帽,揩了揩额头笑道:"却有三十年了……那时候新婚不久,莫氏刚怀了潜明,我却一头扎进你东文学社的图书馆里,那些彻夜苦读和当时松翁送来的老酒和花生米,都让我受益匪浅——真是感激不尽啊。"

罗振玉笑道:"我自幼赤贫,却能知道那些便宜东西最可人,也最喜欢金圣叹的妙法……"

两人异口同声笑道:"花生米与豆干同食,有火腿味道……②"

---

① 1921 年春,北洋政府财政困难,故将大部分档案分装八千麻袋,计 15 万斤,以 4000 银圆卖给北京同懋增纸店造纸。罗振玉倾家产购得,整理后陆续售出。辗转多次后,终于收归国家。

② 金圣叹(1608—1661):明亡清兴之际的大学者,文艺评论家。死于清廷对江南读书人的"杀鸡儆猴"。其人好诙谐,引颈受戮前,留下遗言是花生米与豆干一起吃,有火腿味道。

罗振玉感叹起身，冲屏风外面吩咐道："温一壶女儿红，多拿些花生米和豆腐干来下酒。"然后仍是回身坐下，盯着王国维，用羽扇指着他的大眼睛说道，"第二回，你记得吗？是咱们大清亡国，辛亥革命，乱党群起，袁贼窃国！你我二人困于大云书库^①阁楼之上——恨不能一把火，将这一楼旧书和咱们二人全都烧了……以殉国家。"

王国维苦笑着把双手怕冷似的揣进袖口，眯着眼回忆道："真自焚了，也是笑话……江苏巡抚捅掉两块瓦片就算民国了，天下倾覆，汉人竟没有一个殉国的，满人嘛，镇江有个载穆，湖北有个桂荫……别的我都想不起来了。这事儿弄得赵无补^②（尔巽）修咱们大清史的时候极为尴尬……哎……"

罗振玉拂扇大笑，点头道："后来你我对面参了两天的闭口禅，最后还是大谷光瑞那臭和尚聪明，让潜明和三姑一趟趟给咱们送老酒、小馄饨、阳春面……结果又醉了三天，人家殉国不成是小妾不答应，你我没能殉国却是和尚太狡猾……"

"可不是……"王国维也笑道，"难怪一直给咱们送酒、送菜，却不曾送一袋烟来……酒醒后，您说天下已亡，便带着两家人和

---

① 大云书库：是罗振玉的藏书楼。1928 年罗振玉在旅顺建住宅，将毕生藏书、古玩陆续搬运到此收藏。1931 年加盖一座 3 层欧式藏书楼，起名大云书库。本故事借此名统称罗振玉的收藏，时间提前了。

② 赵尔巽（1844—1927）：晚清政治家，学者。官至奉天都督。清亡后，任清史馆总裁，主编《清史稿》。

一屋子书东渡扶桑，决心要做新时代的伯夷叔齐……让我惊讶的
是，日本学者之中国藏书，竟然如此丰富，在日本流寓的五年生
活，是我此生最为平静，学业也最有进步的五年。"

罗振玉这时从黑衣侍者手里接过餐盘，给自己和王国维分别
满上一杯温酒，叹道："没有你，就没有我大云书库的大成，观
堂，单说做学问，我远不及你……"

王国维干了老酒笑道："可没有大云书库，也就没有王
国维。"

两人相视良久，慨然一笑，一同灵机一动地捻起一块豆干，
夹着一粒花生，一起放进嘴里，用力咀嚼，然后相视点头大笑，
眼里却泛出既老又咸的泪花来。

两人又干了一杯，罗振玉一边倒酒，一边笑道："第三次，
你这个样子——就是张忠武①复辟失败那一次。那时候你在上海
哈同花园②和枕流公寓里作你的《观林堂集》，我还在日本京都重
新校对咱们的《流沙坠简》，忽然收到你的来信，痛斥北上的衮
衮诸公竟然不带你去……哈哈哈哈……不去还好了。"

王国维略显尴尬，叹息道："张忠武被段祺瑞坑了，可当

---

① 张勋（1854—1923）：张勋复辟失败后，在天津经商，死后溥仪赠谥号'忠武'。
② 哈同（1851—1931）：上海滩传奇的地产大亨。哈同花园是哈同打造的"上海大观
园"。他热心资助文化事业，在哈同花园内组建了仓圣明智大学，王国维和罗振玉
都在这里从事过教学或研究工作。

时谁又知道是坑呢，可叹他被坑了不要紧，把咱们大清的气数，算是坑到家了，没他这么一场闹剧，皇上的事业又怎会如此艰难！"

"是的，皇上从此如履薄冰，性格却也变得有些狐疑啦……哎……这第三次不算，真正第三次，还是要说前年的甲子之变①——你哭得不行，外面那些小报记者也说什么'北门学士欲赴死'？观堂啊，你是不知道——那时候我哪有心思赴死？我要救皇上……那是我这辈子抓到的最大的一张牌，我不但抓住了，我还打赢了。是我利用庄师傅把皇上从北府接出来的，也是我和芳泽②定好计策，又从庄师傅手里把皇上转移到日本使馆的。我怎么会陪你殉国，我必须要活着，皇上要我保驾救国。我是动用了从东文学社开始三十几年积累的关系，才办成这一偷天换地的大案，我把芳泽的日本公使馆，都变成了咱们皇上的行宫了！"

王国维放下杯子，颔首微笑，多年的疑团有了正解，他颔首道："前儿个郑师傅还问我，为什么皇上请您进南书房，您却推荐了我？"

---

① 甲子之变：就是 1925 年，冯玉祥发动的首都革命，冯推翻了曹锟政府，也派部将鹿钟麟将溥仪和他的小朝廷赶出了故宫。
② 芳泽谦吉（1874—1965）：时任日本驻华公使，其人外交生涯大半在中国，著有《外交六十年》。

罗振玉笑道："本来你学问就比我好嘛。观堂……我们的学问呢？往大说，那是存续天下道统的把柄，往小说，也是如今皇上典卖祖产，谋求大事的根本。在咱们没进南书房之前，他们干的都是什么偷鸡摸狗的勾当？搬建福宫的金银古玩去卖……竟然大秤称着论斤卖！偷偷让小王爷和唐姑娘带珍玩字画出宫，或是让绍英①、荣源在皇城根底下开古玩铺子……前后让北京城各大古玩行轮着坑了不知多少银子！最后为了掩人耳目，居然把建福宫都一把火烧了……栽赃太监偷东西。"罗振玉哂笑摇头道，"等咱们去了又如何？连皇史宬破箱子里的废纸，都能摇身一变成为宋版书卖出天价。"

"您不是说那就是个玩笑——一来，东西放坏了也是糟践，二来皇上也缺银子用，才出此下策吗？"王国维瞪着大眼睛问道。

"那也不是假话，皇上这些年手头儿赏出去的玩意儿，就够盖个博物馆了，更别说银子。当年绍总管找到我，不也就是看中了咱们能有这个点石成金的本事吗，难道还真是教皇上读书写字儿？真正南书房的事儿，自有那些翰林，岂能轮到咱们两个草莽。因此，我才推荐'你'进书房行走，而'我'还得在外头当'掌柜的'呢——这才是我真正的差事儿。而对咱们两人来说，

---

① 绍英（1861—1925）：晚清名臣，清亡后出任小朝廷的内务府大臣。

要做金石训诂这个学问，看不到皇家的藏书又不行。我自幼家贫，却眼看着我老师家里，原本是泼天的富贵，最后都换了几块甲骨、几片青铜器，像宝贝似的摩挲了半辈子……可怜，可怜……可来回来去，不也就那几片宝贝、几十个大字吗？"

"嗯，两代修书，年年上寿，民间的东西确实少了。我也是因此很乐意听您的话，到南书房当差的。金石训诂起于乾嘉，而经您之手蔚然光大，一来是现代考古发现日新月异，二来也是乱世宫禁大开，数百年藏书重见天日。我们不但是有缘之人，也是有幸之人。"

罗振玉微笑颔首，和王国维碰了一杯，笑道："正是，此外，还有就是恰逢世界学术发展风气感染，又岂是你我二人之力？而是我们有心无意间，站在了潮头浪尖，有人生际遇如此……"他抚摸着面前的《番汉合时掌中珠》喟叹道，"我儿君楚，为之呕心沥血而死，又复何憾耶？"

王国维微笑道："我辈身丁末造，图存图强，我最初觉得，自长毛乱起，仿佛业火焚烧，整片大地尽做飞灰。而我们做学问的，一面要在这样的世道讨生活，又要在飞灰的底下小心翼翼地扇动着，看看有没有一星火种——因此，无论尼雅、敦煌、殷墟，每一发现，我们莫不欢欣鼓舞。因为感觉可以在这漫无天日的黑暗中，扬起一星的火来，有着一星火，岂不是说，这末世就还有了希望？"

　　罗振玉微笑有些僵住，细长的手掌历数着羽扇的经络，他很熟悉老搭档说话的方式，他知道"但是"——就要来了。

　　"但是……松翁……我们如蛾扑火，如蝇逐臭，真的不是在扬汤止沸、负薪救火吗？上个月与北大同人座谈，顾颉刚[①]满口说要拜我为师，说起学术，却把你我研究的史料变成了他疑古学术的草料。这也还罢了……毕竟是学问之争。而我此次南下、复北还，千里沙场，生死茫茫，一方面生灵涂炭令人痛心疾首，而真正可怖者，实乃人心已然不古——南军杀叶德辉、王葆心[②]，烧了天师宫、少林寺……可青年人并无惶遽，反而各个欢欣鼓舞！我们呕心沥血扬起的火种，一闪即为灰烬，于天下人心又有何用？人心坏尽，天下不可收拾……有人说，中国之命运——恐以共和始，而以共产终。我们又何必在沙滩上筑城？"他手重重按在《番汉合时掌中珠》上，沉痛地说，"西夏灭国 800 年，文明湮灭无存，我们就算复活它的文字，对今天挣扎在图存图强的青年人来说，又有何裨益呢？我们清华北大，好容易教出来的栋梁，最后全填了造反的炉灶。庚子年以来，探险家已将丝路涤荡、山陵尽罄，而我自去年入秋，昼夜咳血，想来也是精血耗尽

---

① 顾颉刚（1893—1980）：历史学家，现代地理历史学和民俗学的奠基者之一。他对王国维极为推崇，却也能坚持自己的研究方向。

② 王葆心（1867—1944）：清末民初的著名学者，他遭南军杀害的传言，见于梁启超对王国维的纪念文章里，但后来证明王并未遇害。

了……而罄尽山陵之国宝，我辈呕血之文章，难道就为了搏一个虚名，换几块洋钱？而这钱最后还不是和曹锟之猪仔、张宗昌之鸦片一样，莫不变卖成了杀人的子弹……"

"观堂！"罗振玉急切地打断正在将现实的苦痛转化为审美的升华的诗人吟唱，他正色道，"我刚说到你前三次发黍离之悲、负怀沙之志，莫不是我带你走出来的……你何不再信我一次？圣人曰，五十而知天命，我辈生逢乱世，天下涤荡不假，可是你要知道，鹏鸟入贾谊宅后20年后七国方平，陈咸①存汉腊15年而复见汉官威仪。今日，南势北渐，兵危战凶，而世界局势也如波谲云诡，天下再无武陵桃源。可是，观堂，你我既然身负国恩，于南书房行走，除了忧心天下，更应该念及皇上处境久危，如今静园难靖，皇上如釜鱼幕燕，嘴上不说，但其惶惶不安，众所周知。皇上暂居静园安身，岂是长久之计？而我这两年来，无心与你谈论学术，我变卖金石、藏书，正是毁家纾难。皇上最初最依仗约法，想讨好军阀，以便恢复优待条件。我早说那是缘木求鱼、与虎谋皮，果然，前日最会装大尾巴狼的张作霖终于原形毕露，自己沐猴冠带起来了，我看不但荣源幻想的东北航运公司董事成了泡影，依靠军阀力量回宫的事情更是谈也免谈，那张胡子反过

---

① 《后汉书·陈咸传》记载：王莽篡汉，陈咸辞官回乡，到了年尾家里祭祖，仍用汉"腊"（日历）祭奠。别人问他为什么不用新历？他说我家祖先怎会知道王氏腊呢？

来不来敲诈你个几百万两银子就是万幸了。"

王国维疑惑地问："既然危险，皇上何不听庄师傅和唐小姐的意见？干脆远遁外国，离开这个是非之地也就是了。"

罗振玉一笑，反问道："若是观堂你，作何打算？"

王国维沉思片刻，摇头道："东洋如今风气大变，社会撕裂，怨气颇深，我再不愿往；西洋欧战后颓废虚无，且也在闹共产主义，那与中国何异？南洋、巴西荒蛮，又何必自我流放到一个连文化都没有的地方？若天下文化尽皆灭绝，四海便再无孤竹之山；若寰宇青年都曰革命，番汉便再无可托孤之人。吾道既绝，纵有沧海浮槎，义无所归也。"

罗振玉点头道："我想法与你颇为接近，而我揣测皇上想法也有类似；若想走，早就走了，还等到今天？自然是皇上自己不愿意走。我想不愿走，一个正是为了观堂你这样的人还在，可见'道'尚未绝，皇上便不忍割舍；第二却是因为有我和郑孝胥这样的人还在，王道复行于天下，就还有希望。"

"和郑师傅同道？……他却说你……"王国维狐疑着瞪大了眼睛。

"我知道，他和你说过与我不和，这是自然，他那个孤僻的脾气，自以为才智天下第一，可惜他一个孤臣，不够务实，于乱世恐难有作为。不过，我们虽然互相都看不上，但他与我，嗯，如今可以再加上一个川岛浪速，却偏偏就是一条道路上的。观堂，我如今已经参与枢机，是因为我有从东文学社开始，三十年间积累的日本学界、政界、商界的根基。如今，日本要在满蒙大展手脚——因此也正是我罗振玉施展抱负、报效皇恩之时。我断定，安国军此战必败，而张作霖败退东北之日，我辈就会迎来复起之时。观堂，天下纷纷，你我大丈夫当奋不顾身，拯救天下胥溺，岂能效黔首穷哭于当涂？我实话跟你说，我已将上海、北京、天津的各地资产变卖，一众金石古籍悉数转运旅顺，已全部抵押给大谷光瑞的'无忧园'①，与宗社党人一起筹建复兴基地——准备迎驾北上。"

王国维瞪大了眼睛莫名惊愕："皇上决心已下？"

罗振玉冷哼一声，笑道："静园那些想回故宫的老顽固、唐石霞那些想留洋的，还有郑孝胥这样坚持多国平衡的……声音还是太多，皇上目前恐怕还是决心难定。特别是可能还抱着与奉系合作的一丝幻想。但这次川岛浪速带肃王的几个孩子高调回国，和亲满蒙，联络草原群英，其志必不在小，再加上川岛浪速本人在关东军和满铁②内盘根错节的关系加持，已经是一股难以小觑的势力。而川岛浪速和肃王一脉与张作霖冤仇似海，哈哈哈……

---

① 大谷光瑞的"无忧园"在上海，表面是一个农场但其中有电台、有保镖，是宗教道场，也是特务基地——是受日本官方资助的"拓殖"基地，是从军事情报、经济贸易到文化传播兼备的立体前哨站。

② 全称是南满铁路株式会社，但其经营项目远不至于铁路。类似于日本在满洲的"东印度公司"这种几乎等同于政府的殖民单位，代表日本贵族、财阀在东北的利益。

在我看来，这既是今天皇上低调处理十四格格大婚的理由，却也是静园即将与奉系关系彻底破裂的端倪。观堂，肃王一脉在旅顺经营多年，凝结你我毕生心血集成的大云书库也将终于落地在那里。既然你前三次发黍离之悲都是随我一起走过来的，这次，不妨放下眼前沮丧，专心帮我在旅顺重建大云书库如何？大谷光瑞手里还有个大东亚建设咨议会正在筹建，加上辽东诗社和东北大学的诸多故人，东北——正是一个百废待兴的局面。观堂，我知道你不喜欢政治，但我们建设东北亚反共协防共荣的桥头堡，文化建设也正是重中之重。"

王国维闻言指心，惨然道："自去年潜明去世，我便不能好好做事。我很是疲惫，仿佛油尽灯枯了，如今骥服盐车，纵再遇伯乐，也难登太行。我生来便是个看客，而不喜做台上粉墨登场之人，便是儿时社戏，看魁星点斗，我也总是躲在别人身后，怕被那目光盯住，被那神笔点到，否则便有责任在身似的。近来我睡眠很少、很差，往往穿梭于亦真亦幻，而又每每噩梦，仿佛回到海宁儿时的那片江滩……那一年大旱，钱塘江彻底干涸了，所有稚童都兴奋地在皲裂的泥板上奔驰，我去得晚，远远地，喘着大气，也跟着跑，却追不上他们……脚下到处都是鱼鳖的尸骨、田螺虾蟹的残蜕，炙热的风刮过来，一卷黄尘，满目荒芜，逃无可逃，嚎无可嚎……因为这是命运的大劫，众生平等，无可逃避的大劫。"

罗振玉张口，本还想说"皇上如今信我……"或是"东文学社还有多方赞助……"但湮没在对面老搭档无神的一双大眼的黑暗之中。他努力挥了挥扇子，惨笑道："观堂，你特地赶来见我，苦等了几天，想必是有什么大事儿托付给我的吧？"

王国维长舒一口气，眼光活络了几分，他掏出几张皱皱巴巴的银票，展开在那两套新书上，诚恳地点头道："您大约已经知道，我原本是想将二房幼子过继给囡囡娘，让她继承海宁王氏长房的香火。可是拙荆暴躁，不该与囡囡娘大吵一架，令这孩子负气出走。但这事儿仍一直挂在我心上。此外，潜明服务的海关，给发了三千元的抚恤金，我想这也应该是给囡囡娘的钱。因此，特地送来的。我知道，王潜明生前在海关帮您，哦不……帮静园做了一些事儿，我也听说有些账目对不上，让静园有些人对您颇有微词，因此，这些钱，或者您交给囡囡娘，帮我问问——她是否愿意代潜明延续长房？或者，您也可以收下，也不知道能否抵得上潜明生前的亏空？我王国维，一辈子花了您很多的钱。在日本更是全家老小衣食住行全由您照顾，我原本去哈同那里做事，本来就是想在经济上独立一些的，谁知后来，无论进南书房，还是去清华国学研究院，始终还是离不开您的照顾。我听说，就连我儿子也……哎，我听说潜明，在上海生活颇为奢侈，想来也是托您的照顾了……因此……"

罗振玉笑容逐渐僵硬，压住勃然的羞愤，冷了脸，嗤一声冷笑，打断王国维道："观堂，我们三十年来的账，你跟我算得清楚吗？你儿子是你儿子，也是我的女婿；我女儿是你儿媳，但终究是我女儿。"他用扇子指着银票怒道，"什么照顾不照顾？什么亏空不亏空？什么为我做事？我们每一个都是为静园做事的，也都拿静园的钱，难不成偏你是炉灰渣儿里蹦出来的棉花球？是闭门专心做学问的王大教授？我跟您说，你自光绪二十四年从东文学社领取第一笔奖学金，就再也和我，和大谷光瑞，和皇上，和这沉瀣的时局就脱不开干系了。我告诉你，潜明是我的好女婿，他很聪明，事情办得很妥帖，这点，他更像我，不像你！且他对三姑更好，我疼三姑，因此也疼他，给他照顾，有什么不对？静园是有些鼠辈嫉妒我，胡乱说话，还传到外边去说！那是因为几个钱的事情吗？那是要坏皇上和我谋划的大计！你本是我的人，不帮我啐回去，还拿银票来打我的脸吗？我老实告诉你，我捅的可是天大的窟窿，岂是你这个小石子儿能堵得上的？"

王国维被训得缩了回去，仿佛回到早年初跟罗振玉编辑《教育世界》时的光景，胸中酸甜苦辣，却又忽然不在乎了，也不怕了，他收回银票，淡然一笑道："松翁，你既知我，便应该知道我无恶意。"

"你无恶意，可你糊涂。"罗振玉一时有些语塞后悔，但硬板着脸，不肯从气头上顺坡下来。最后烦恼地说，"银子我是不要的，我女儿在你家受了气，我也是不开心的，潜明死了，我既替他惋惜，也为你担心，不过归根结底，我最心疼的，还是我的女儿。这我想你能理解，因此如果我女儿不想见你，不想帮你延续什么长房香火，我绝不会帮你说话，反而会护住她，不许你再见她。这就是我的态度。至于别的，刚刚说的那些话，你就都忘了吧。我看你也担不起那份责任了。好好休养身体，多想想慈明、登明他们……你就在清华教书吧，那里青年多，阳气旺，离颐和园也近，听说已经改成公园了……有空去那里散散心，也替皇上回去看看，那些日子，大家都还是很值得怀念的。"

说到最后，他语气渐渐缓和下来，两个老人却都已然累坏了，努力斟满酒，碰杯，干了……酒都已经凉透变酸了。

"咣啷啷"一声巨响，连百子图的屏风都忽悠一阵，王国维和罗振玉两个老者一下被扯回到现实的六国饭店的混乱里来——接下来一阵日语嘹亮的咒骂声响彻全楼——他们听得出来，骂人的正是今日的主角之一，肃王爱女，新娘十四格格金碧辉。等两位老人未及应对，屏风呼啦一下被一头白熊撞翻，那健壮的白熊——竟是另一个主角，今日的新郎，小王爷甘珠尔扎布，但却是一丝不挂的，甚至犹自勃起的蒙古壮汉。

而把他这样一条精壮大汉过肩摔出洞房的，正是他的妻子，川岛芳子。她的嫁衣长袍被小王爷扯碎了一半儿，露出一条洁白结实的臂膀，这臂膀本就是很性感的，但更性感的是，她竟然用这条臂膀慢慢地从鞘中抽出一把冷艳的弯刀。她似乎已经骂过瘾了，便不再出声，只是专心地盯着地上勃起的俊美青年——这青年摔得很疼，盯着刀，有些畏惧，于嘴里发出被困野猪般的咆哮。

德公公一边派人挡住双方，一边眼明手快地抓过一名黑影，那黑影用阴不阴、阳不阳的声音压着音量，颤抖着回话说："小王爷在楼下喝醉了，进门就要和格格圆房，格格正在看什么图，被小王爷把她抱起来，把图都给扯破了……格格就怒了，小王爷也不示弱，硬要求欢……还说'复什么辟，他要去加入安国军的哥萨克先遣队……还说和马克连尼科上校^①拜了把子……'说到这儿，格格不知为何就发疯了，一咬牙就把小王爷拔出来扔门外面了……"

德公公眼光一瞄，只见四下站起四座铁塔般的蒙古喇嘛，四个各伸拳脚，在骨关节的爆响中挡在了小王爷和他老婆中间，四个喇嘛俯视金碧辉，发出一阵不屑的轻笑，有意上前夺刀。

这时一声娇叱，唐石霞不知从哪儿钻了出来，一手指挥着庄师傅和罗纯孝把几个莺莺燕燕的小格格捂着眼睛带出房间，另一手一挥，一个黑影冒出来给刚缓过神儿、爬起来的小王爷披了一件儿大褂儿遮羞。那小王爷见保镖已然到位，回过神儿，恼羞成怒地骂了一声蒙古脏话——灰狗日的！

此言一出，王国维和罗振玉相视摇头——这可又捅了马蜂

---

① 张宗昌麾下白俄骑兵队的团长。

窝了。果然又是一声怒斥，金碧辉就要冲过来砍人，却被唐石霞一把死死抱住，唐石霞都吓出了哭音儿，指挥着她指挥不动的四座喇嘛铁塔不许妄动，指挥着黑影子们上来协防——保护金碧辉，一边还要用蒙古话劝甘珠尔扎布先躲出去。小王爷梗着脖子还没发话，却见罗纯孝似乎拉不住——北府的几个格格竟然呼叫着返回来，站在金碧辉姐姐身前，叽叽喳喳地开始怒斥小王爷和大喇嘛不许欺负姐姐。唐石霞无语摇头，结果局势却反而变得滑稽起来，四个语言不通的喇嘛相视哈哈大笑，收势准备退回。大家刚刚松了口气，偏巧一个喇嘛后退一脚踩在一个黑影脚背上，那黑影立即蓄力，却被大喇嘛一巴掌就打飞了出去，那黑影却也不弱，一个骨碌就又蹿了起来。这下炸了窝，四个喇嘛被六条黑影团团围住，小格格们也吓得不敢叫骂了，金碧辉刀光一闪，反过来挡在唐石霞和一众女娃娃身前，而小王爷彻底蒙了，酒早已醒了大半儿，下半身也没了反应，他现在只是在后悔自己上来干吗？原本在楼下和一班哥萨克兄弟，不是玩得很开心、很畅快的吗？

这时德公公无可奈何"嗨"地大叫一声："都别动手……我去请荣公爷、川岛先生来！不想挨骂就趁早都回屋去！"

德公公一路狂奔下楼，鞋都跑飞了一只，而在他刚刚推开沉重的雪茄吧大门——看到荣公微笑抽着雪茄，而郑孝胥、川岛浪速、谢米诺夫三人一排跪对关公神像——正在结拜。德公公嘴里刚喊出半句"大事不好"四个字的时候——"邦邦"两响枪声在还没关上的门后响起，然后是整个饭店沸腾的尖叫——嚯！这下真的是出了大事儿了。

第三节：还银赠珠

宣统十九年，民国十六年，公元 1927 年，5 月 6 日。阴历四月初六，乙巳月，庚子日，上上大吉，宜结婚定盟。酉时日暮。

耳听外面接连响了两声枪响，人声沸腾，匆匆磕完结拜头的郑孝胥、川岛浪速和谢米诺夫赶忙起身，荣源有些慌张，起身大声斥问德公公："小德子，你说什么大事不好了？"

这话反而把德公公问得一愣，他不知道先说哪一件，指指三楼，又回头判断一下混乱的地点在一楼，他果断地进门、关门——真有了危险他反而不慌了，沉声道："荣公莫慌，现在您几位在里头安全，我出去看看情况，回来再跟您禀报。三楼刚才也出了点儿小事儿，眼下不急，我先看看一楼是什么人放枪。"

荣源嗯了一声，坐了回去。谢米诺夫却不是个省事儿的，摩拳擦掌地起身道："走！我也去看看。"

最初的一阵大乱，已经从六国饭店一楼酒吧区，涟漪一样扩散到大堂中庭，继而一片寂静。脸上溅着鲜血的卢筱嘉被四个青衣汉子护在中间，攥着一把微微冒着烟的镜面儿盒子枪，而几个便衣的安国军军官全都举着同样型号的盒子枪，咬牙切齿地指着他。

袁文会像个大蛤蟆垫脚站在凳子上，气鼓鼓地守在门口儿，抻着不存在的脖子越过人群往中间看，当他看见护在卢筱嘉四周的竟然是青衣汉子，不由咧了咧嘴，四下喊了一声："八叔！八叔！谁反火？"

袁八儿嘴上应了一声："没反火，自家熟麦子，串了朋友了！"却分开人群跑向德公公身边儿，不及行礼便俯身回话，"您老别着急，有人想抢卢公子出去，被孙殿英的人给堵回来了，卢公子抢了对方的枪，打死两个丘八……"

德公公"嗷"了一声，心放下一半儿，开始以看戏的心情不咸不淡地问："谁抢人哪？我看怎么像你这兔崽子带进来的？"

袁八儿苦笑着瞥一眼门口火辣辣投来的袁文会的目光，可怜巴巴地回话道："是我的人，但那更是我们老头子的人。"

德公公憋着公鸭嗓子尬笑一声："袁寒云的人哪……那难怪了。"

这时，孙殿英和张宗昌一前一后，衣衫不整地从西餐厅冲出来，孙殿英一举手，他手下的副官、马弁们不情愿地放下枪，却无人退后，四个人从酒吧区把两具尸体抬了出来，引得众人一阵聒噪——正是一直死死看住卢筱嘉的两个马弁。孙殿英一看自己手下兄弟被打死了，勃然大怒，梗着脖子喊道："卢筱嘉你个王八蛋，我日你祖宗！"说罢从手下手里抢过盒子枪，瞄着卢筱嘉就要火并，他手下也纷纷举枪。这时张宗昌"唉——！"的一声，展开熊罴一样的身形，挡在两伙人中央，不满地埋怨道："干什么！干什么？我早说了都是误会！孙麻子，我不是早说了不准带家伙进来吗？怎么就不懂事儿呢？！卢兄弟，你先把枪放下，这里头都是贵宾，你们打起来了不得了，伤了人，谁也兜不住。"

孙殿英眦眦欲裂，恶形于色地吼道："伤人？我兄弟已经死了！"

张宗昌不屑的神情一闪而过，换成一副诚恳的悲戚神情："兄弟，你别上火，江湖儿女江湖死，但我一定帮你找回公道来……"然后他给卢筱嘉一个眼色，怒吼道，"卢兄弟，你得给我一个面子，放下枪，别再闹了，再闹我就不管你了，任天塌下来，还有少帅和老帅呢。"

卢筱嘉心思活络，闻言四下一看，大门口人围了几扎，外头想来巡捕房也来了人了，断然冲不出去，在大厅僵持的局面里自己只有一支枪，一旦冲突起来自己九成九就要销账。而身后是楼梯，围着的除了看客就都是张宗昌手下的手枪队，但张宗昌明显有和稀泥的意思。因此，他等孙殿英目光转向张宗昌像是要犟嘴的一个空当儿，一拧身就调头冲向楼上。围在楼梯口儿看戏的众宾客惊叫一声四下躲开，而安国军的便衣队没得张宗昌的号令，也并不用力拦阻。而保护卢筱嘉的四个青衣人虽也是猝不及防，但全都一咬牙挡在楼梯前面。孙殿英一不留神见跑了卢筱嘉，气得哇哇乱叫，但也还真的不敢犯浑开枪。但他手下已经冲了上去和四个青衣大汉厮打起来，这四个大汉身手了得，而孙殿英的手下虽然不懂武术，却都是上过战场的人，自带几分杀气，一时间楼梯口拳脚交加，一片闷哼惨叫。

张宗昌大喝一声："住手！"又瞪着一双阎王眼瞪了袁文会一眼，袁文会咧咧嘴，硬着头皮带着几名青衣人包抄上去。那四个青衣人估摸着卢筱嘉已然上楼，一眼看见袁文会阴着脸走了过来，便先后停了手，但仍固执地挡在楼梯前头，只剩一个马弁和青衫大汉似乎上了头，滚在地上缠斗不休。

孙殿英看张宗昌让袁文会带着一众青衫大汉上前，一皱眉，自己把枪插回腰间，手按在枪柄上，等待事情发展。袁文会上前，袁八儿也一溜烟跑过来跟在后头——他虽是叔叔，但显然成了大侄子的跟班儿。他伏在侄子耳边迅速汇报了这四个人是袁寒云派来想趁乱救走卢筱嘉的，结果坏了事儿，困住了。袁文会露出一丝冷笑，背着手戴上一个精钢指虎，一个箭步抢到犹自缠斗的两人身侧，猛然一拳打出——狠狠地打在那青衫汉子的太阳穴上，那大汉双目赤红，像一袋子玉米一样倒在地上。和这大汉对战的便衣是个莽汉，也不管袁文会帮了自己，只见袁文会也是青衣，便要接着和他厮打。袁文会竟然梗着脖子硬挨了几下子，往地上唦了一口，撤出身形，让孙殿英的手下通过。孙殿英大喊一声："给我追！"便率先拎着枪带人冲了过去。他是军长，手里又有枪，没人敢拦阻，但他身后的手下却被张宗昌手枪队的便衣们不怀善意地堵住了，冲进去的几个人全被两人夹一个，捂着嘴抓进二楼房间里去了。

见一楼算是恢复了平静，张宗昌冷哼一声，晃悠着大脑袋看看袁文会和袁八儿，又看看犹自倔强站着的三个青衫大汉，他埋怨道："袁帮主，这篓子怎么说？"

袁文会大咧咧地一梗脖子，笑道："头回儿给大帅办差就差点儿出了岔子，您放心，后面不会再出一点儿纰漏……"

张宗昌翻了翻白眼，不理他，仰头朝楼上嗷一声："给我看好了楼上，不许再有一个人下来！"二楼便衣们也齐声"嗷"一声答应了。他这才翻过大眼珠子看了袁文会一眼，转身就走，嘴里道，"你给我把门儿看好了，飞出一只苍蝇，老子把你切碎了喂狗。"

袁文会被骂了，反而笑起来，指指那四个肇事的青衣汉子，阴恻恻地对袁八儿下命令道："挑了手脚大筋，都扔海河里去喂鱼。"

围观看戏的体面人闻言都抽了抽嘴角，听着三楼上传来的吼叫声，又抖了几抖，感觉仿佛并非人间。

三楼，一声大吼，一座肉山被横摔在地上，笑着发出"痛苦"的呻吟。然后一个娇小的身影骄傲地站在这大胖喇嘛的身边宣布胜利——另一位大喇嘛一下子把胜利者小格格韫欢举过头顶，宣布她是这场"博克"大赛的胜出的"巴图鲁"①，另两个大喇嘛则正翻身飞舞着上场，准备继续表演助兴。而刚才杀气腾腾的金碧辉一脸社死地垂着头，被唐石霞和罗纯孝抱着抚背安慰，另一边儿金宪东一脸挖苦地劝解着犹自气鼓鼓的小王爷——这俊俏的青年脑袋上正冒起一个大包来。

小格格韫欢骑在大喇嘛肩膀上鼓掌叫好，将整层楼遗老遗少的情绪都带到高潮，而两个表演"博克"的大喇嘛也在波斯地毯上放手一搏，两座肉山赤着上身，给宾客演示真正力士可用于实战的角力，雄健的肥肉在呐喊声中震颤着，把桌上的酒杯震动得发出共鸣。

在翻飞相扑的人影中，一脸是血的卢筱嘉举着盒子枪脱兔般冲了进来，他略一收身，闪过抓他的两条黑影，一个箭步窜到唐石霞身后，狞笑着用枪指着追来的黑影，让他们退后。唐石霞一看卢筱嘉脸上的血不禁大惊失色，赶忙推开金碧辉和罗纯孝，先大喊一声"都别动！"又对罗纯孝喊道："带格格们上天台……"罗纯孝和一边儿拍照看热闹的庄士敦和金宪东立刻行动起来，一

---

① 博克：就是蒙古式摔跤，巴图鲁是勇士的意思，也是摔跤比赛优胜者获得的荣誉头衔。

人护着一个格格——把目瞪口呆的韫欢也从大喇嘛肩膀上接过来，迅速退席，跑向天台。有些怕事儿的遗老遗少也跟着退了出去，剩下的则往对面最远的屏风处聚集起来看热闹，把罗振玉和王国维也裹挟其中。而内务府的黑影侍从和袁八儿手下的青衫大汉们，全都搁下手上的餐盘酒水，一拥而上——却看见唐小姐用一个全都别动的坚定手势——这手势把准备拔刀的金碧辉也拦住了。

卢筱嘉转颜慌张地正想和唐小姐解释，却见唐小姐狠狠瞪了他一眼，他立刻了然，仍做凶神恶煞的嘴脸，一把将冷冷看着他的金碧辉推开，反而用枪顶住唐石霞的脑袋，反手将她抱在怀里像是挟持住了，一边狂笑道："都别动！举起手来！我看谁他妈敢动？"

一众遗老遗少愕然，面面相觑，毫无主张，小王爷也惊呆了，张大个嘴，竟然带头举起双手，连大褂下摆敞开了都浑然不觉。有他带这个头儿，很多留着辫子的和似乎留着辫子的遗老们纷纷不标准地举起手来……看得金碧辉在一边发出一声冷嗤。

这时，还没等卢筱嘉发出下个指令，门口一条黑影被摔了进来，倒在地上疼哼。孙殿英一招得手并不纠缠，展开步伐，直闯了进来，看到眼前的场景觉得可笑，恶狠狠地用枪指着卢筱嘉笑道："跑啊……我看你还能往哪儿跑……"

那边儿人群里有人认得孙殿英，举着手，斗胆颤着嗓子说情：

"孙将军，别冲动，别动粗，小心伤了唐姑娘！"

这边儿又有人劝道："卢公子，您这是何必呢？您放下枪再说。"

孙殿英一声怪笑，一口浓痰啐在波斯地毯上，只是瞪着卢筱嘉骂道："你这怂包，躲在一个娘们儿后面，算他妈什么男人！"

他这一口痰却惹了众怒，一众遗老遗少恶心得怒火中烧，正待整理整理翰林院的词汇库骂他，却见刀光一闪，金碧辉早已气得脸如银纸，她挽个刀花上前一步，用刀指着孙殿英，另一只手却在背后给了唐石霞一个手势。唐小姐会意，往后一退，竟然和卢筱嘉一起退入了新房里，嘎拉一声，门关上了。孙殿英虽不认识金碧辉，但从她一身儿华丽的蒙古王妃嫁衣就猜出了几分，又看见四周几个肉山一样的大喇嘛都在蓄力，自幼习武和百经沙场的经验已经在预警威胁，他脑袋迅速冷却下来，用手里的枪一一点过围观的亲贵遗老，冷笑道："眼下这六国饭店都是被我们安国军上下围死了的。别想有人出得去。他跑不了的，你们寻思寻思，能包庇这个瘪犊子多会儿？"

金碧辉冷笑不语，用刀尖微微点着对方。同时给刚刚吃过亏的黑影子们和大喇嘛一个眼神儿，大家都准备一拥而上，黑了这个出言不逊的混账丘八。

孙殿英也慢慢挪动脚步，想给自己找个身后的屏障，嘴上却干脆绕开金碧辉，朗声咒骂里面躲着的卢筱嘉，向他发起挑战：

"卢筱嘉，你个下作玩意儿，有种你出来，咱们天台一对一！是爷们儿你出来，看你爷爷我不揍出你屎来！……"

外面孙殿英的聒噪早被洞房大门、垂帘挡住，卢筱嘉仍是从后面紧抱着唐石霞，不顾脸上血污，就在她脸颊上狠狠亲了一口。唐石霞既惊又怒，死命挣脱开，用手使劲儿蹭着脸蛋，骂一声："混蛋！"

卢筱嘉哈哈一笑，往门口瞄了一眼，看孙殿英没能冲破金碧辉的拦截，得过且过地把盒子枪往桌上一搁，装模作样地给唐石霞唱了歌舞台剧般的大喏，嬉皮笑脸学着《白蛇传》许仙的腔调道："多亏娘子搭救，多谢娘子……"又往外看了一眼，确定没人撞门，对外面也唱个喏，"也多谢小青！"

唐石霞不明情况，顾不得跟他斗嘴，询问了事情因果，听说卢筱嘉下黑手打死了孙殿英的手下，不由担心起来，道："你真是孙猴子回花果山——闯祸的祖宗来了。你不知道张宗昌今天狗急跳墙了？你还敢杀他手下的人？"

卢筱嘉苦笑道："袁寒云本来派来几个兄弟想趁乱把我救走，谁知那两个吃生米儿的不给面子，你也亲眼所见的——我这些天在这两个兔崽子手里吃了多少亏，受了多少气？你也别担心……不过两个马弁而已……他们姓张的，毕庶澄、穆春这样的将军都说宰就宰，我杀他两个马弁算个屁事儿。"

唐石霞大怒，问道："不算事儿那你跑什么啊？还往我这儿跑？"

卢筱嘉丝毫不觉得有错，回答道："现在整个六国饭店被他们围得铁桶似的，好汉不吃眼前亏嘛——除了你这里，剩下都是他们的地盘儿，我不来找你，可就只能跳楼了。"

唐石霞怒道："那你就跳楼去啊？"

卢筱嘉赔笑道："跳楼？蝼蚁尚且偷生，我卢筱嘉可没活够呢，我可舍不得唐小姐你呢。你可就舍得我吗？"

唐石霞气得吐血，走到窗边恨声道："反正我是要被你害死了，来……你先跳，我随你跳下去！"

卢筱嘉索性大喇喇地坐在罗汉床上，一眼在镜子里看到自己脸上的血，到处找东西擦脸。唐石霞暗骂一声，找出一方手帕给他擦脸。卢筱嘉一边儿擦脸，一边儿拿腔拿调地道："娘子，你小青妹妹挡不挡得住那个法海？"

唐石霞恨声道："你听人家骂你祖宗呢……你还真不是个男子汉，让人家新娘子帮你挡灾，你倒好，躲在人家的洞房里耍无赖！"

卢筱嘉哈哈一笑："我可不能出去，这孙麻子气炸了，真是想要我的性命。我虽然不是怕他，可现如今我也还真不敢杀他，那我和他单挑岂不吃亏？他想当贡萨洛，我还不想当唐璜①呢。"

① 出自西班牙小说《塞维利亚的嘲弄者》，唐璜争风吃醋，决斗中杀死了情敌贡萨洛。

唐石霞一脸嫌弃，骂道："就你能生事儿！就不能安生等两天？"

卢筱嘉掏出烟点上，冷笑道："呵……张学良不会杀我我信，可你能保证张宗昌、孙殿英不想杀我吗？他们杀了我，东西就吞了，还给你我扣一口黑锅……这是一本万利的事儿。要不然，我都认了倒霉，为何还不放我？你给我个解释……"

唐石霞怒道："那是张学良这两天没时间搭理咱们这点儿小事儿。"

卢筱嘉点头笑道："可能吧，反正我和袁寒云一合计，能先逃出来还是上策，我可信不过这些土匪。你们啊，还是和这些人打交道打得少……我跟你说，张学良就是什么好东西吗？去年奉军14骑兵师师长穆春犯了什么事儿，就被他崩了？还一口气屠了上千人泄愤！还不是因为穆春杀了郭松龄！我跟你说吧……我们的手上，都不干净。"

唐石霞冷笑道："心虚怕夜路，自作孽不可活。现在……让人堵屋里了，你觉得能躲一辈子？"

卢筱嘉吐出一口烟气，盯着唐石霞道："这不是求你搭救来了吗？我小命儿攥在你手里啦……我看这座楼里，除了张宗昌，只有你还有个能打通的电话吧？帮我给张学良打个电话，救我一命，不也胜造七级浮屠吗？"

唐石霞怒道："我不打！"

卢筱嘉疑惑道："为啥？"

唐石霞更怒："我就是不打！没脸打！"

两人正斗嘴，呼啦一声洞房门大开，荣源当先一脸黑气地闯了进来，身后跟着德公公和孙殿英，再后面是阴着脸的川岛浪速和忍气吞声的金碧辉——她的宝刀已经被她干爹没收了。再往后是好热闹的白匪谢米诺夫和一脸玩世不恭的金宪东。另外还有几个苍髯鹤发的老先生，用宗人府抓奸的劲头儿，兴致勃勃地跟在承恩公的身后。

唐石霞呼地站起身，卢筱嘉却纹丝不动，镇定地抽烟，眼睛连看都没看桌上的枪。

荣源厉声呵斥道："卢公子，我不论事情原委对错，可你劫持唐姑娘，是不是有点儿太不把我们放在眼里了？"

卢筱嘉叹口气，沉声道："我说荣公爷，这孙麻子把我和唐小姐劫持到天津，还劫了咱们的货……先不论货应该归谁吧……咱们算算是谁不把您放在眼里了？咱再不讲理，也不能专拣软的欺负吧？"

荣源呵一声，冷笑道："您卢公子叱咤南北，凶名在外，谁敢触您的霉头，我静园惹不起您，您请吧……"说罢，他朝孙殿英点点头——意思是这人我们不庇护，你尽快带走。

卢筱嘉这才要去抓枪，德公公也蓄势待发，孙殿英却以逸待劳，把枪管儿一举，就对准了卢筱嘉，眼见着卢公子的汗就渗出来了。

这时，唐石霞没忍住，上前一步道："且慢，他劫持我，是想让我给少帅打个电话，我……我看这样也好，孙将军，荣公，我看咱们也别相互猜度，干脆三曹对案，咱们就请少帅落个明白话吧。要不然这事儿总没个完！"

荣源闻言压不住的怒火，川岛浪速和后面几个遗老耆宿也是面面相觑，荣源阎王般盯着唐石霞，冷着脸下令："德公公！给我掌嘴！带回里屋去跪着，等我回了皇上再发落。"

德公公大惊失色，却看荣源暴怒的嘴脸毫无商量余地，大着胆子往前挪，思量着怎么下手。却听一声怒斥，金碧辉一个箭步抢在唐石霞前面，毫不畏惧地对着荣源和德公公，傲然道："我看你们谁敢打她？"

荣源从没被这样怼过，一时就要背过气去，怒道："反了！还反了你们了！"

川岛浪速三角眼一眨，冲到荣源前面，和干女儿对峙，举起没出鞘的刀，喝道："退下！有你什么事儿！"

金碧辉伸手就要夺回她父亲的遗物——宝刀。却被川岛浪速一刀拍在脸上，川岛浪速怒道："今天你也闹得够了吧！"

川岛芳子顿时被打得一愣，一丝杀气若隐若现，可她还没反应过来，却见一个青年从后面扑过来，一下扑倒了川岛浪速，嘴里喊道：“你 TM 敢打我姐姐！”正是金碧辉的弟弟——摄影迷金宪东，川岛浪速一身功夫却也敌不过少年拼命，几下子就被打得七荤八素，号叫起来。金碧辉却看得痴了，默默弯腰捡起宝刀，脸上却无声地流下泪来。唐石霞刚想站出去继续争辩，却被金碧辉紧紧抓住了手腕子。这荒诞的场面让荣源彻底蒙了，嘴里只剩两个字：“反了……全都反了！”

　　这时，只听一声大笑，卢筱嘉笑岔了气儿似的起身，他并不拿枪，朗声大声叫道：“不闹了！不闹了！小插曲！小插曲！今天是两边大喜的日子！都怪我不该另生事端。各位大爷，我卢筱嘉在这给各位赔罪了！都不闹了好吧！全是我的不对。我说孙麻子，我跟你走，咱们下楼。要开膛还是挖心啊，我再没半个不字。走！”孙殿英得意地哼了一声，他并不在意静园和肃王这些遗老的脸色，用枪恶狠狠地怼着卢筱嘉的后脑勺，把显赫一时的卢公子在众人面前押犯人一样押走了。四下看热闹的遗老们莫不一齐松了一口气。

　　这时，谢米诺夫也伸手把金宪东从后面抱起来推开，再把他刚认的结拜大哥——灰头土脸的川岛浪速拽起来。川岛浪速看看干女儿和大侄子金宪东，悻悻地低了头，转身分开看热闹的众人，在谢米诺夫的搀扶下无声离开了。气得哆嗦的荣源摸出苏合香丸，含在舌头底下，回了回神，又狠狠瞪了唐石霞和金碧辉一眼，扭头也走，德公公赶忙搀着他出门。荣源恨声道：“走！

回静园！"

　　德公公小声请示道："公爷……咱们还是出不去啊？现在，三楼都下不去了。"

　　跟着的众人也都纷纷退出了洞房，人散尽了，却看见衣衫不整的小王爷受气包似的看了看自己的新媳妇，他完全没了新郎的兴致。等人走光了，翻出一个箱子，拿出一封蒙古德王敕封的王妃诰命，一方镇东将军的印信、一章勤王军的关防，回头朝新媳妇说："这些都是你要的东西，你要，就都给你留下。你好好休息吧，我自己回利顺德了，明天就回库伦去……天津，一点儿都不好玩！"

　　说罢，他黯然转身，头也不回地走人了。

　　屋里只剩下一起牵着手垂泪的两姐妹，两姐妹目光又都落在那把盒子枪上，枪下面正压着肃王苦心制作的满蒙复兴社稷图——这图，刚才让孟浪的小王爷撕破了一半，现如今看来，里面错综复杂的线条和晦涩的人物照片——真是一言难尽的庞杂和混乱……

　　两姐妹互相擦了擦泪水，刚要说话，却见门口探出一个脑袋——罗纯孝讪讪地问："庄师傅让我下来看看下面安全了没……天台降温了……我想看看你们怎么样了，荣公说，不许你们出门。"

　　金碧辉不在乎地冷笑一声，唐石霞却眼睛一亮，招手道："罗姐姐，来，快来，我有话跟你说。"

罗纯孝瞅了瞅门口站岗的黑影子，钻进门来。唐石霞拉着她走到梳妆台前，找到自己的手包儿，从里面拿出一个小盒，打开——正是"犀辟尘埃玉辟寒"的国宝——避尘珠。

唐石霞对着珠子轻叹一声，紧紧放进罗纯孝的手里，低声嘱咐道："罗姐姐，我求你办两个事儿……第一个是想办法把这颗珠子交给卢筱嘉，这是我欠他的，现在没准能买他一条活命；第二个是去找金宪东，把他的相机拿给我。"

罗纯孝一脸为难，讶异道："外面都是流氓和丘八把守着，我可咋给他啊？你……你现在要照相机干什么啊？"

唐石霞握紧罗纯孝的手，笑道："别问那么多，试着找一下老板娘金翠喜。"

罗纯孝看看梨花带雨的唐石霞，又看看倾国倾城的珠子，点点头，咬咬嘴唇，慨然笑道："行，我去试试，珠子弄丢了可别怪我。"说罢，罗纯孝轻轻抱了一下唐石霞，转身出门。

唐石霞感激地目送罗纯孝出去，一回头看见金碧辉一脸鄙夷地看着自己。她哼一声，抓起一个靠垫儿扔了过去，金碧辉抓住靠垫儿，顺势垫在腰下就地躺倒，长叹一声道："你跟这个混账王八蛋的卢筱嘉倒还真是挺配……绝命鸳鸯，他救你，你救他，正是三曹对案也无回话。哎……姐姐你又不是不知道他是什么人，怎么就上了头呢？你这么护着他，不但静园有一场罪等着你受，张学良也未必肯再帮你了吧？"说到最后，竟有些高兴。

这高兴让唐石霞一眼捕捉到了，啐了一口，骂道："我遭罪，你倒高兴起来了……是因为我得罪了张学良，静园和奉系就此撕破脸了，你们这些人，就能撺掇着皇上作妖了呗！"说着，她起身去查看小王爷留下的诰命、大印、关防。不屑地笑道，"就为这个？这劳什子能干什么？"

"他拿着，什么用也没有……在我手里，姐姐等着看吧。"金碧辉得意地笑道。

"呵，你还真穆桂英挂帅了呢！行……姐姐等着你大破天门阵。"唐石霞放下关防，又丢了一个靠垫过去。她促狭地问，"我看你是故意的吧？把你男人气跑了……我看你就没瞧上这小子。"

"对，本来想虚与委蛇，多少和他凑合几天，没忍住，一下就炸了。"金碧辉把另一个垫子抱在怀里，笑道，"我和姐姐你不一样，我是个没有性别的人，他离开我，是他的造化，不然他会受不了的。"

唐石霞没听懂她的怪论，也不深究，赞道："你弟弟看着文静，没想到还真能为你出头……我也想有个这样的弟弟。"

"你有我这样的妹妹不就够了？我替你出头……不过，你们静园水太深，我看荣公爷这次要扒你的皮了，这我可管不了。"

"我反正是滚刀肉了，你干爹不扒你的皮吗？"

"他？哈……你这都不懂？他当众打我，是给你们荣源公爷的面子，他打我我也不生气……而我弟弟揍他，是为了别的事儿，他也不能生气……我们这一家子呀……说不清，反正这些东西到手，再和静园修复了关系，这次，我们已经完成任务了。"

唐石霞听得一头雾水，待要问，也不知从何说起。一面想着如何应对静园的询问，一面更担心卢筱嘉能否躲过这次凶险，忽然觉得自己无依无靠，前途渺茫，深深叹了口气——接着自顾自地吟哦道："不以人妖分真假，且以情真论是非……这世道，没什么意思。"

金碧辉听见，也跟着叹口气，走到她宝贝的满蒙复兴社稷图前面，仔细拼好。她注视良久，忽然长叹一声，露出一丝微笑——伸手掏出一支钢笔，把唐石霞的名字，从枢纽的一个节点位置上抹去了。

这时，金宪东仍是一副玩世不恭的样子走进门，关心地看看姐姐没什么异样，先走到唐石霞面前，拿出相机，笑道："姐姐受惊了，罗姐姐说您要相机有用，我给您送来了。"

唐石霞一下子提起精神来，一把抓过相机，问道："换胶卷了吗？"

"没……我今天都是用的摄影机。"

唐石霞满意地点头，仔细在相机里翻找起来。

金碧辉招呼弟弟凑到自己身边，笑道："你出息了……还没见你跟人动过手呢，给我看看你的手……打疼了没？"

金宪东大男孩一样羞涩一笑，看着自己打破了的拳头，得意地说："切……你倒是不心疼他脸？"

"呸！他的脸？那比城墙拐弯还厚呢……他哪儿去了？"

"外头和那个白俄、郑师傅三个一起喝大酒呢……挺高兴的。"

金碧辉瞟了一眼大印和唐石霞，哼一声："双喜临门的日子，当然高兴啦……他又和你说什么没有？"

"说啦……说我已经长大了，以后爱干什么就干什么吧。"金宪东晃着脑袋说。

金碧辉露出一丝黯然，继而露出姐姐罕见的慈爱，抚着弟弟的伤手笑着问："那你说说，你以后想干什么啊？"

"我当然是想拍电影啊，我现在就想给姐姐你，还有唐姐姐、罗姐姐，还有那些小妹妹们……我要给你们拍一部电影，嗯……就叫《满洲的格格》，我觉得你们是最美的，在电影里我要给你们平安和喜乐。"

金碧辉闻言，无奈地哈哈大笑，点头同意。

唐石霞却似乎没在意，她呵的一声，像是在照相机里找到了宝贝。她看着对面的姐弟二人，想了一会儿，招手道："来，借你弟弟给我用一下。"

金宪东殷勤地凑过去，唐石霞说："快去帮我把胶卷冲出来，别的不论……里面有几张我拍的少帅的……尽快洗出来给我，千万不要落在外人手里，明白吗？"

金宪东点点头，笑道："ok！我房间里就能冲洗，你们等着吧。"

唐石霞嘱咐道："不许看！看了也当没看见。"

金宪东又是一副玩世不恭的表情，眨眨眼，做出个规矩我懂，响鼓不用重槌的表情，朝姐姐也做个鬼脸，转身出门了。

金碧辉早已看明白了八九分，满意地朝唐石霞点点头，竖起大拇指，笑道："对了，这屋里还有本王妃的合卺酒呢，要不要喝？"

唐石霞雀跃而起，道："当然喝！你要我和你圆房都可以！"

金碧辉哼一声，笑道："这可是你自己送上门的！"

百子屏风外，一众遗老遗少喝着闷茶，交头接耳，一阵阵嗡嗡嘤嘤时大时小。随着天色将晚，这些人越发焦急，却没人敢于上前询问守门的青衣大汉何时能放他们自由。百子屏风内，与外嘈杂间隔出来一片净土，王国维和罗振玉已经说完了该说的话，习惯性地各自掏出放大镜，开始仔细阅读《番汉合时掌中珠》，一边儿希望还能温故知新，一边儿等着张宗昌办完他的大事儿，放大伙儿自由回家。

屏风一晃，罗纯孝一脸凝重地闪身出来，像是下了极大的决心面对二老。她轻抚惊讶的父亲的肩膀，向王国维躬身行礼，道：
"公爹，我知道您有话对我讲，我来了。不过，咱们说话前，我
请您帮我个忙。"

王国维也是大为惊讶，问道："囡囡娘，我……我能帮
什么？"

罗纯孝点头说："我知道您现在住在二楼金翠喜金老板的客
房里吧？"

王国维点头："是啊。"

罗纯孝说："那么可否请您现在带我下去，这样张宗昌的兵
就不能拦阻咱们了，我有要紧的事情，要见到金老板。"

王国维"哦"了一声，立刻起身，摸了摸揣在怀里的银票还
都在，挤出一丝微笑，说："走，我带你去。"

罗纯孝向自己父亲投送了一个请放宽心的笑容，像个乖巧的
媳妇一样，轻轻挽着王国维，朝楼下走去。罗振玉手捻长髯，默
默注视着这一对翁媳的背影，心中百感交集，却不知是担心自己
这个老友，还是担心自己的女儿，或者……自己是不是也是终究
"君子思不出其位"呢？他越来越不喜欢和悲观者论道——他迫
切地想步罡踏斗、起坛"扶鸾"，求一个心安了。

第四节：祈禳分香

宣统十九年，民国十六年，公元 1927 年，5 月 6 日。阴历四月初六，乙巳月，庚子日，上上大吉，宜结婚定盟。戌时初刻。

日落，黄昏，天还挣扎着几分暮气。从酉时到现在，又落过几滴春雨，被仔细反复清扫过的街面上干干净净，阵风吹过，六国饭店的楼顶荼蘼架上仍有花瓣纷纷落地——仿佛无穷无尽，却又春去无痕。

一众巡捕仍守在六国饭店外头。他们都知道今天里面出了事儿，传言说里面甚至出了人命。但上头只是让他们随时戒备，早上还从张督办秘书手里拿了红包，因此他们只管外头一切清静，至于里面也不是他们能管得了的。天色渐晚，站在一地烟头儿上的巡警们有些沉不住气了，开始用各自家乡的脏话咒骂起来。逐渐升级的牢骚换来队长的一声呵斥，这队长着实有些担心——他眼中黑沉沉的六国饭店，像是被装了炸弹的火药桶，说它随时会原地爆炸也不过分。他伸手到口袋里抚弄着一大把洋钱——与手下人拿到的奉票儿不一样，他拿到的是响当当的银洋，目前这银洋不会折损他的前程——

可要是事儿闹大了，谁也保不齐会发生什么。忽然，暮色下阴沉的六国饭店门口的灯亮了起来，一个夹着公文包的秘书兴冲冲地跑了出来，接着，黑洞洞的饭店窗口次第敞开、亮起灯火，就像把憋满的蒸汽释放了一样。那秘书喜滋滋地来到众巡捕面前，直接把沉甸甸的皮包往这队长手里一搁，大声笑道："事儿办成了！张大帅万岁！安国军万岁！督军请大家喝酒……"

一众巡捕长舒一口气，轻松地嬉笑起来，但他们的声音一下子就被从六国饭店涌出来的人群的欢呼声压了下去——先涌出来的，是同样拿到犒赏的青衣汉子们和便衣，他们奉命把准备好的彩纸传单往天上撒去，口里同样欢呼着："张大帅万岁！安国军万岁！"然后沿着承德道向北，朝华界退去，想来一会儿整个天津卫，就会传遍张宗昌、褚玉璞全面"胜利"的喜讯。

第二批垂头丧气、却如释重负地走出来的是被释放的天津各界名流、权贵、遗老遗少、外交官员、各报记者……这些红男绿女依次走出门，一抬眼，承德道上工部局新装的水银路灯嗡的一声全都亮了起来，他们面前到处都是匪兵们庆祝的欢呼声，他们身后门内，是张宗昌将礼服换了一身作训常服，挨个儿给贵宾们敬礼、道歉、欢送。这张长腿像戎装的圣诞老人一样，看到军界的人物，就立刻敬礼，双手奉上一柄短剑——上面镌刻着"张宗昌赠"——这是他跟南军学的"黄埔成仁剑"；看到政界的人物，立刻躬身，奉上一套他自己出资铅印的《资治通鉴》；若是商界人物，则奉上《十三经》；众人赔着笑，悻悻地纷纷抱着"书""剑"溜出这个坑人的赌局，心里骂自己真是贱了，输了……

张宗昌咧开大嘴，拍着胸脯保证："大家放心，有俺老张坐镇，南军进不了山东、直隶！有俺老张哩，各位都请安若泰山！安若泰山！"

他一眼瞅见谢米诺夫送荣源、郑孝胥等人出来，连忙迎上去赔罪，一把将谢米诺夫抓到自己怀里一个熊抱："俺滴 yesaul！好兄弟！银行给咱们担保了！俺老张这回又活过来了！"他不再理会那几个遗老遗少如何出门，把谢米诺夫拽到一边儿，掏出一沓他新印的省票儿塞给对方，笑道，"这是什么！这就是子弹！是药！是柴油！是胜仗！"

谢米诺夫也喜不自胜地点头，回应大狗熊脸上一个热情的亲吻，拍着手里的钞票笑道："有煤！有汽油！有弹药，我就能帮你重新打通津浦线！抢回上海滩！您下命令吧！我可以明早就出发！我的装甲部队，都在等着这好消息呢！"

张宗昌狡诈地哈哈一笑，用力捶打一下谢米诺夫的胸膛，笑道："不急！你跟着俺，明天——俺要领衔发全国通电推举老帅执政，然后老帅要在天坛祭天，需要有个仪仗队，让你的哥萨克骑兵再出一次风头吧！帮老帅壮壮声势！你也露露脸——你小子三生有幸知道吗？你知道都是谁能祭天吗？"

谢米诺夫点头笑道："当然知道，你们中国的皇帝嘛！"

张宗昌狂笑，故意大声让大厅所有人都听见："对！老帅祭天，以后就和秦始皇、汉高祖、康熙乾隆爷的肩膀一边儿齐了！你这个 yesaul，参加了仪仗队，也能混一身黄马褂了！"

大厅内众皆侧目，但脸上全堆着假笑，不敢露出半点儿不屑。只有德公公守在楼梯口儿，不屑地对身边儿侍立着的金翠喜念叨说："还安如泰山？泰山远看黑乎乎，上头细来下头粗，有朝一日倒过来，下头细来上头粗……①哼，我看这泰山要是真调个个儿，那可就待不住咯……张小个子也想祭天了？哎……老佛爷在上有灵，就拿天雷殛了这王八蛋吧！"

金翠喜连忙赔笑应承道："您说的是，现如今真是天下大乱了，我这六国饭店'不动干戈'的招牌，今儿也算给我砸了……德公公，以后您可得替我们孤儿寡母的做主啊……"

德公公笑道："嘿……还真是啊……张小个子敢在北京六国饭店抓记者、杀共产党，这张长腿也有样学样，在咱们天津六国饭店也绑票！杀人……嘿……世道真是变了，租界地的王法也没啦。金大老板，您说嘛？我给您做主？您别逗了……咱家自个儿都快是：小娼妇上野坟——不知道哭谁好了……我看咱们哪，小狗儿钻茅房——得过且过吧。"

金翠喜最不喜欢"娼妇"二字，翻翻媚眼，哼一声，打了德

---

① 这是张宗昌作的打油诗。

公公一下，骂道："就您心狠！您不管我，可别怪我回头撺掇我那几个好妹妹往您茶里兑洗脚水！"

德公公甩开公鸭嗓子嘎嘎大笑，不在乎地道："那敢情好了，我看你也不用那么麻烦，你现在洗了，咱家当场喝给你看就是。"

金翠喜佯装的薄嗔顿时化作花枝乱颤，又打了德公公一下儿，说道："您先忙着，一会儿到我屋里喝杯茶再走，我有东西请您带给我那几个妹妹。"

德公公笑道："得，又让你破费了。"忽然一把拽住要走的金翠喜，低声问道，"张长腿结账了吗？用什么结的？"

金翠喜也低声回答："结了。定金给的奉票儿，今天结的是新发的省票儿。"

德公公哼一声："明儿一大早就得想办法兑出去……知道吗？兑不掉，就找袁文会那王八蛋想办法。"

金翠喜小鸡啄米一样颔首："亏得您提醒，我这就安排下去。我就说，德公公您最疼我们了。"

德公公吃了马屁，淡然一笑，看袁八儿风尘仆仆地从外头赶了回来，就挥手让金翠喜退下了。朝袁八儿冷笑道："呦，袁八爷，那几个人都处置了？"

袁八儿点头讨好地说："都处置了，今儿可真是冒犯您了，请您责罚。"

德公公淡然一笑："断人财路如杀人父母，咱家可不干这傻事儿……既然你们叔侄攀了高枝儿，咱家替你们高兴……"

"您这么说，小人可真担不起，小人这条贱命您也不会稀罕……这样吧，后天还是天妃楼，我请我们白老爷子专门摆一桌，给您谢罪，听您发落，您看行吗？"

德公公点点头，笑道："好在没出大事儿，卢筱嘉又出来搅了通浑水，要是荣公爷想不起制裁你了，咱家也就犯不上跟你较真儿。成吧，后天，你叫白云生亲自跟我说吧。"

金翠喜走进二楼走廊，别处都已经天下太平，只有最里面一个包间还是杀气腾腾，金亚仙和莎拉马特正缩在墙角拐弯处，伸着脖子专心往里面张望，金翠喜赶来轻声问道："里面啥动静？"

金亚仙被妹妹吓了一跳，白她一眼，低声道："啥情况也没有，一直唱戏呢，从《文昭关》唱到《白门楼》，现在到《山神庙》了……"

金翠喜心里一块石头落地，笑道："那没事儿，不唱《杀四门》我就念佛了。"

说罢，她也竖着耳朵听，果然听见卢筱嘉的荒腔走板——

大雪飘扑人面，

朔风阵阵透骨寒，

彤云低锁山河暗，

疏林冷落尽凋残，

往事萦怀难排遣，

荒村沽酒慰愁烦……

　　三个女人却不敢靠近，在拐角继续听着，一个大狗熊脑袋悄没声地在她们脑袋上头浮现，凑热闹似的也在听，三个女人还没发现，就听那大黑脑袋的主人——张宗昌疑惑地问道："这听啥呢？干吗不进去听？"

　　三个女人同时尖叫一声，小猫似的往边上跳了半步，看见是张宗昌，金亚仙脸色发白，金翠喜也是惊恐不安，可莎拉马特却大大方方地喊了一声："大哥！"

　　张宗昌满意地哈哈大笑，凑过去拉住莎拉马特笑道："哎！"然后指着她对金翠喜说，"俺娘可稀罕这娃娃了，刚才认了她当闺女，以后这就是俺妹子了！我说妹子，明儿跟大哥去打仗吧，俺让谢米诺夫在战车上给你留一节车厢，跟今儿那五个新姨太太都住在里面，跟俺老张一路打回南京去！"

　　莎拉马特笑着学着他的口音道："俺才不去哩！俺要留在这里伺候我干娘，伺候她吃饭、吃烟、打牌，也免得我干娘打麻将把我大娘和姑姑的钱全赢跑了！"一边说，一边挽住她魂飞魄散的大娘金翠喜和金亚仙姑姑，让这两个女人笑容一下舒展自然了，内心感激不尽。

　　张宗昌打个哈哈，指着门内笑问："你们这干啥呢？哦，为卢公子来的吧？俺可跟你们说，这小白脸儿没有好心眼子！而且政治的事情，你们老娘们儿可别瞎掺和！"忽然他看见金亚仙，微微皱眉，随即做恍然大悟的样子笑道，"哦，是袁寒云让你们来探听消息是吧？嗨……有话为啥不直说呢？不知道俺老张是个直性子？他袁公子神仙一样的人物，说句话，俺老张能敢不执行咯？"

　　见三个女人将错就错地使劲儿点头，张宗昌便压低声音接着说下去："什么大事儿！非得背着我，鬼鬼祟祟地要接卢公子出去……结果咋样……把孙殿英手下给打死两个！哎！鬼鬼祟祟，啥也不中！两条人命！人命关天啊！"

　　三个女人将错就错地接话："那您看，咋办呢？"

　　张宗昌故意一板脸道："咋办？杀人偿命，欠债还钱呗……"看三个女人露出害怕的表情，随即一招手，笑道，"爱看戏就随俺进来，看俺给你们断一个夺宝杀人的血案！俺比不成包公，但肯定是正大光明、直来直去，不鬼鬼祟祟地背后耍手段！"

　　说罢，他一手揽过妹妹莎拉马特，一手搭在老板金翠喜的肩膀上，带着目瞪口呆的金亚仙一同进了包间。包间内，竟然捆着五六个人，地上一大堆是孙殿英带来的马弁，这几个人被堵了嘴，全都捆成了粽子，而卢筱嘉和孙殿英竟然被面对面捆在两张凳子上，孙殿英满面杀气，卢筱嘉还犹自唱着他的"大雪飞……"张宗昌手下一个秘书带着四个便衣，一脸阴沉地看着他们。这些人一见张宗昌满面春风地进门，全都起身敬礼，张宗昌假装惊讶地骂道："混蛋……怎么都捆着呢？全解开……快点儿！"说罢，亲自去帮卢筱嘉松绑。莎拉马特会来事儿，立刻过来帮他干哥哥解绳子，张宗昌于是就转身去给孙殿英松绑。卢筱嘉正想说两句俏皮话，手心里一热，多了样东西。他瞄一眼镇定自若的莎拉马特，闭嘴不言，攥紧了东西，假装被捆麻了，呻吟着一猫腰，趁机就把东西先收了衬衣兜里。

孙殿英松了绑就要发作，却被张宗昌一瞪眼憋了回去。张宗昌让秘书把两边儿手下人全都带出去，朗声笑道："今天是俺老张办大事儿的日子，你们非要闹事，是不是看不起俺，非要俺给你们熟熟皮子才中？"

孙殿英刚要说话，却被张宗昌抬手止住，他转头向卢筱嘉问道："咱们先听听卢公子的，今天事全由他起！卢公子，俺记得咱有言在先呢？今天别惹事儿，有酒有肉有姑娘有牌九有大烟……爱干吗干吗，就是别给俺添乱！俺是不是有言在先？你这啥意思？是故意给俺难堪？还是信不过俺？"

卢筱嘉点点头，坦然道："谁不知道你手黑？我不是怕你一转头儿就黑了我吗？不把我干掉，那几车东西，你们能踏踏实实地吞了？"

张宗昌哈哈大笑，指点着卢筱嘉朝金翠喜赞叹道："好啊，说大实话好啊，俺喜欢！卢公子，你说的不错——要搁往日，你这话出口你就已经是死人一个了。可你命好啊，今天的老张，不是从前了。"

卢筱嘉嘴角一跳，生生忍住吐槽的冲动，等着张宗昌往下说，却见他扭头对着孙殿英，挥着大手说："孙军长，知道俺老张今天做了一件什么事情吗？今天，老张总算真正地、真真正正地，在这个六国饭店请了一回客——不，是当了一回家。俺记得你前几日还在大堂闹来着，为啥哩？因为遭人瞧不起吗……因为这地界儿，不是俺们滴，俺们就应该去三不管儿，吃瞪眼儿肉！这地界儿，是北洋的，是洋人的，是大亨资本家的，是豪门大户的……所以今天，俺也算是给咱们一伙的穷棒子出了口恶气！咱们也能翻身，也能住这六国饭店！"

金翠喜和金亚仙听得脸如银纸，莎拉马特却听得兴高采烈不住点头，孙殿英却不领情，他被捆了个把时辰，手还疼着，又恨卢筱嘉，又恨张宗昌，因此一双贼眼睛眯着，不理会这些说辞，只等着张宗昌怎么判断，怎么出条件。

卢筱嘉却实在忍不住了，笑着接过话打破了两边儿冷场："好吗，那我们得恭喜张大帅、贺喜张大帅了，您如今在六国饭店登堂入室、反客为主了，现在是座上宾朋满，金樽酒不空……而我们还是阶下囚，您这青天大老爷也别磨叨了，趁着兴头上早点给我们一个宣判，你省下点儿时间入洞房去啊！在这儿瞎耽误啥工夫……"

张宗昌哈哈大笑，大手啪一下拍在卢筱嘉肩膀上，笑道："座上宾朋满……金樽啥来着？好词！好词！俺就说不出这样的词。卢公子，咱知道你瞧不上俺，俺也不生气，像你这样的，换昨天杀了也就杀了。可是啊，自从俺住进了这个六国饭店，也真换了脑子。卢公子、孙军长，咱是当年亲自带队打进的上海，算是帮你卢家大忙了吧？可你给俺半个好脸没有？转头就花天酒地地请张少帅去了。嘿嘿……咱倒不在乎这个。俺在乎的是——为啥俺家兄弟毕庶澄挨枪子儿，没有人说半个字儿，求半个情，可换到你卢筱嘉，袁寒云都得给你面子，敢在咱眼皮子底下救人？卢公子，俺算是整明白了，咱不能学徐树铮、冯玉祥，俺要学张勋、学大帅，咱们做人留一线，日后好相见嘛。"

卢筱嘉被他说蒙了，心里倒是同意他的说法，笑眯眯地道："是这个道理，说破天不过是内战嘛，抢的是地盘生意，愿赌服输，玩儿什么命啊。"

张宗昌哈哈一笑，却听另一侧孙殿英阴恻恻地说："副总司令，您和您兄弟的事儿我不清楚，可今天我兄弟就死在我眼前了——放了他，我不答应。"

张宗昌一听，咧开大嘴吓人地一笑，煞有介事地说："为了俺今儿办这件大事儿，俺娘找孙瞎子算过一卦，孙瞎子说事在大吉，但恐有血光之灾，你们想俺张宗昌是尸山血海里滚出来的人物，咱能怕那个？因此就按计划行事哩……谁能想到这血光之灾应在你们兄弟的争斗上了！孙军长，人死不能复生，你兄弟是替俺老张挡了血光之灾，抚恤金就全由俺老张一人承担，保管风风光光，家里父母遗孤，俺也都按照先遣军烈士的规格赡养。至于，卢公子嘛，你也给孙军长道个歉嘛……俺看你现在光棍一条，也拿不出银子赔给孙军长，可是留得青山在就不怕没柴烧……"

卢筱嘉慢悠悠地插话道："张督军说得对，我确实手重了些。不过事情起因，是因为孙军长扣了我卢某人的几车东西想独吞吧？"

孙殿英冷哼一声，并不搭话，将眼光投向张宗昌。张宗昌打个哈哈，笑道："扣下你那是咱褚玉璞兄弟的命令，俺们兄弟宣抚河北，初掌军政大权，眼皮子底下出了这么蹊跷的事情，不能不弄清楚……不过，现在不同了。"张宗昌掏出今天的胜利成果——一沓子省票炫耀着，笑道，"两位兄弟，如今北方局势已尽在俺掌中，那一车东西就算全是黄金又能如何，无关大局。现在三省两市的钱袋子全攥在俺老张手里了……你们都听俺的——俺决定哩！孙军长，那车东西，就算卢公子给你的赔礼……卢公子，你也别肉疼……"说罢，他拿出一卷委任状，笑眯眯地对卢筱嘉说，"俺今天，在牌桌上还赢了一件好东西，朱公子输给我一张委任状——北洋盐务稽核总所，黄骅大队督办专员……哈哈哈……好东西啊！卢公子，河北盐政关系重大，人马又是你们皖系的老底柱，这盐税大队，也是有枪杆子的哦……你帮俺管起来……有了钱大家赚！"

孙殿英咬着后槽牙，眼珠子一转，后背终于靠在椅子背上了，默默想了想，开口问："先扣着他，不是少帅的军令吗？我们要不要问问少帅的意见。"

这话同样是卢筱嘉想问的，两人一同把目光投向张宗昌。这张长腿并不生气，扭头大喊一声："来人……拿他娘的电话机来。"

说罢，手下秘书麻利儿地拽线，拿过一部电话机来，放在三人面前的茶几上。张宗昌笑道："大帅教导过俺，牛不喝水强按头，那没有意思——因此要给人有的选——俺就给二位两个选择，一条路是同意俺的话，旧事揭过，咱们现在去喝喜酒、庆功宴；要不然，你们可以每人给少帅打个电话，问问他应该怎么办。"说完，瞪起阎王眼珠子，盯着二人。

孙殿英瞥了一眼卢筱嘉，阴鸷地说："电话不必打了，您是司令，我孙殿英服从您的命令。不过这酒属下确实没心情喝了，这里我看也没属下的事了，前线吃紧，属下这就回魏博去布防。"说完，起身恶狠狠地又瞪了卢筱嘉一眼，朝张宗昌草草敬了个礼，转身出门，招呼了他手下的兄弟，扬长而去。

张宗昌有些不快，冷哼一声。再转头看向卢筱嘉。卢筱嘉捻起委任状貌似仔细地看了看，笑道："张大帅，那几车东西我卢某人认倒霉了。但是，这官儿，我是不是也可以不当啊？"

张宗昌笑道："小卢，敬酒一杯，罚酒可是三杯。"

卢筱嘉哈哈大笑，揣起委任状，笑道："行，咱们金盆栽花，各认主家……今天谢谢你帮我解围。那老张！我们喝酒？庆功去？"

"哎！小卢！这就对了嘛！"张宗昌满意地大笑，拉着卢筱嘉就要往外去，刚走两步却被卢筱嘉推开，卢筱嘉道："你们先走，捆了我一下午了，我得去解个手去。"

众人哈哈一笑，张宗昌挥手笑道："快去快去，俺们等你开席！有整条的糖醋活鲤鱼！你来晚了……鱼可就不活了！"

走廊里，张宗昌轻轻搂着金翠喜狎笑着问："金老板，咋样？俺这案子，断得咋样？有没有一点儿你们北洋的味道？"

金翠喜娇笑称赞道："何止啊，我看您才更有英雄气！比曹三傻子、张大辫子①他们还要敞亮，还要有霸气。"

张宗昌哈哈大笑，却见金翠喜伸出春芽似的小手摆了摆让他附耳过去，他低头听见这小女人在他耳边轻声说："不过我看那个孙军长有点儿不上道儿啊。您不追究他闹事儿的罪责，还断给了他几车财宝的好处，他怎么也得跟您——意思意思啊，江湖规矩，见一面还分一半呢。他倒好，得了便宜还卖乖……"

张宗昌哈哈大笑，伸出蒲扇般的大手比画着道："不打紧！

---

① 指的是曹锟和张勋。

要以前啊，他小子就出不了俺的这个门儿。可是俺老张现在不同以往了，过大河，行大船！俺手里攥着只烧鸡，谁还稀罕他那半块白薯啊！走……喝酒去，今儿晚上这一桌菜可不简单哪……"

厕所内，卢筱嘉确定无人窥视，从怀里掏出莎拉马特给他的东西，果然是那个熟悉的、带着温香的香袋儿，他嘴角立刻融化成微笑，轻轻一倒，那一颗温润光洁的、像是随时会溶于红尘的明珠，就旋转着落在他掌心。卢筱嘉长叹一声——一心块垒，雪融冰消；一生抱负，化作飞灰；一身孽债——天见可怜，竟然还得了善终。他泄了气一样四仰八叉地倒在马桶边儿，仰望着顶灯，不断压住浮现的微笑，想让自己冷静思考，但最后他放弃了——只剩下死亦瞑目的微笑。

六国饭店大厅，华灯初上，灯火通明，忙了一天的门童领班经理们毫无倦色，满脸都是拿了红包后的喜气洋洋。西餐厅内张宗昌婚宴的流水席接近尾声，乐队开始演奏《友谊地久天长》，东倒西歪的白俄们相互搀扶着，开始拎着宴席上剩下的酒肉和大列巴回家了。正如英国人赫德留在中国的名言："你嬉戏已足，你吃饱喝足，该是你离去的时候了。"

孙殿英一脸阴晴不定地走下楼梯，看见右手西餐厅门口与自己同胞们亲吻告别的老白俄明巴依，还有左手酒吧区门口儿，几个哥萨克一边吹牛，一边把弄张宗昌送的军刀。

而在大厅前台等候区的沙发上，他在原来的位置上再次见到了那个静园的老学究——王国维。这老学究像是也要离开了，身边依然搁着他的大皮箱和手提包，而他对面坐着一个身穿洋装的少妇，也是一副穿戴整齐、随时准备离开的样子。孙殿英心念一动，上前打招呼道："王师傅您好，真巧，我们又见面了。"

王国维对这个一脸凶相的丘八有几分印象，勉强点头打招呼道："您好，幸会。"

孙殿英堆笑道："王师傅，我知道您原来是南书房的大学问家，在下机缘巧合，刚得了一些东西——都是些书画、古籍、青铜器什么的，我不懂行，请问您有兴趣帮在下掌掌眼吗？如果您还能推荐几个懂行买家儿，那就更好了——事成，我孙某人必当重谢。"

王国维惊得目瞪口呆，张口结舌间，被唐突得不知如何答话。却听对面的罗纯孝冷笑道："孙将军，您也知道我们就是静园的人吧？您说的东西是北府的东西吧？"

孙殿英坦然道："东西是我从卢筱嘉手里得来的。我不知道什么静园、北府的……当然，我心里也有皇上，如果你们感兴趣，我们也可以优先谈。外面都说荣公爷、罗师傅、王师傅是全中国最懂行的古玩玩家，交往的人物都是全世界的行家。我想在下绕几圈也绕不过您这座大山，因此，索性跟您直接谈。我是个粗人，就知道买枪、发军饷……好东西在我手上弄不好还就真是糟践了，因此，您要是自己愿意掺和这趟买卖最好，咱们有财大家发。如果您是代表静园，咱们自然也是可以谈谈的，别忘了，我手里可不光有国宝，还有你们十几号人的性命呢。"

王国维更是惊愕难对，罗纯孝已然怒道："孙将军，请您自重。我们并不懂您说的是什么……我们还在谈事情，请您这就离开吧。再见。"

孙殿英哈哈一笑，正要走，想了想又掏出一张名片放在桌上，用一个指头顶到罗纯孝面前，敲一敲，笑道："打扰，再见，为了能再见，这是在下名片。"说罢，稀里马虎地行个军礼，昂首带着手下出门到华界泡澡洗晦气去了。

"哎……囡囡她娘……我先代你婆婆给你道个不是。"王国维等孙殿英走远，抹开嗓子说道。

罗纯孝惨然一笑道："公爹，我家大哥有了我大侄儿后，家里都叫我三姑，以后您也可以这样叫我。或者，潜明哥以前就叫我小罗，您也可以这样叫我。"

"是的……你们青梅竹马，以前，我们都叫你小罗的。辛亥年，咱们两家东渡扶桑，大人们在船上不是惆怅彷徨，就是呕吐不止，唯有你和潜明，两个蹦蹦跳跳的，最是欢畅。"

"是啊，我们两个不像我哥哥们，不爱念书，就贪玩，最爱的还是出远门去玩，现在时髦说法是叫作旅游。"罗纯孝苦笑道，

"我们两个都不怕出远门儿，或者就是那时候埋下的种子。"

王国维点头笑道："老家百里外的绍兴人好壮游，咱们海宁人却重守业。乡谚说是终其一生，不曾去过看不到家里炊烟以外的地方——这是莫大的福气。可咱们家从你们祖父——也就是我父亲这一代开始，就背井离乡，到上海谋求发展，我弱冠离家，越走越远，就没再怎么回去了。我好像你们这么大的时候，眼界也是大的，梦想的是高加索外、黑海之滨的世界，看的也是扶桑、西域、西欧、俄罗斯的书。我若没有这样的胸怀，你爹也不会屈尊与我结交，后来也不会成就你和潜明那孩子的姻缘。今日我和你爹又深谈了一次……哎，潜明不寿，君楚早夭，我们两个都是有丧子切肤之痛的人。而最最不幸的，却是你——不但丧夫，亦是丧女……哎……你爹说，如今最最痛惜的就是你了，也因此，他不许我给你半点儿委屈。"

罗纯孝强忍着眼泪，狠心道："公爹家里规矩严肃，其实却自由，潜明说您反而更加宽容，弟兄们想学什么，就自己去报考什么。我爹虽然家里没什么规矩，可我的哥哥和弟弟们，却都当学生教训，我二哥编书活活累死，也不见我爹对后面弟弟们宽容些。潜明常说我们两个是家里最幸福的，可以选择自己的生活。"

王国维苦笑道："你爹一生在学问中得了大乐趣、大成绩，并且守着一个大云书库的文化火种，自然不能失掉了传承。我一生在学问里看到的却是大苦痛、大虚无，自然不会强求孩子们续貌。东坡说'惟愿儿孙鲁且直……'我亦如同此心呀。小罗，我所育之人，所奋斗之事，都给这乱世填了燃料，如今我已油尽灯枯，原指望潜明和你带着弟弟妹妹们，或许能在这乱世中走出条新路来——现在看也是徒劳的，我等负泥筑版，悬空救河……虽墓木已拱，我终不忍见孟陬失纪、海水横流之时，孩子们无所依存。你说得对，我外严却内宽，而你爹的家教，实在是远胜于我。也是因此，长房的香火，我总是想请你勉为其难，延续下去……"王国维说着，打开皮箱，从里面取出厚厚的海宁王氏族谱、祖训、王潜明的遗像以及那一沓银票，仍是要硬塞给罗纯孝。

罗纯孝哑然失笑，伸手按住王国维的手，揩去眼角笑出来的泪，说道："公爹，您错了。其实——您知道潜明和我是怎样的人吗？"说罢，自己也从手边的皮包里拿出一大本相册，照样推了过去，打开给王国维看。那是王潜明生前和罗纯孝在上海的蜜月般的快乐时光——欢宴、舞会、酒吧、看电影、骑马、打网球……后面还是酒会，还是舞会……带化装成童军的小囡囡参加集体婚礼，给小囡囡过生日——里面的王潜明笑容灿烂与王国维手里不苟言笑的遗像形成鲜明对比……罗纯孝叹息道："公爹，潜明是个快乐的人，他最感激您的，就是您不怎么管教他的学业，没学成您和我爹、我哥哥们的样子。我们的梦想，是去南洋大马或是菲律宾，甚至是南美洲去养马，种咖啡、可可……我们甚至希望小囡她们连中国话都不要学的……有一点，您和潜明哥，和我,完全一致——不要去做乱世的燃料。我们既然是这样的理想,我们原本会去替您看黑海,看高加索,看康德、叔本华和托尔斯泰的故乡……可上天不给我这样的命,上天夺走了囡囡,夺走了潜明哥,可我知道,潜明哥在天之灵,也还是想要我快乐生活下去的,他自己也不会接受您长房的传递的——何况于我?何况于您要我养育的孩子。再者……既然我和潜明哥有着虽短暂却快乐的生活,您又怎么知道慈明和登明他们,不会找到属于自己的幸福呢?"

王国维默然,尴尬地收回了族谱,却把银票推给儿媳,苦笑道:"既然如此,这些钱,是海关给潜明的抚恤金,本来就是给遗孀的。无论你将来如何打算,是帮你爹和兄弟们打理大云书库或是带着潜明的遗愿周游世界,我想银子总还是需要的。你不要拒绝我的好心,不要因为你婆婆说了几句恶言语,就记恨我们。"

罗纯孝按住公公的手,诚恳地微笑说:"我知道您希望我和潜明哥的生活是琴瑟和谐、赌书泼茶①,可我实话和您说吧,我们的欢乐却在秉烛夜游、青蚨来钱。我们两个虽然没什么才气读书,却继承了我爹做生意的本事。我爹怕我受穷,您知道他是有识人之明和远见的人。他刻意劝潜明学会计,又推荐给上海海关去做事儿,就是一早给我们安排好的生财之道——这些年无论是宫里

---

① 典故说的是词人李清照与丈夫金石学家赵明诚充满雅趣的幸福生活。

还是后来北府流出来的东西，特别是那些要出国的，很多都是我们二人经手的，无论是日本东亚书院的财阀买家，还是犹太人枕流公寓联系的各国博物馆，都是我们在负责应对。"说罢，罗纯孝拿出一个笔记本打开给王国维看了一眼，淡然问道，"静园是不是问过您潜明哥是不是手里有个账目？您一定说没有，他们也就当没有最好。可是我跟您坦白吧——不但有，而且很详细，是我底下留心帮潜明哥一一记录下来的。而我知道静园要这个账目，倒也不全是担心传出去授人以柄。我看荣源他想要的是这账目上买家的名录——这样，他再做生意可就方便多了。这些年来，我和潜明哥自然也在里面上下其手，因此，我自己就有钱，光是那幅《三马图》我们就赚的比这个抚恤金多。本来，我们已经攒够了周游世界和给囡囡们留洋读书的钱了，可惜，一场疫情，什么都没了。公爹，我知道我说这些伤您的心，但我还是要告诉您，正是因为敬重您。当然也是我们无愧的坦白——我们不觉得羞耻——静园那些魑魅魍魉的下作勾当多了去了，弄得咱们一个个全都人不人鬼不鬼的，难道这些事儿，罩上一层复辟大业的幌子，真就全部体面了？可惜老天罚我。因此婆婆说我是个不吉祥的人，我其实很是同意的，不然，老天不会让我抱着个钱箱子，却失了所有的爱人……这就是卖身魔鬼的惩罚吧。公爹，我这样的人，不配——我延续不了王家的长房香火。而且这些钱，我看您还是给婆婆收着吧，她一定会开心的，您偶尔也很应该让她开心一下的，或者，分给弟弟们，他们也很清苦的……至少他们每一个，都比我更需要钱。我——您也不必担心，我已准备随我爹去旅顺，帮他打理大云书库和他的生意，他老了，哥哥们都是书呆子，他需要我的。您看，就好像刚才那个孙麻子，他若是想做古董生意，我就还真能帮到他。"

罗纯孝说罢，怜惜地看一眼听得茶呆呆的老公公，将笔记本仔细收了起来；伸手拿回相册，也仔细收好，随即起身，给公公深深鞠了一躬，转身走出了六国饭店。王国维目送她出门，慢慢低头，落寞地将遗像、族谱一一收好——装进大皮箱深处。然后愣愣地盯着银票，无喜无悲……饭店通明的灯火仿佛再也照不到老人的身上了，他就这样一点点融化到深白色的虚无中去了。

一阵瓷器、金属碰撞的脆响，夹杂着混乱、愉悦的人声——

金亚仙和金翠喜分头指挥手下人收拾西餐厅流水席后的杯盘狼藉，金亚仙吩咐着要把镶金边的盘子们优先洗好收起来，金翠喜则吩咐都仔细数一遍，一定被白俄顺手牵羊了不少餐具——少了的她要记下来回头找祝老巫婆要补偿。

金翠喜气哼哼地骂街道："你说我是不是得和他们锱铢必较地算清楚？这偷了我许多的东西不算，刚刚又跟我说要在店里做法事……发送孙殿英那两个短命鬼兄弟？！还让我出钱出面请张天然^①打醮——算在今天的账里？！我真是上辈子欠她祝老巫婆的了！她儿子今天给我的这些省票儿，我明天还不一定能兑得出去呢我！"

金亚仙微笑着忙自己的事情，也不理她——金翠喜自己就越说越气，一面抽出檀香木小扇扇着脖子，一面扶着沙发背儿，挨个儿休息她酸痛的小脚儿。

这时，却听沙发上一个老者的声音和气地说："这样吧，金老板，打醮、办法事的钱我出，正好，我想请你帮我办一个罗天大醮。"

金翠喜一听又是肥猪拱门，喜形于色地一低头，一看却是老学究王国维。她一下没了笑意，疑惑地坐到王国维对面赔笑道："王师傅，您这是啥意思？"

王国维将手里的银票尽数推了过去，笑道："这几天多有打搅了，住店也得给钱。再者，我说的是真的，就请您在这里，办一个罗天大醮吧……"

金翠喜疑惑地抓过银票看了一眼数目，立刻眉开眼笑地娇声道："哎……您看您说的，房费什么的可就见外了，而且……办个法事……我也用不了您这么多钱啊……"说罢，她仔细盘算了一下，退回了最大面额的一张，笑道，"也行，就当您可怜我寡

---

① 张天然（1888—1947）：一贯道道首，宣称自己是济公转世。一贯道传播广远、信徒极多，新中国成立前平津两地就有几十万之众，因此危害很大、流毒至今。

妇失业的做生意也不容易。不过有这些就足够的了，再多要，连我这厚脸皮都要差臊了。"

王国维淡然一笑，执意又推了回去，笑道："您看着办吧，要办得风风光光的、热热闹闹的，要做一个天大的功德。"

金翠喜心中狂喜，但又有些纳闷地收了银票在怀里，嘴里问道："王师傅，您是给谁办什么法事呢？是祈福？还是安魂？禳灾？还是有什么心愿呢？"

王国维一笑摇头，道："什么都行，只要热热闹闹的——大闹一场！"

"嗨！您尽说笑话……那我就请今天的胖喇嘛和祝老巫婆来一起跳个大神最热闹了！"金翠喜用扇子遮着嘴娇笑。

王国维点头道："其实亦无不可……"

这话却让金翠喜犯了嘀咕，她看一眼落寞的老者，有些担心起来，正待询问，却见门口荣源带着几个黑影儿裹着一阵阴风走进门来。荣公爷一眼瞄见王国维，便径直过来，挥手让金翠喜退开。然后从黑影手里接过一摞书，冷冰冰地放在王国维面前，沉声说："上头说了，不明白王师傅的意思。说——这些书都是给小孩儿看的，原物奉还。王师傅也不必等着觐见了，请您回学校好好地做学问吧。王师傅，上头还有句难听的话，我原不想传达，但是说了——您也许能好好想想该不该听松翁的话去旅顺。上头说——王师傅他多写人间词，朕却不想做李后主。"说罢，扔下烘烘然茶呆住的王国维也不理，气哼哼地领人直奔三楼去了。

水晶灯下——卢筱嘉换了一身儿簇新的六国饭店服务生制服，端着一个大不锈钢雕花托盘——冰桶里是一瓶香槟，配有一盘细切的法国干酪。他腰杆笔挺地直闯三楼，走廊第一道黑影儿视而不见地没理他，但刚进套间就被两个黑影儿拦住了。他这才发现自己计拙——这个静园的包间儿里竟然站满了人。黑影儿正待询问，他也正待默默退回去，却听里屋一阵摔碎东西的炸响，随即是唐石霞歇斯底里的哭声。卢筱嘉顿时"太阳头上冒火光"，立刻就要放下托盘冲进去拼命。这时，却听另一个房间门口一声严厉的呼唤："room service！这边来！"

卢筱嘉敛神一看——却是金碧辉，他还要犹豫，却见金碧辉狠狠瞪了他一眼。他只得不情愿地托起盘子，半挡着脸走了过去，被金碧辉麻利地让进门里，关上门，并朝他做个噤声的手势。

这是金碧辉的新婚洞房，满屋子酒气，桌上正是杯盘狼藉。金宪东正趴在墙上——他脚下是从墙上摘下的一幅画，他正往墙上的洞里偷看。卢筱嘉咽了口口水，尴尬地放下手里的托盘，耳边听到金碧辉轻声叮嘱说："你可别胡闹，你现在闹起来会害死她的。先忍一忍，你明白吗？明白就点头。"

卢筱嘉脑子飞转，立刻冷静下来，点点头，却惊讶地发现金碧辉哼一声，满意地把枪别回腰间去了。这娴熟的操作，倒把久经沙场的卢筱嘉逗笑了，他无声地指指自己，又指指墙上偷看的金宪东。金碧辉也点点头，随他凑过去，代替金宪东去偷窥。

他只能隐约看见唐石霞垂头跪着，荣源烦躁地踱步，视野被躬身侍立的德公公挡住了一多半儿。只听荣源怒道："北府那么重要的事情，你不问张学良，为什么那人的事儿你却着急上火不避讳人地问？"

唐石霞冷冷回话："不就是卢筱嘉的事情吗？我好说歹说，已经劝卢筱嘉同意放弃那车东西了……结果后面办成这样的事情，我不能看着他为咱们的事儿白白丢了性命吧？"

"胡说八道！给我掌嘴！"荣源骂道，德公公无奈上前赔罪道："唐姑娘得罪了……"但下手毫不留情，一巴掌扇在唐石霞脸上，唐石霞看也不看他，硬硬地挨了一下子。

荣源阴恻恻地问："那你说，你和张学良到底发展到哪一步了？都有谁知道？卢筱嘉他知不知道？"

唐石霞不怒反笑，白了他一眼道："这话您不该问……若是代'他'问，我也不能说，不信……你就打死我，我也不会说。'他'自己来问我，我或者才会说。"

荣源不屑地嗤了一声："上头说了不再见你。你现在若不跟我说，也行……恐怕，你这辈子就没机会说出来了。"

闻听此言，唐石霞竟然忽地站了起来，吓得荣源和德公公一起倒退了半步——把视野倒是全都让了出来。唐石霞掸了掸膝盖，坦然往圈椅上一坐，朝着对面一个半男人冷笑道："别以为我姑姑薨了你们就能拿得住我了……荣公爷，我跪的可不是你，我要是自此连他都再也见不着了……嘿！……那咱们可还就真没这个情分了。既然话说到这儿了，咱索性挑明了——张学良那边儿，可以屁事儿都没有，但也可以是塌天的大案。都是我布的局，炸弹捻儿现在就在我手里攥着。荣公爷，您信不信，其实我唐石霞一个电话，就能让张学良放人、还车。或者让您接着当那个什么狗屁的航运公司的董事。"

荣源呆立当场，似信非信，似乎有些动心，便问道："你……是抓住他什么把柄了吗？"

唐石霞放声大笑道："这不就是你们要的吗？"然后她指着自己的鼻子怒道，"我就是你们要的炸弹！我也可以是炸静园的炸弹！把我逼急了，我能让你们全都灰飞烟灭。"

荣源顿时默然，无声地在屋内刷刷地踱了两圈儿，冷静下来，搬椅子坐到唐石霞对面，轻声道："唐姑娘……上头那边儿，我可以替你解释。再怎么说，咱们是一家人，有列祖列宗在天上看着呢不是，咱们可都不能做对不起祖宗、对不起皇上的事情啊。"

唐石霞也重新露出理性的微笑，揉揉被打疼的脸道："我是咱们静园的滚刀肉嘛……荣公爷，我不用你跟他解释，我跟他打小儿一起滚大的，我自己去见他，我不信有人能拦得住，您信吗？"

荣源苦笑道："没必要吧……反正我什么都是听皇上的。"

唐石霞烦躁地站起来，以毫无商量的口吻道："荣公爷，我就跟你直说了吧。你问的，是你不该知道的。至于魏博的事情，我就在你们来兴师问罪之前就已经搞定了：张学良已经发了电报——勒令孙殿英部立即撤出魏博，十四军移防卢龙、遵化，魏博非十四军的所有人员、物资移交第三军程国瑞部接收——这是军令。"

荣源脸色突变，还没问，就听唐石霞冷冷接着说："底下张少帅也亲口给我做了保证——人员、车辆、物资已令程军长完璧归赵，他让咱们这就派人，去魏博接张头儿和车辆回北府。"

荣源压着兴奋试探着问："那孙殿英能答应？张宗昌那边儿可是说……"

唐石霞指指窗外华界方向说："就在现在，孙殿英和他的手下应该都被潘复带着人扣押在洗澡堂子里呢。他人不在，程国瑞去接防，谁敢说个不字？"

荣源喜道："这事儿你怎么不早说嘛？大功一件嘛！"

唐石霞冷冷道："您老也没容我禀报啊……再说……上头也不是为这个事情生气吧？我都交代了……您也说说吧……上头准备怎么处置我？"

荣源不好意思地收了笑容："谈不上处置……我说了，再怎么闹，咱们是一家人。就是规矩必须要讲。上头的意思是……杰二爷未来还是要去日本读书的。上头想让你先提前去给他打个前站，一周后，你和芳泽的女儿一起回日本。"

唐石霞惊呆，缓缓点头，默默地坐回座椅，神色有些凄凉，随即她爽朗一笑道："行啊，荣公爷，谢谢你来告诉我。这一巴掌，也算把我打醒了。"说罢，她忽然夸张地起身，辨认了一下静园的位置，款款跪下磕头，嘴里朗声道："臣妾！领旨……谢恩。"她抬起头，脸上已是两行清泪，红肿的面皮上，又花了红妆。

卢筱嘉默然忍了眼泪，不忍再看，他一把抓过香槟，无声地拧开，仰脖子喝了一大口，溅得气泡满脸。他借机长舒一口气，胡乱擦了把脸，随即将香囊取出，当着金碧辉的面，将宝珠倒出来交给她，却把香囊捻起，仍放进怀里贴身收好，他轻声说："跟她说，我已来过，现在赶去魏博——在魏博等她还我宝珠……"

金碧辉眼睛有些湿润，微笑颔首接过珠子摊在手心，挥手让他离开。

卢筱嘉又摩挲一把脸，昂然出门。

金宪东给自己点上一根烟，直挺挺躺在他姐姐的婚床上，笑道："哎呀，看来满洲我也回不去了，咱们要在这六国饭店里住上一阵子了吧？"

金碧辉收好珠子，过去抢过香烟，自己抽了一大口还给弟弟，点头道："对，明天，咱们和义父一起去觐见皇上。"

金宪东打个哈欠，起身道："知道啦……我也不陪你了……

那老混蛋终究不肯放过我，还另外给我安排了一桩苦差事呢！"

"什么？"

"明天一早儿……要带日侨去银行挤兑奉票、省票儿……一定要尽早坏了张宗昌这狗日的清秋大梦！逼奉系退回东北，逼张作霖接受满铁和正金银行的贷款条件。"

金碧辉冷哼一声，长叹一声，盯着她父亲留下的宝刀长叹："空负宝刀，身不由己啊！"

六国饭店门外，承德道上，万国桥头，明晃晃的水银灯下，一个老人夹着一个皮包、拎着一个大皮箱艰难前行，一步步地走上铁桥。他身后一个半大的孩子帮他拎着另一个大皮箱，呼哧带喘地努力跟随。老人是王国维，孩子是门童亮亮。这时，身后一个青年热心地伸手抢过两个大皮箱，朗声问道："王师傅，这大晚上的您到哪里去啊？"这人正是终于逃出六国饭店的卢筱嘉。

王国维感激地点点头，长出一口闷气，指一指万国桥对面夜色深处的灯火，喘息道："火车站，我准备赶夜车回北京。"

卢筱嘉点头微笑："那正好——咱们爷俩儿真有缘分。让我送您吧，我也去火车站，准备连夜搭车去沧州。"

王国维点头称谢，三个人分担了行李，路程立刻变得轻松起来。

三人徒步过桥，忽然间，四下街上全乱了起来，继而全天津城都在骚动。到处都响起敲打脸盆的声音，亮亮眼尖，他率先雀跃起来，跑到大桥铁栏杆边儿上，指天欢呼起来："看……看！天狗吃月亮啦！"

王国维和卢筱嘉也凑到桥边，果然看到血红的月食。王国维摘下小帽，愀然一叹，他陷入深远的遐思——口中自言自语道："爹啊……差不多三十年啦……光绪二十四年，我第一次离开海宁，与您坐船去上海读书，那天是个日食。众人全都如丧考妣，焚香祷告……爹爹却教训我说——西人知道日食规律久矣，而我大清，仍以为是谶纬预兆……并以此勉励我读书要破新旧壁垒，通中西学术，做能立心立命的学问。爹——如今世变日亟，事不可为，永嘉之乱、靖康之耻在即，而猿鹤沙虫之惨……日月若有真情，想必亦不忍观……这月食，若是征兆，那就算是个征兆吧。"

说罢，他弯腰打开大皮箱，就在夜风中把海宁王氏族谱、祖训、安化王牌位、儿子和孙女的遗像，以及自己做的几大本笔记、剪报，都纷纷扬扬撒向海河……

俄而，他对惊呆的卢筱嘉和亮亮笑笑，把箱底最后几本书都给了亮亮，叮嘱道："这都是小孩子看的书，送你了，你可以回去了。老夫轻松了，没有行李了。"

亮亮兴奋地抱着几本书，看到《机器岛》和《魔侠记》的题目就十分开心，咧嘴笑着迫不及待地想回去看书，便深深鞠个躬，道了别，转头地跑掉了。卢筱嘉目送着孩子欢快地跑开，不禁莞尔。一回头，王国维却不见了。他吓得往桥下看去，桥下水里并没有王师傅的涟漪，水上只是飘着无数剪报——在咸水里浸泡的字里行间中——林白水、李大钊、康有为、张謇、叶德辉……的一张张讣告，以及战争、瘟疫、饥馑、死亡的新闻……渐渐都沉没到海河的漩涡里去了。

尾声

普天醮

宣统十九年，民国十六年，公元 1927 年，6 月 4 日。阴历五月初五，端午节。乃是乙巳月，己巳日，余事勿取，诸事不宜。

海河晨雾消散，从全城各处坛庙寺观传来法鼓、铙钹和法螺的混响，随即，从数十百万记的香薰、铜鼎或炭盆中，焚烧的沉香、檀香、崖柏、艾草的——白色的、黄色的、青黑色的烟，向愁云惨淡的半空升腾而去。

从天后宫、文昌宫、玉皇阁、药王庙、火神殿各处出发，36 顶黄罗伞——伞遮 36 名身披天师鹤氅的住持、道首；72 对地煞旗——旗护 72 位身披天仙洞衣的点传师，道首、点传师身后各自有身穿戒衣的妙龄乩童、文牒随侍，后面则跟着服饰不等的坛主、引保师、道亲、亲传弟子等信众……各队人马汇卷集合，鼓乐、仪仗合在一处，浩浩荡荡，沿着海河两岸游行——当头两根中幡高挑，写的是"三曹普渡""正道唯一"。两侧卤部大旗招展，上绣着"白阳末造""大乘东教""无生老母""道法天然"……前后中的是三尊涂金法像，各有十八人抬着，第一尊是弥勒佛，第二尊是济公活佛，第三尊是观世音。此后是从天后宫等各个法坛里请出来的神仙牌位——从真武大帝、碧霞元君……乃至八仙过海、九城城隍、十殿阎罗、十一曜星、二十八宿……乃至灶王紫姑、兔爷兔奶……不一而足。两边善男信女于道边沿途跪拜，高举香案祭品，默诵祝词。

队伍一齐越过万国桥，沿着承德道直奔六国饭店而来。金翠喜、金亚仙和莎拉马特拱卫着一身盛装——满身荷花盛开似的祝老巫婆，一起等待游行队伍到来。六国饭店门口已经有三十六位法师在踏罡步斗，只待大队人马请来诸天神佛，向上天献上三牲五牢，请符烧纸，祈万国皆息战和平，给万民开普渡慈航。

金翠喜喜不自禁地向祝老巫婆汇报说："老姐姐您可不知道，咱们这回可是占了大便宜了！我原本就是想请张道首帮咱们做个法事，送一送那几个弟兄……结果张道首却说，今年端午是白阳末世的鬼节，天地人间鬼门大开……因此，他发愿，不做1200神仙的罗天大会，也不做2400神仙的周天大会，要做，就做一次震动十方世界的3600神佛全都请到的普天大会。这不，不光动员了京津两地的道首和坛主们，连整个华北的闻香会、理门、万字会、中华居士林的道友们也都动员起来了……您看看，咱给张副总司令撑的这场面，可够热闹了吧？"

祝老巫婆喜不自胜地连连点头道："中原战事吃紧，我看这一场天大的功德，一定能助我儿旗开得胜，马到成功，把'赤匪'全都剿灭。"

金翠喜笑着奉承道："那是一定的，张道首嘱咐了，一会儿真武大帝的牌位过来，您一定给上炷高香，真武大帝是咱们北方的守护，我看张副总司令，就是真武大帝下凡，来荡尽南方小鬼儿的！"

祝老巫婆哈哈大笑，频频点头，竟然真的请神上身一般默默吟诵祷告起来。金翠喜不敢打搅，退了几步和金亚仙站到一处。亚仙姑姑白了妹妹一眼，低声打趣道："你可别把牛吹得太满，我这几天得到的消息是直鲁联军怕是不行了，冯玉祥已经和北伐军在郑州会师，要四路北上了。"

金翠喜喜滋滋地说："不怕，我得到消息了，南军的代表已经住进北京六国饭店里了——往后换汤不换药，咱们不过是换几个祖宗伺候着。还有个消息……连冯玉祥都准备清共啦……这天终究是翻不了——都是拿别人当夜壶用……痛快完了，就又收起来了。"

金亚仙叹息道："那就好……上海这回死掉了好多人，希望咱们天津平安无事吧，管他谁当督军、谁当司令的。哼……唐小姐的事儿，你听说了没？"

金翠喜摇头道："没有啊？她怎么了？"

金亚仙笑道："我家少爷和我说了——他已经把唐小姐从咱们六国饭店拐跑了。"

金翠喜大惊失色："真的？袁公子怎么会……？"

"连夜送去魏博和卢筱嘉一起卷了那些财宝，一起私奔走了。那卢筱嘉不是从张宗昌手里领了一份盐税大队的差事吗，他倒好，带着盐税大队的人马在静园的车队回北京的路上打了伏击，揍了荣源，抢了车和货物，带着唐小姐直奔了青岛——两人跑路了，人现在可能都在轮船上了。"

"我的妈妈呀……这卢筱嘉可真是泼天的胆子，这唐小姐放着王妃不当，居然肯跟他去落草……不过，我倒替他们高兴——倒是蛮好的一对江湖儿女。"

金亚仙含笑点头，却见路对面，亮亮一脸哀戚，举着一张报纸穿过人群向她们跑来。金亚仙惊讶地接过报纸，金翠喜掏出手帕帮孩子擦了眼泪鼻涕，嗔着问道："你这孩子……又和谁打架了？"

没等亮亮回话，脸如银纸的金亚仙已经把报纸展开在金翠喜面前，这美妇人"哎呀"一声，整个人都呆住了——报纸上的新闻是"本月二日中午，国学耆宿王国维教授于颐和园昆明湖鱼藻轩自沉……"

法螺喧天，铙钹刺耳，在一片祷祝声中，一场毫无意义的普天大醮，进入了仪式的高潮。